작은 거인
주먹이의 모험

세계설화를 읽다 1

작은 거인 주먹이의 모험

나의 꿈과 삶의 길을
찾아가는 이야기

신동흔 지음

머리말

설화, 서사와 스토리텔링의 원형

설화는 먼 옛날부터 전해온 신화와 전설, 민담 등을 아울러서 일컫는 말입니다. 옛이야기라고도 하지요. 설화는 자유롭고 즐거우면서도 담긴 뜻이 깊은 이야기입니다. 그 속에는 기쁨, 슬픔, 사랑, 미움, 두려움, 욕망 같은 자연적 감정은 물론이고 현실을 타개하려는 의지와 미지의 세계에 대한 동경, 신비롭고 환상적인 체험 등 다채로운 서사가 담겨 있습니다.

설화는 모든 문학적 이야기의 원형입니다. 오늘날 다양한 매체를 통해 수많은 이야기가 다양하게 펼쳐지는데, 뿌리를 찾아 올라가면 신화나 전설, 민담 등과 만나게 됩니다. 소재나 줄거리 같은 외적 측면보다 화소(motif)와 구조, 세계관 같은 내적 요소가 더 중요합니다. 요즘 유행하는 판타지 스토리텔링만 하더라도 그 화소와 서사 구조는 설화와 닿아 있는 것들이 많습니다.

설화는 폭이 매우 넓습니다. 무척 현실적인 이야기도 있고, 초월적이며 환상적인 이야기도 있습니다. 사람들의 모든 경험과 상상력이 그 속에 녹아들어 있지요. 그것은 세월의 간극을 넘어서 오늘날의 우리에게도 재미와 감동, 깨우침을 전해줍니다. 웹툰과 웹소설, 드라마와 영화, 애니메이션 등 현대 스토리텔링에서 설화적 요소가 갈수록 확대되는 것은 우연이 아닙니다. 수천 년간 살아서 이어져 온 설화는 앞으로도 오래도록 재미있고 가치 있는 이야기로 우리와 함께할 것입니다.

설화, 청소년을 위한 인생의 나침반

'세계설화를 읽다' 시리즈는 세계 곳곳의 보석 같은 설화를 찾아내고 잘 갈무리해서 양질의 독서물을 제공하고, 나아가 이야기 문화를 되살리려는 의도에서 기획되었습니다. 설화는 오래된 이야기이지만 낡은 이야기가 아닙니다. 설화는 파격적이고 역동적이며 진취적입니다. 그래서 신세대 청소년들과 딱 어울리지요. 넓혀서 말하면, 젊은 사고와 행동력을 가진 모든 사람들과 어울립니다.

오랜 세월 동안 입에서 입으로 이어져 온 설화는 '인생 교과서'라 할 만합니다. 자신을 돌아보게 하는 이야기, 인간관계를 새롭게 하는 이야기, 시련을 극복하고 거듭나는 이야기, 참다운 용기를 불어넣는 이야기, 불의한 세상과 맞서 정의를 구현하는 이야기……. 그 내용을 따라가다 보면 재미와 감동, 그리고 교훈이 저절로 몸에 스며듭니다. 그리고 상상력과 창의성, 논리적 판단력과 문제 해결 능력이 쑥쑥 자라납니다.

설화는 인생의 나침반인 동시에 마음을 위한 최고의 양식입니다. 그림 형제는 옛이야기를 두고 인류의 삶을 촉촉이 적시는 영원한 샘물과 같다고 했고, '영원히 타당한 형식'이라고도 했지요. 조금도 과장이 아닙니다. 책에 실린 여러 이야기를 만나다 보면 다들 고개를 끄덕일 것입니다. 설화는 아이들만의 것이 아니라 우리 모두의 것이라는 사실을 잊지 마세요.

설화, 이야기판을 되살리는 힘

설화는 생생한 구술 언어로 만날 때 참맛을 느낄 수 있습니다. 하지만 구술성을 오롯이 살려낸 대중용 이야기책은 많지 않습니다. 청소년과 일반인을 위한 세계 설화 모음집은 좀체 찾아볼 수 없어요. 설화가 사람들로부터 소외된 상황인데, 그보다는 사람들이 설화로부터 소외됐다고 말하고 싶습니다.

이 책에서는 세계 설화의 정수를 한데 모아서 젊고 역동적인 스토리텔링의 향연을 펼치고자 했습니다. 국내외 각종 설화 자료집을 미번역 자료까지 두루 살피면서 최고의 이야기를 정성껏 가려 뽑은 뒤, 이를 12명의 개성 넘치는 스토리텔러 목소리로 생생하게 살려냈습니다. 세대 공감 스토리텔링의 텍스트적 구현입니다. 그 중심에 Z세대 청소년을 두었습니다.

12명의 스토리텔러는 이야기 화자인 동시에 청중이며, 각 이야기가 끝난 뒤 소감을 나누는 해설자 구실도 합니다. 이야기의 재미와 가치를 되새기는 특별한 자리입니다. 그 이야기 향연은 독자들이 표현의 주체가 될 때 비로소 완성됩니다. 'Storytelling Time' 부분에 제시한 여러 스토리텔링 활동이 그것입니다. 이는 상상력과 창의성, 논리력, 표현력을 키우는 최고의 활동이 될 것입니다.

'세계설화를 읽다' 시리즈가 'K-스토리텔링'의 새로운 시발점이 되기를 기대합니다. 이 책의 이야기들은 열매인 동시에 씨앗입니다. 그 씨앗이 여기저기서 차락차락 싹을 틔워 수많은 푸른 숲을 이루어내기를 꿈꿉니다. 그럼으로써 우리 사는 세상이 더 맑아지고 풍성해지고 아름다워지기를 소망합니다.

나의 서사적 여정에 변함없이 따뜻한 동반자가 되어주고 있는 가족과 제자와 동료들, 그리고 세상의 모든 설화 화자와 수집자, 편집자, 번역자들께 감사드립니다. 옛이야기를 좋아하는 모든 독자님들, 마음껏 즐겨주세요. 그리고 스토리텔러가 되어주세요.

신동흔

이야기꾼 프로필

연이 (여/14세/옛이야기를 사랑하는 중학생)

똑똑하고 부지런하며 맡은 일을 야무지게 잘 해내는 모범생.
다정하고 활달하며 주변 사람을 두루 잘 챙길 뿐 아니라
늘 긍정적이고 밝고 씩씩하다. 이름 때문에
<연이와 버들도령> 속 연이의 환생이라는 말을 듣는다.
작가를 꿈꾸는 문학소녀로 모든 종류의 이야기를 좋아하며,
설화에 담긴 뜻을 풀이하는 일에도 관심이 많다.

퉁이 (남/16세/운동과 게임과 이야기를 좋아하는 고등학생)

낯설고 신기한 것에 관심이 많은 행동파.
시골 출신의 전학생으로, 투박하고 무뚝뚝해 보이지만
의외로 세심하며 동생들을 잘 챙긴다.
책이나 문학에 관심이 없었으나 옛이야기의 매력에
빠져들어 설화 마니아가 되었다.
<내 복에 사는 나, 감은장아기> 속의 '막내마퉁이'가
마음에 들어서 퉁이를 부캐로 삼았다.
영웅담과 모험담을 특히 좋아한다.

엄지 (?/11세/비밀이 많은 Z세대 이야기꾼)

나이에 비해 체구가 작은 편이며, '엄지'를 부캐로 삼았다.
엄지동자인지 엄지공주인지는 비밀이다.
다른 이야기꾼들도 엄지가 여자인지 남자인지 알지 못한다.
자타 공인 어린 철학자로 생각이 깊으며,
누구에게도 꿀리지 않는 당당한 성격이다.
언젠가 걸어서 전 세계를 여행하겠다는 계획을 가지고 있다.

이반 **(남/24세/사회 진출을 준비 중인 대학생)**

일찌감치 군대를 다녀온 복학생. 딴생각하다 엉뚱한 실수를 할 때가 많아서 친구들에게 바보 취급당하기 일쑤다.
설화의 매력에 빠져 스토리텔링의 세계에 발을 들였으며, 그와 관련된 특별한 진로를 탐색 중이다.
얼간이로 취급되다 남다른 활약으로 세상을 놀라게 하는 반전의 주인공 '이반'이 마음에 들어서 부캐로 삼았다.

세라 **(여/30세/지성과 미모를 갖춘 엘리트 직장인)**

자유롭고 독립적인 삶을 추구한다.
다양한 취미를 즐기다가 옛이야기에 반해서 스토리텔링을 영순위 취미로 삼게 됐다.
전설적인 이야기꾼 셰에라자드의 화신을 자처하고 있다.
소수자와 약자의 삶에 관심이 많으며, 정의 구현이 이루어지는 이야기를 선호한다.
설화를 논리적이고 창의적으로 해석하는 데에도 관심이 많다.

달이 **(해맑고 귀여운 종달새 소녀)**

동화 속에서 날아 나와 사람들과 더불어 사는 존재다.
세상을 자유롭게 날아다니며 보고 들은 이야기들을 들려준다.
초등학교 1학년 여자아이 정도의 지적 수준과 감성을 지니고 있다.
구김 없이 귀여운 여동생 스타일이다.
새나 동물이 등장하는 짧고 재미있는 이야기를 주로 한다.

동이 (못 말리는 꾸러기 당나귀 이야기꾼)

달이와 마찬가지로 동화 속에서 튀어나온 존재로,
슈렉 친구인 동키의 사촌 형뻘 된다.
말투나 행동은 영락없이 아저씨다.
남녀노소 모두와 격의 없이 어울리는 장점을 가지고 있다.
재미있는 우화나 소화를 재기발랄하게 이야기한다.

꺄 아재 (남/40세/늘 행복한 귀염둥이 삼촌)

젊은 생각과 감각, 라이프 스타일을 갖춘 신세대 아저씨.
얼리어답터로서 드론과 AI를 전문가 수준으로 다룬다.
미래 트렌드의 중심에 설화가 있다는 믿음 속에
옛이야기를 한껏 즐기고 있다.
확고한 인생철학과 이야기관을 지니고 있으며,
이야기를 재미있게 잘해서 인기가 많다.

로테 이모 (여/48세/아이들을 키우며 옛이야기에 관심을 갖게 된 주부)

자녀 교육에 관심이 많은 전형적인 40대 여성.
설화 구연에 탁월한 능력을 갖추고 있다.
독일과 스페인, 튀르키예 등에서 오래 지내며
많은 이야기를 접했기에 주로 유럽 지역의 민담을 이야기한다.
'로테'라는 이름은 독일의 유명한 이야기 아주머니인
'도로테아 피만'에서 따왔다.

뭉이쌤 (남/57세/30년 넘게 구전설화를 수집하고 연구해 온 옛이야기 박사)

깡촌에서 도깨비불을 보며 자랐다. 신화와 전설, 민담에 넓은 식견과 관심을 가지고 있다. 이야기판에서 인도자 구실을 하는 가운데 설화의 의미 해석을 주도한다. '뭉이'는 여의주를 여러 개 물고 있는 이무기에서 따온 부캐다. 옛이야기라는 하나의 여의주에 집중해서 승천을 이뤄낸다는 계획을 가지고 있다.

노고할망 (여/??/살아 있는 신화로 통하는 여신)

고조선 이전부터 살아온, 세상 모든 할머니를 대변하는 이야기꾼. 젊은 할머니 같은 외모인데, 더 늙지는 않을 것 같은 느낌이다. 세상사 깊은 이치를 담고 있는 신화들을 주로 이야기한다. 옆에서 가만히 미소를 짓는 것만으로도 안정감을 전해주는, 모두의 큰어머니 같은 존재다.

약손할배 (남/83세/편안하고 푸근한 옆집 할아버지)

어려서부터 옛이야기를 즐겨 듣고 말하며 살아온 정통 이야기꾼. 독서가 취미로, 어른들에게 들은 한국 설화 외에 책으로 접한 다른 나라 이야기들도 많이 알고 있다. 생각이 유연하고 개방적이어서 젊은이들을 잘 이해하고 포용한다. 먼저 나서서 말하기보다 다른 사람들의 이야기를 경청하는 스타일이다.

차례

머리말

이야기꾼 프로필

✳

stage 01
거인이 된 꼬맹이들

주먹이의 모험 (한국) 19

엄지동자 (독일) 31

대나무통 소녀 새끼손가락 (베트남) 43

꼬맹이 호위무사 잇슨보시 (일본) 57

거인 뱃속의 코요테 (북미) 67

storytelling time. 나도 이야기꾼!

stage 02
진짜 나를 찾아서

사계절 선녀 원천강 오늘이 (한국) 81

메르겐 조릭토 (시베리아 브리야트족) 113

노을 아이 (북미) 127

카디르의 복 찾기 여행 (카자흐스탄) 135

storytelling time. 나도 이야기꾼!

stage 03
나의 꿈, 나의 길

밤의 삼바 (세네갈) 151

소년의 외침 (잉카) 165

수라판의 소원 (태국) 171

베를 짜며 노래하는 새 (독일) 181

황금 나이팅게일 (튀르키예) 191

storytelling time. 나도 이야기꾼!

stage 04
걸림 없이 당당하게

내 복에 사는 나, 감은장아기 (한국) 225

암소의 아들 이반 (러시아) 239

나그네의 못죽 (스웨덴) 253

흰눈이와 빨간장미 (독일) 261

storytelling time. 나도 이야기꾼!

*

집중 탐구! 이야기의 비밀 코드
옛이야기의 화소와 그 의미

설화와 화소(motif) | 화소의 뜻풀이는 어떻게?

이야기 속의 문화 요소 | 동양의 용과 서양의 용

이 책의 주제는 '나'입니다.

넓고 거친 세상의 한 개체로서,

아름답고 신령한 세상의 한 주인공으로서

자기 자신의 방식으로 꿈을 찾아 움직여서

남다른 무언가를 이루어낸 특별한 삶의 이야기들을 모았습니다.

서로 다른 인물들이 펼쳐내는 색다른 이야기들이지만,

그 서사적 여정을 함께 하다 보면

결국 '나'를 만나게 될 것입니다.

과거의 나와 현재의 나, 그리고 미래의 나를요.

그 만남을 통해 '미래의 나'는

더 씩씩하고 행복해질 수 있을 것입니다.

stage 01

거인이 된 꼬맹이들

주먹이의 모험

엄지동자

대나무통 소녀 새끼손가락

꼬맹이 호위무사 잇슨보시

거인 뱃속의 코요테

뭉이쌤

좋은 이야기가 넘쳐나는 세상을 꿈꾸는 옛이야기 박사 뭉이쌤이에요. 지금부터 함께 행복한 이야기판을 펼쳐보기로 해요! 첫 번째 스테이지의 주제는 넓은 세상을 마음껏 휘저은 작은 거인들입니다. 통이, 연이, 엄지, 다들 즐겁게 들을 준비 됐지? 내가 주먹이 이야기로 문을 열도록 할게. 이 이야기는 한국에서 전해온 민담이야.

주먹이의 모험

✳

한국 민담

옛날 먼 옛날, 호랑이 담배 피우던 시절의 일이야. 푸른 시내가 졸졸 흐르는 시골 마을 조그만 초가집에 할머니와 할아버지가 살았어. 두 사람은 서른 해가 지나고 마흔 해가 넘도록 오순도순 사이좋게 지냈는데, 늘 마음 한구석이 허전했어. 자식이 없었거든. 어느 날, 할아버지가 한숨을 푹 쉬면서 말했어.

"에구, 우리한테 귀여운 아기 하나만 있으면 얼마나 좋을까!"

"그러게요. 내 아기를 한번 안아보면 더 바랄 게 없을 텐데."

하지만 어느새 노인이 됐으니 이를 어째. 자식을 가질 나이가 지나버렸으니 말야. 그때 할아버지가 뭔가를 곰곰 생각하더니만,

"할멈, 정성이 지극하면 하늘이 감동하신다잖아요? 우리 천지신명 신령님께 빌어볼까?"

"그럴까요? 그러고 보니 늘 바라기만 했지, 정성껏 빌어본 적은 없었네요."

그날부터 할머니와 할아버지는 틈틈이 소원을 빌기 시작했어.

마을 어귀 장승한테도 빌고, 무덤가에 서 있는 돌부처한테도 빌고, 하늘에 떠 있는 북두칠성을 보면서도 빌었지.

“아기 하나만 점지해 주세요. 주먹만 한 아이라도 좋습니다.”

그렇게 100일이 지났을 때야. 할아버지가 자다가 이상한 꿈을 꿨지 뭐냐. 가지각색 꽃이 만발한 꽃밭에서 웬 할머니가 나오더니 자그마한 꽃을 한 송이 건네주면서 이렇게 말하는 거야.

“뒤뜰 양지바른 곳을 세 길 파보시구려.”

꽃을 받아 드는 순간, 할아버지는 퍼뜩 잠에서 깨어났어.

“어허, 내가 이상한 꿈을 꿨네요. 너무 생생해.”

그러니까 할머니가 이렇게 대답해.

“그래요? 나도 신기한 꿈을 꾸다가 깨어났는데. 꽃밭에서 웬 할머니가…….”

“자그마한 꽃 한 송이를?”

“맞아요! 꽃을 주고서는 뒤뜰 양지바른 곳을 파보라고…….”

그러자 할아버지는 할머니 손을 꼭 잡았어.

“됐어요, 됐어! 삼신할머니가 아이를 점지해 주시려나 보오.”

“그러면 거기가 서천꽃밭? 오, 하느님!”

그때 밖에서 ‘꼬끼오!’ 하고 새벽닭 우는 소리가 들렸어. 할아버지는 마음이 바빠졌지. 헛간에서 삽과 괭이를 챙겨서 바로 뒤뜰로 갔어. 보니까 신기하게도 한 곳에 둥그렇게 아침 햇살이 비치고 있는 거야. 할아버지는 그곳을 삽으로 파기 시작했어.

할머니가 챙겨주는 밥도 먹는 둥 마는 둥 하고 할아버지는 땅파는 일에 열중했어. 중간에 돌덩이들도 나오고 땀이 비 오듯 흘렀지만 할아버지는 멈추지 않았단다. 구덩이는 점점 깊어졌지. 해가 서산으로 넘어갈 때쯤 돼서 깊이를 재보니까 딱 세 길이야.

할아버지는 조심조심 흙을 떠내면서 아래쪽을 살폈어. 그랬더니 하얗고 매끈한 게 보이는 거야. 캐보니까 둥그런 알이었어. 크기는 거위 알 만해. 그런데 이게 웬일이야. 알을 들어내고 나니까 그 밑에서 맑은 물이 졸졸 솟아나.

"오호, 여기 샘물이 있었네! 그거 참 잘됐다."

그동안은 동네 우물에서 물을 길어다 먹었는데, 이제 집에서 맑은 물을 마음껏 쓸 수 있게 됐으니 잘된 일이지. 할아버지보다 할머니가 더 좋아해.

그날 밤부터 할머니는 암탉이 달걀을 품는 것처럼 땅에서 캐낸 알을 품기 시작했어. 정성을 다해서 포근하게 감쌌지. 그렇게 날이 가고 달이 가고 100일이 지났을 때, 알이 턱 벌어지더니 한 아이가 나왔어. 그런데 몸이 주먹 크기만큼밖에 안 되지 뭐야. 그래도 있을 건 다 있었단다. 눈, 코, 입, 팔, 다리, 그리고 고추까지 달렸어. 울음소리는 또 얼마나 우렁찬지 몰라. 엄마 손바닥 위에서 팔다리를 버둥거리면서 '응애응애' 우니까,

"으아, 너무 귀여워! 세상에 이보다 귀여운 애는 없을걸!"

부부는 온 세상을 다 가진 것처럼 행복했어. 아이 이름은 '주먹이'라고 했단다. 몸이 주먹만 하니까 주먹이지. 주먹처럼 단단하고 용감하게 살라는 뜻이기도 해.

주먹이는 똘똘하게 잘 자랐어. 말도 잘하고 셈도 빠르고 뜀뛰기도 잘해. 숨바꼭질에서는 당연히 왕이지! 한번 숨으면 아무도 찾지를 못해. 높은 데서 뛰어내리는 재주도 주먹이를 당할 사람이 없었어. 몸이 워낙 가벼우니까 펄쩍 뛰어내려도 멀쩡한 거야.

그런데 주먹이가 이렇게 남들과 다르지 않게 지내는 데도 이상하게 몸은 전혀 커지질 않았어. 태어날 때의 크기 그대로야. 그러든 말든 주먹이는 늘 즐거웠어. 아빠가 바깥에 나갈 때면 꼭 따라나섰지. 아빠 주머니에서 얼굴을 빼꼼 내밀고 세상 구경을 하는 게 취미야.

어느 날, 주먹이 아빠는 마을에서 멀리 떨어진 물가로 낚시를 하러 갔어. 주먹이도 당연히 따라나섰지. 낚시터에 도착한 아빠가 강물에 낚싯줄을 휠쩍 던지고서는,

"주먹아, 오늘 물고기 많이 잡아서 맛있게 요리해 먹자."

"네, 아버지! 무슨 고기 잡을 거예요?"

"잉어도 잡고, 메기도 잡고, 쏘가리도 잡고, 다 잡아야지."

"다 잡지는 말고, 먹을 만큼만 잡아요!"

"그래그래. 하하하."

그때 근처에 있던 다른 낚시꾼이 보니까 웬 영감이 혼자서 두런두런 싱글벙글.

'어허, 저 영감님이 미쳤나? 왜 자꾸 혼잣말을 한담.'

하지만 주먹이 아빠는 늘 겪는 일이라서 신경도 안 써. 계속 두런두런 싱글벙글.

그런데 그날따라 물고기는 잡히지 않고 햇살만 얼굴을 간지럽히지 뭐야. 주먹이 아빠는 꾸벅꾸벅 졸다가 그만 깜빡 잠이 들었어. 주먹이가 꼬집고 소리쳐도 마냥 쿨쿨. 심심해진 주먹이는 살짝쿵 주머니에서 빠져나왔어. 아빠 바짓가랑이를 타고 쪼르르 내려와서 땅으로 폴짝. 수풀을 헤치고 물가로 가보니까 작은 물고기들이 물속에서 쏭쏭쏭쏭 헤엄치고 있는 거야.

'우와, 재미있겠다. 나도 함께 놀아야지!'

주먹이는 멋지게 다이빙을 해서 물속으로 첨벙 뛰어들었어. 이리저리 쏭쏭 헤엄치면서 물고기들이랑 술래잡기에 시간 가는 줄 몰랐지. 그런데 그때 뒤에서 검은 그림자가 슬쩍 다가오더니 주먹이를 꿀꺽 삼켰지 뭐야. 팔뚝만 한 쏘가리였어.

갑자기 온 세상이 깜깜해지고 닿는 곳마다 끈적끈적하니 숨이 막힐 지경이야. 주먹이는 물고기 배를 이리저리 마구 헤집고 때리면서 힘껏 아버지를 불렀어. 하지만 그 소리는 물 밖까지 들리질 않아. 주먹이는 더 세게 몸부림치면서 있는 힘을 다해 쏘가리 배를 걷어찼어. 그러니까 쏘가리가 배가 쓰려서 눈앞이 어질어질. 그때 눈앞에 웬 지렁이가 어른거리자 쏘가리가 꿀꺽 삼켰어.

"으어어, 어어억!"

이게 무슨 소리냐면, 쏘가리의 비명이야. 그 지렁이는 주먹이 아빠가 던진 낚시에 달린 미끼였거든. 아빠는 낚싯대가 흔들리자 퍼뜩 정신을 차리고 줄을 당겼어. 보니까 팔뚝만 한 쏘가리야.

"어허, 월척이다! 얘야, 주먹아, 이것 좀 봐."

근데 주머니에 주먹이가 없지 뭐야.

"어라, 얘가 어디로 갔지? 주먹아! 주먹아!"

그때 어디선가 가느다랗게 낯익은 목소리가 들려왔어.

"아버지, 아버지! 여기예요. 물고기 뱃속이요."

거기는 왜 들어갔나 몰라. 아빠가 조심조심 물고기 배를 가르자 주먹이가 폴짝 뛰어나오면서,

"아휴, 숨 막혀서 죽을 뻔했네. 아버지, 이 물고기는 내가 잡은 거예요!"

"이 녀석아, 물속엔 언제 들어간 거야? 죽을 뻔했잖아!"

"에이, 내가 죽기는 왜 죽어요? 걱정 마세요, 하하. 나 저기 가서 몸 좀 말리고 올게요."

주먹이는 아빠가 말릴 틈도 없이 쫄래쫄래 언덕으로 달려갔어. 양지바른 풀밭에서 하늘을 향해 벌러덩.

"와, 날씨 좋다! 하늘 파란 것 좀 봐!"

그때 갑자기 주먹이 몸이 위로 훌쩍 솟구쳤어. 하늘을 빙빙 돌던 솔개가 주먹이를 발견하고 휙 낚아챈 거야. 정신을 차려보니까 어느새 하늘 한가운데야. 멀리 내려다보이는 세상이 다 장난감 같지. 멀리 낚시하는 아버지도 보이는데, 개미보다도 작아.

"아버지, 아버지! 나 좀 봐요!"

하지만 아빠가 그 소리를 듣기에는 너무 멀지. 주먹이는 어쩌지 못하고 몸만 버둥버둥. 그때 갑자기 매 한 마리가 주먹이를 빼앗으려고 화닥닥 달려들었어. 솔개도 지지 않으려고 발톱을 세우고

서 맞섰지. 주먹이는 그 틈을 타서 몸을 홱 비틀어 솔개 발에서 벗어났단다. 그 서슬에 몸이 사정없이 아래로 펄렁펄렁.

"으아앗! 주먹이 살려!"

돌이나 땅바닥에 떨어졌으면 큰일이 났을 텐데, 다행히 주먹이가 떨어진 곳은 푹신한 짚더미였어. 정신이 아찔했지만 툴툴 털고 일어나 보니까 별 문제가 없었지. 워낙 몸이 가벼운 데다 바닥에 요령껏 착지한 덕분이야. 주먹이는 뛰어내리기 선수잖아!

"큰일 날 뻔했네. 그나저나 여기가 어디람?"

주먹이는 짚더미 위에서 둘레둘레 사방을 살폈어. 그때 웬 커다란 동굴 같은 게 쓱 다가오더니 주먹이를 꿀떡 빨아들였단다. 그 짚더미는 황소의 여물이었거든. 소가 별생각 없이 입을 벌리고 여물을 삼키는데 거기에 주먹이가 휩쓸려 들어간 거야. 주먹이는 소 밥통 속에 풍덩 내던져졌어.

"으아아! 산 넘어 산이라더니, 오늘 왜 이러냐?"

주먹이는 여물 사이로 겨우겨우 헤엄을 쳐서 가장자리로 나왔어. 사방이 깜깜한데 이상한 냄새까지 진동해서 숨이 막힐 지경이야. 그때 주먹이가 생각해 보니까 아무래도 들어온 데로는 못 나갈 것 같아. 높은 데서 풍덩 떨어졌으니까 말이지.

"여기가 분명 소의 뱃속이렷다! 그래, 똥구멍으로 나가는 거야."

주먹이의 긴 여행이 시작됐어. 작은 통로 속을 이리저리 헤집으면서 앞으로 나가고 또 나갔지. 숨이 턱턱 막혀왔지만 그럴 때마다 정신을 바짝 차리고 힘을 냈어. 그렇게 한참을 가다 보니까 드디어 멀리 작은 빛이 나타났단다.

'됐다! 저기가 소의 똥구멍이 분명해. 조금만 더 힘을 내자.'

그렇게 주먹이가 힘껏 앞으로 나아가는데, 갈수록 통로가 점점 좁아져. 게다가 고약한 냄새 때문에 숨 쉬기도 어려울 지경이야. 주먹이는 온 힘을 다해서 주먹으로 벽을 쳐대기 시작했어.

"에잇! 주먹이님의 주먹 맛 좀 봐라!"

그때 주먹이를 삼킨 황소는 속이 자꾸만 더부룩했어. 뱃속이 근질근질 찌릿찌릿. 소는 커다랗게 한번 울음을 울고는 똥을 한 무더기 싸질렀단다. 뿌지직!

사방이 깜깜해지면서 온몸이 꽉 조여드는가 싶더니, 갑자기 주먹이 눈앞이 확 트여. 정신을 차려보니 바깥이었지. 커다란 소똥 한복판이야. 몸을 움직여 보니까 아무 이상 없어. 냄새는 좀 심하게 났지만 말야.

"내가 천연 쿠션 덕을 톡톡히 봤군. 똥 냄새가 좀 구리지만 이 정도야 뭐! 어서 집에 가서 씻어야겠다."

주먹이는 몸에 묻은 똥을 툭툭 털어내고서 사방을 살펴봤어. 보니까 마을에서 그리 멀지 않은 곳이야. 멀리 자기 집이 보였지. 주먹이는 아무 일도 없었던 것처럼 털레털레 걷기 시작했어. 콧노래까지 흥얼거리면서 말이지.

황소 뱃속 깜깜! 황소 방귀 뿡뿡! 황소 똥 철푸덕!

풀밭엔 예쁜 꽃, 푸른 하늘 흰 구름, 두둥실 둥실 어딜 가나?

그렇게 한참을 가는데, 어디선가 자기 이름을 부르는 소리가 들리지 뭐야.

"주먹아, 주먹아! 주먹이 어디 있니?"

"주먹아, 제발 대답 좀 해봐!"

보니까 엄마와 아빠야. 주먹이는 그리로 쪼르르 달려가면서,

"어머니, 아버지! 저 여기 있어요."

엄마와 아빠는 그 소리를 듣고 얼른 달려와서 주먹이를 훌쩍 안아 올리면서,

"에구, 우리 아가! 어디 갔었던 거야?"

"아이고, 이 냄새는 또 뭐니? 몸에 이건 뭐야?"

그러자 주먹이가 씩 웃으면서,

"하하하. 그런 일이 있었어요. 아주 굉장한 모험이었답니다. 들으시면 깜짝 놀랄걸요."

"그래, 우리 아가 고생했구나. 집에 가서 씻고 찬찬히 얘기해 주렴."

"네, 어머니. 저 그만 내려놓으셔도 돼요. 혼자서도 잘 갈 수 있어요."

"하하, 그래. 우리 주먹이가 누군데! 그래도 오늘은 안 내려놓을 거야."

그들이 함께 웃는 웃음소리가 노을 지는 하늘로 멀리멀리 퍼져 나갔단다.

이야기에 대한 이야기

연이 우와, 재미있어요. 자그마한 아이가 대단하네요. 저 같으면 쏘가리나 황소 뱃속에 갇혔을 때 아무것도 못 했을 거예요.

뭉이쌤 연이도 막상 부닥치면 비슷하게 했을걸. 사람에게는 타고난 생존력이 있거든.

통이 맞아요. 저라도 어떻게든 헤쳐 나왔을 거예요. 근데 다른 건 괜찮아도 소똥은…… 으윽!

뭉이쌤 하지만 그 덕에 안전하게 잘 나왔으니 좋은 일 아닐까?

통이 그래도 그런 일은 안 겪는 게 낫지 않나요?

뭉이쌤 그렇기는 해. 하지만 살다 보면 편안하고 아름다운 일만 있는 건 아니거든. 때로는 곤경에도 처하고 창피한 일도 겪기 마련이야. 그런 일을 겪으면서 성장하는 거지.

연이 그런데 주먹이는 평생 그 크기로 남은 걸까요?

뭉이쌤 어찌 됐을까? 어느 날 훌쩍 커졌을지도! 한순간에 부쩍 성장하는 게 사람이니까 말이야. 몸도 그렇지만 마음은 더 그렇지.

연이 흠…… 좀 더 생각해 봐야겠어요.

뭉이쌤 그런데 너희들 생각에 주먹이가 그 뒤에 무슨 일을 하면서 살았을 것 같니? 나이가 들었을 때 말이야.

통이 여행가나 탐험가가 되지 않았을까요? 연예인이 됐을지도 몰라요.

연이 주먹이 개성이 특출나서 유명 인사가 됐을 것 같아요.

뭉이쌤 그래. 주먹이 성격을 보면 마을에 머무르기보다는 더 크고 넓은 세상으로 나아갔을 거야. 거기서는 어떤 특별한 일을 겪었을지 나도 궁금해지네. 그 뒷이야기를 상상해서 이야기로 엮어봐도 좋겠어.

연이 저는 주먹이가 어떤 친구들을 만나고 어떤 사랑을 했을지가 궁금해요.

뭉이쌤 그래, 한번 멋진 이야기를 만들어보자꾸나. 엄지는 말이 없네. 벌써 이야기 구상을 시작한 거야? 주먹이도 한 명의 '엄지'라고 볼 수 있는데, 그런 의미에서 다음 이야기는 엄지가 한번 해보지 않겠니?

엄지 네, 좋아요. 제가 하나 할게요.

엄지

제가 들려드릴 이야기는 세계적으로 유명한 거예요. 독일에서 전해온 민담이랍니다. 그림 형제 동화집에서 봤어요. 주인공이 엄지동자인데, 제가 엄지라서 더 마음에 와닿았어요. 마치 제 이야기 같았거든요.

엄지동자

✴

독일 민담

옛날 옛날, 한 마을에 가난한 농부 부부가 살았어요. 저녁때가 되면 남편은 난롯불을 피우고 아내는 바느질을 했대요. 그러던 어느 날, 남편이 말했어요.

"아이가 없어서 너무 슬퍼요. 다른 집은 다들 시끌벅적 즐거운데……."

아내도 한숨을 쉬며 맞장구를 쳤어요.

"맞아요. 아이 하나만 있으면 얼마나 좋을까! 엄지손가락만 해도 진짜로 사랑할 텐데……."

그 소원이 하늘에 닿았나 봐요. 그날 이후 아내는 곧 임신했고, 일곱 달 만에 아이를 낳았어요. 근데 아기 크기가 정말로 엄지손가락만 했대요. 그래도 부부는 아주아주 행복했어요. 아이의 이름을 엄지동자라고 붙여주고 정성을 다해서 키웠죠.

근데 아이가 달이 가고 해가 가도 더 자라질 않는 거예요. 아무리 먹어도 계속 엄지 크기예요. 하지만 아주 영리하고 재빨랐어요. 게다가 어떤 일을 하든지 운도 잘 따랐대요.

어느 날, 아빠가 숲으로 나무를 하러 나서면서 말했어요.

"이거 참! 누가 마차를 숲으로 끌고 오면 좋으련만……."

그러자 엄지동자가 소리쳤어요.

"아빠, 제가 할게요. 시간 맞춰 숲으로 마차를 몰아 가겠어요."

"네가 말을 어떻게 몬단 말이니?"

"말의 귓속에 들어가 앉아서 갈 곳을 알려주면 되죠!"

"그래? 그럼 한번 해보렴. 마차에 말을 매는 일은 위험하니까 엄마한테 부탁하고."

아빠가 숲으로 간 뒤 시간이 흘러서 어느덧 마차를 몰고 갈 때가 됐어요. 엄마는 마차에 말을 맨 뒤 아들을 말의 귀에 안전하게 앉혀줬어요. 이제 엄지동자가 활약할 시간이에요.

"이랴! 가자! 자, 왼쪽으로! 그래그래, 굿!"

말이 엄지동자의 지시를 알아듣고서 척척 나가요. 어른이 말을 부리는 것과 다름없었죠. 아니, 그보다 나아요. 마차가 가벼우니까 말이 더 잘 움직여요.

마차가 숲속으로 들어가고 있을 때, 길 가던 낯선 사내들이 그 광경을 봤어요.

"뭐지? 말이 혼자 마차를 끌고 가잖아?"

그 모습이 너무 신기했던 사내들은 마차를 뒤쫓았어요. 얼마 뒤 마차는 숲속 한 곳에 딱 멈췄어요. 아빠가 나무를 해서 쌓아놓은 자리였죠.

"아빠, 제가 마차를 몰고 왔어요. 이제 내려주세요."

아빠 도움으로 말의 귀에서 나온 엄지동자는 자랑스럽게 웃으면서 자리에 앉았어요. 그 광경을 지켜본 사내들 눈이 둥그레졌죠. 그때 한 사내가 옆 사람 귀에다 대고 말했어요.

"이봐, 저 꼬맹이로 한몫 잡아보자. 도시로 데려가서 사람들에게 돈을 받고 구경시키는 거야."

"오, 좋은데!"

두 사람은 엄지동자의 아빠에게 다가가서 슬며시 말했어요.

"그 꼬마를 우리한테 파시오. 잘 지내게 해주겠소."

아빠는 당연히 딱 잘라 거절했죠.

"싫소! 내 목숨보다 귀한 자식이오. 금을 산더미로 줘도 안 팔아요."

그때 엄지동자가 아빠 옷을 타고 올라가서 귀에 대고 속삭였어요.

"아빠, 이 기회에 세상 구경을 해보고 싶어요. 저를 저 사람들한테 파세요. 다시 돌아올 테니 걱정 안 하셔도 돼요."

늘 아들을 믿었던 아빠는 잠시 고민하다가 두 사람에게 아이를 넘겨줬어요. 약속한 돈도 받았는데, 금액이 상당했대요.

엄지동자를 넘겨받은 두 사람은 아주 신이 났어요.

"어이, 꼬맹아! 어디에 앉아서 갈래?"

"아저씨 모자 테두리에 앉혀주세요. 경치 구경 좀 하게요."

그렇게 엄지동자는 모자 위에 앉아서 길을 떠났어요. 흥얼흥얼 콧노래를 부르면서요.

한참을 가다 보니 큰 마을이 나타났어요. 날은 점점 어두워지기 시작했죠. 그때 엄지동자가 모자 위에서 소리쳤어요.

"나를 땅에 내려주세요. 볼일이 급해서 못 참겠어요."

"그냥 거기서 해결해."

"에이, 저도 예의가 있는데 어떻게 여기서 실례를 해요? 여기다 오줌을 싸면 아저씨 얼굴로 흘러내릴 텐데요."

그 말에 사내는 얼른 모자를 벗어서 엄지동자를 바닥에 내려줬어요. 엄지동자는 눈을 반짝이면서 재빨리 쥐구멍 속으로 쪼르르 뛰어 들어갔죠. 모자 위에서 미리 봐둔 거예요.

"여기까지 데려다줘서 고마워요. 덕분에 구경 잘 했습니다요."

두 사내는 막대기로 구멍을 쑤셔봤지만 헛수고였어요. 엄지동자는 이미 안전한 곳에 딱 자리 잡은 상태예요. 날이 캄캄해지니까 사내들은 거길 떠날 수밖에 없었죠.

두 사람이 멀리 사라지자 엄지동자는 쥐구멍에서 스사삭 빠져나왔어요. 조심조심 길을 가던 엄지동자는 빈 달팽이 껍질을 발견했어요.

"오호, 좋은데! 이곳이면 안전하게 밤을 보낼 수 있겠어."

엄지동자는 달팽이 껍질 속으로 쏙 들어갔어요. 눈을 감고서 막 잠들려고 하는데, 갑자기 웬 남자들 말소리가 들려오는 거예요.

"이봐! 저기 저 부잣집을 털어야 할 텐데, 어찌하면 좋을까? 집안에 금하고 은이 많다는데 말야."

"창문마다 굵은 쇠창살이 있는 데다 지키는 사람이 많아서 힘들어."

가만히 말을 들어보니까 도둑이 분명해요. 엄지동자는 잠시 생각하다가 달팽이 껍질 속에서 소리쳤어요.

"나한테 좋은 방법이 있어요. 나를 끼워주세요!"

그 말에 두 도둑은 화들짝 놀라서 몸을 움찔했어요.

"누구지? 우리 말을 다 들은 거야?"

"아니, 어디서 소리가 난 거야?"

그러자 엄지동자가 달팽이 껍질에서 얼굴을 내밀고 말했어요.

"여기예요. 땅바닥을 보세요!"

바닥에 있는 엄지동자를 발견한 도둑이 코웃음을 치면서 말했어요.

"너였구나. 손가락만 한 녀석이 우리를 돕겠다고?"

"일단 말 좀 들어보지 그래요? 나는 몸이 작아서 어디든 들어갈 수 있어요. 내가 창살 안으로 들어가서 틈 사이로 금을 건네주면 되잖아요."

"오호, 그거 말 되는데! 그래, 한번 해보자."

도둑들은 엄지동자를 데리고 부잣집 정원으로 숨어든 뒤 금고 쪽으로 다가갔어요. 그때 엄지동자가 쇠창살 틈으로 쏙 들어가더니 커다란 목소리로,

"아저씨! 여기 있는 거 다 훔치면 되나요?"

그러자 도둑들이 깜짝 놀라서,

"이놈아, 조용히 해! 사람들 일어나겠다."

하지만 엄지동자 목소리는 더 커졌어요.

"뭐라고요? 금고에 있는 거 다 꺼내라고요? 몽땅 다요?"

엄지동자의 목소리가 쩌렁쩌렁 울리자 잠에서 깬 사람들이 몰려왔어요. 도둑들은 꼼짝없이 붙잡혔죠.

"헤헤. 남의 물건을 함부로 탐내면 안 되는 법이지!"

엄지동자는 쪼르르 헛간으로 들어갔어요. 풀더미 위에 잠자리를 만들고서는,

"아아, 재미있었다! 내일 아침에 집으로 돌아가야지!"

그러고는 쿨쿨 꿈나라로 빠져들었어요.

다음 날, 아직 날이 밝기도 전인데 하녀가 헛간에 들어왔어요. 소한테 먹이려고 풀을 한 더미 집어 들었는데, 하필 엄지동자가 있는 곳이었지 뭐예요. 엄지동자가 잠에서 깼을 때는 이미 암소 입으로 들어간 뒤였어요. 놀라서 살펴보니까 위아래로 커다란 돌덩이가 움직이고 있어요.

"어? 어쩌다 내가 맷돌 사이로 들어왔지? 앗, 위험하다!"

엄지동자는 재빨리 몸을 피해 돌 사이에서 벗어났어요. 그러니까 암소 이빨에서요. 소가 풀을 꿀꺽 삼키니까 엄지동자는 그만 소 밥통 속으로 쑤욱 털푸덕.

"아이구, 여기 마음에 안 들어! 이렇게 깜깜하고 축축하다니!"

그런데 더 곤란한 건 위에서 자꾸만 쏟아지는 풀더미예요. 점점 자리가 좁아져서 움직이기 어려웠죠. 엄지동자는 온 힘을 다해 소리쳤어요.

"이봐요! 여물 좀 그만 줘요! 여물 좀 그만 줘!"

엄지동자가 몸은 작아도 목소리는 우렁차요. 외치는 소리가 소의 입 밖으로 울려퍼졌어요. 그 소리를 들은 하녀는 깜짝 놀라서 발라당 넘어졌어요. 집 안으로 헐레벌떡 달려 들어가면서,

"주인님! 주인님! 암소가 말을 해요!"

"뭐라고? 소가 말을 한다니, 무슨 정신 나간 소리야?"

근데 주인이 소 있는 데로 가보니까 진짜 소가 말을 하지 뭐예요.

"여물 좀 그만 줘! 그만! 이러다가 죽겠다고!"

주인이 그 소리를 듣더니만,

"맙소사! 소한테 귀신이 들렸어. 빨리 처치해야 해."

주인은 사람들을 시켜서 그 소를 잡아 죽이게 했어요. 곧 소의 몸통이 분리되면서 밥통이 한쪽으로 던져졌죠. 밥통 속에 있던 엄지동자는 낑낑대면서 틈새를 비집고 나와 머리를 내밀었어요.

"휴, 살았다! 숨 막혀서 죽는 줄 알았네. 하하."

하지만 기쁨도 잠깐, 또 다른 문제가 발생했어요. 굶주린 늑대가 달려와서 소 밥통을 통째로 삼킨 거예요.

'이야, 이제 어떡한담? 그래도 방법은 있겠지. 어쩌면 늑대랑 말이 통할지도 몰라.'

엄지동자는 다정한 목소리로 늑대를 불렀어요.

"늑대야, 내가 근사한 먹이가 잔뜩 있는 곳을 아는데!"

"뭐? 먹이가 잔뜩 있다고? 거기가 어딘데?"

"응, 내가 알려주는 곳으로 찾아가면 돼. 몇 달을 먹어도 남을걸? 대신 나한테도 나눠줘야 해."

"그래? 일단 가보고서!"

엄지동자가 늑대를 데려간 곳은 자기가 살던 마을이었어요. 자기 집 울타리 앞으로 안내한 뒤 개구멍을 알려줬죠. 그 구멍으로 기어 들어가서 식료품 저장고로 가니까 진짜로 먹을 게 가득해요. 늑대는 맛있는 먹이를 배가 터지도록 먹었어요.

배를 잔뜩 채운 늑대는 울타리 밖으로 나가려고 했지만 헛수고였어요. 배가 빵빵해지는 바람에 구멍에 몸이 끼는 거예요. 엄지동자가 그 기회를 놓치지 않고 고래고래 소리를 질렀어요.

"우아악, 와악! 나 여기 있어요!"

"조용히 해, 이 녀석아! 사람들 듣겠어!"

"뭐라고? 들으라고 이러는 거거든! 엄마, 아빠! 엄지예요!"

고래고래 소리를 치니까 엄마와 아빠가 웬일인가 싶어서 나왔죠. 보니까 늑대가 울타리 안에서 날뛰고 있지 뭐예요. 부부는 낫과 도끼를 들고서 늑대에게 다가갔어요.

"내가 다가가서 공격할 테니 당신은 이쪽을 막아요."

"알겠어요. 조심해요."

그때 부모님 목소리를 들은 엄지동자가 다시 소리쳤어요.

"엄마, 아빠! 저 여기 있어요! 늑대 뱃속이에요!"

그러자 아빠가 반가워하면서,

"오, 사랑하는 아들이 돌아왔구나. 조금만 기다려!"

아빠는 엄마에게 낫을 치우게 한 뒤 도끼로 늑대 머리를 콰 내리쳤어요. 정통으로 머리를 맞은 늑대는 한 방에 나자빠졌죠. 부부는 조심스레 늑대 배를 가르고 아들을 끄집어냈습니다.

"휴, 답답해서 혼났네. 감사해요, 엄마 아빠!"

부부는 엄지동자를 꼭 안으면서 말했어요.

"우리가 얼마나 걱정한 줄 아니? 어쩌다 여기 들어가게 된 거야?"

"하하. 말하자면 길어요. 대단한 모험이었거든요. 쥐구멍에도 있었고, 부잣집 창고에도 있었고, 암소 밥통 속에도 있었어요. 두고두고 얘기해 드릴게요."

그러면서 엄지동자는 식료품 저장고를 가리켰어요.

"늑대가 난장판을 쳐놨어요. 아까워서 어떡해요?"

그러자 엄마가 말했어요.

"무슨 상관이야! 우리한테는 네가 백 배 만 배 귀하단다. 무사히 돌아왔으니 그걸로 충분해."

"그렇고말고! 앞으로 누가 온 세상을 다 준다고 해도 너를 내주지 않을 거다."

엄마와 아빠는 엄지동자에게 차례로 입을 맞췄어요. 그리고 곧바로 몸을 씻기고는 새 옷을 입혀줬답니다. 모험 중에 옷이 다 해져서 너덜너덜했거든요.

이야기에 대한 이야기

연이 이거 뭉이쌤이 들려주신 주먹이 이야기랑 비슷해.

세라 뭉이쌤, 먼 나라 이야기 내용이 비슷한 경우가 많나요?

뭉이쌤 네, 아주 흔한 일이에요.

세라 이야기가 흐르고 흘러서 멀리 건너온 걸까요?

뭉이쌤 그럴 수도 있고, 아닐 수도 있어요. 서로 역사적 관련이 없는 먼 곳에서도 비슷한 이야기가 발견되는 사례가 많거든요. 사람들의 공통적인 심성과 상상력이 반영된 결과라고 볼 수 있어요.

연이 근데 주먹이와 엄지동자는 성격이 다른 면도 있는 것 같아요. 스스로 나서서 마차를 몰고, 도둑 무리에도 들어가는 걸 보면 엄지동자는 아주 모험적인 것 같거든요.

세라 하지만 주먹이도 소극적인 건 아니야. 맞닥뜨린 상황에 적극적으로 대응하잖아?

통이 맞아요. 소똥 속에서도 활짝 웃으며 일어나는 아이가 주먹이니까요. 가만! 엄지야, 너도 한마디 좀 해봐.

뭉이쌤 그래. 이야기에 대한 엄지의 소감은?

엄지 소나 늑대의 뱃속에 들어간 건 아니지만, 비슷한 일을 좀 겪었어요. 작고 어린 저를 노리는 함정이 세상에 많더라고요. 결국 저를 지킬 수 있는 건 저밖에 없다는 걸 깨달았어요. 엄지동자도 자기를 지키기 위해 부딪쳐 싸웠기 때문에 살아남은 거라고 생각해요.

노고할망 어린 나이인 데도 생각이 대단하구나. 그 힘은 하늘로부터 왔다는 사실을 잊지 말거라. 물론 부모님께 받은 것이기도 하지. 눈에 보이지 않아도 세상 모든 것들에는 연결고리가 있기 마련이야.

엄지 네, 꼭 기억할게요. 이렇게 살아갈 수 있는 걸 모두에게 감사하고 있어요.

뭉이쌤 하하. 이제 다음 이야기로 넘어갈까요? 누가? 세라 씨?

세라 네, 한번 해볼게요. 남자가 아닌 여자 엄지 이야기로요.

세라

얘들아, 내가 이야기 하나 할 테니까 귀 쫑긋 세우고서 들어줘. 따뜻한 남쪽 나라 베트남에서 전해온 이야기야. 주인공이 여자아이인데, 얘는 주먹이보다 더 작아. 부모하고 살다가 홀로 숲속으로 가게 되지. 넓은 세상으로 나간 손가락만 한 소녀에게 어떤 일이 벌어질까? 기대해도 좋아!

대나무통 소녀 새끼손가락

✴

베트남 민담

옛날 옛날, 대나무가 큼직큼직 잘 자라는 남쪽 나라에 자그마한 소녀가 살았어. 몸집이 얼마만 하냐면, 주먹보다도 더 작아. 엄지 손가락보다도. 딱 새끼손가락만 했대.

그 아이가 어떻게 생겨났냐면, 부모가 하늘에 빌어서 태어났어. 결혼한 지 20년이 넘도록 자식이 없어서 외롭던 한 부부가 어느 날 하늘을 향해 두 손 모아 빈 거야.

"하느님, 우리에게 아기 하나만 내려주세요. 작아도 좋고, 못생겨도 좋습니다."

그랬더니 아내가 진짜로 임신을 했지 뭐니.

"아가야, 우리한테 와줘서 고마워. 잘 먹고 잘 자라서 건강하게 태어나 주렴."

그런데 이상한 일이지. 아홉 달이 되고 열 달이 돼도 아기가 안 나오는 거야. 무려 3년이 지나고서야 엄마 배에서 나왔대. 그런데 아이를 낳고 보니 이게 무슨 일인가 싶어. 아이가 너무너무 작았거든. 얼마만큼? 새끼손가락만큼!

워낙 작아서 처음에는 얘가 딸인지 아들인지도 분간하기 어려웠어. 자세히 보니까 딸이야. 작지만 이목구비랑 팔다리가 오목조목 얼마나 예쁜지 몰라.

"귀여운 우리 딸, 엄마 젖 많이 먹고 쑥쑥 자라라."

그 말을 알아들었는지 아기가 눈을 반짝이면서 방긋! 세상에서 제일 예쁜 새끼손가락이지.

부부는 정성껏 아이를 키웠어. 밖에 나가면 위험할까 봐 집 안에만 두고 보살폈대. 아이가 더 크면 내보내려는 생각이었지. 그런데 달이 가고 해가 가도 아이 몸이 커지질 않는 거야. 열 살, 열다섯 살을 넘기고도 여전히 손가락 크기지 뭐니.

어느 날, 엄마가 심각한 표정으로 아이 아빠에게 말했어.

"여보, 이 아이를 어떻게 해요? 열다섯 살이 넘었는데 계속 데리고 있을 수만은 없잖아요? 우리가 평생 돌볼 수 있는 것도 아니고요."

"이렇게 작은데 밖에서 혼자 잘 살 수 있을지……."

"그건 이 아이의 운명에 달린 일이에요. 하늘이 살리고자 한다면 어떻게든 살리겠죠."

그러자 아빠가 고개를 끄덕였어.

"당신 말이 맞아요. 하늘을 믿고 내보냅시다. 내가 이 아이 살 집을 마련해 볼게요."

아빠는 밖에 나가더니 커다란 대나무를 한 마디 잘라 왔어. 거기 구멍을 내고 자그마한 문을 만들었지. 그러니까 그게 새끼손가락의 집이야. 아빠는 그 안에 먹을 걸 챙겨 넣고서 말했어.

"얘야, 너도 이제 네 힘으로 살아갈 때가 됐어. 이게 앞으로 네가 살 보금자리란다."

새끼손가락은 아빠 말을 듣고는 씩씩하게 대답했어.

"알겠어요, 아빠. 예쁜 집 고마워요. 걱정 말고 저를 밖으로 보내주세요. 이왕이면 큰 산으로 가고 싶어요."

"그래. 네 뜻대로 해주마."

아빠는 딸이 원하는 대로 대나무통을 깊은 산속으로 가져갔어. 딸이 살 만한 곳을 찾아 여기저기 찾아다니다가 한 곳에 멈춰 서더니,

"여기가 먹을 게 많아 보이는구나. 나물이랑 열매도 있고…… 어린 수박 넝쿨도 있네. 산속에 웬 수박이지?"

그 말에 새끼손가락은 눈을 초롱초롱 빛내며 주변을 돌아봤어.

"여기가 마음에 들어요. 이곳에서 지내겠어요!"

"그래, 알았다. 숲은 위험하니 웬만하면 집 안에 있어야 한다. 종종 찾아올게."

"고맙습니다, 아빠. 혼자서도 잘할 수 있으니 걱정 마세요."

그렇게 새끼손가락은 혼자가 됐어. 그 뒤로 정말 대나무통 안에만 있었을까? 그럴 리 없지! 날이 밝으면 집 밖으로 나와 여기저기 쪼르르 다니면서 구경을 해. 손으로 만져도 보고 발로 툭툭 차 보기도 하고.

새끼손가락은 야생 수박 넝쿨이 마음에 쏙 들었어. 거름이 될 만한 걸 열심히 모아다가 뿌렸지. 그랬더니 넝쿨이 쑥쑥 자라나면서 수박 열매가 달려서 점점 커지는 거야.

그러던 어느 날이었어. 이 나라에는 왕자가 세 명 있었는데, 그중 막내 왕자가 새끼손가락이 사는 산으로 사냥을 왔어. 그런데 열심히 동물들을 쫓다 보니 그만 길을 잃었지 뭐니. 주변을 돌아봐도 아무도 안 보여.

"아, 목마르고 배고파서 쓰러지겠어. 뭐 좀 먹을 게 없을까?"

그때 왕자가 살펴보니까 한쪽에 크고 둥그런 열매가 있지 뭐니. 다가가 보니 수박이야.

"와, 이게 뭐야? 시장에 있는 수박보다 훨씬 크네!"

손으로 톡톡 두드려보니까 맑은 소리가 통통. 왕자는 얼른 칼로 수박을 쪼개서 손에 들고 먹기 시작했어. 배가 얼마나 고팠던지 혼자서 반 통을 먹었대. 그랬더니 속이 아주 든든하지. 배를 톡톡 두드려보니까 소리가 통통.

"이렇게 맛있는 수박은 처음이야. 힘이 막 넘치는걸!"

왕자는 수박 반 통을 남겨두고서 자리에서 일어섰어. 그러면서,

"고마워요. 잘 먹고 갑니다!"

이렇게 수박에게 인사를 하는 거야. 보는 사람도 없는데 말이지. 아니, 보는 사람이 없으니까 그랬겠지. 하하.

그런데 말이지, 진짜로 보는 사람이 없었을까? 아니야. 새끼손가락이 대나무통 안에서 그 모습을 다 보고 있었어. 왕자가 떠나

자 새끼손가락은 문을 열고 나와서 왕자가 남겨놓은 수박을 두 손에 받쳐 들었어. 제 몸보다 훨씬 큰데도 거뜬해. 그러고는 그 수박을 먹기 시작하는데, 속도가 왕자보다 서너 배는 빠르지 뭐니. 남은 수박 반 통이 금세 흔적도 없이 사라졌어.

"아, 잘 먹었다. 행복해!"

다시 대나무통 안으로 들어간 새끼손가락은 스르르 잠이 들었어. 낮과 밤이 바뀌고 또 바뀌는 줄도 모르고 코까지 다르랑다르랑 골면서 콜콜. 그렇게 서너 달쯤 잤나 봐. 드디어 기지개를 켜고 깨어났는데, 이상하게 몸이 잠들기 전과 달라. 뱃속에서 뭐가 움직이는 느낌이야. 아기가 들어선 거지.

"나도 엄마가 되겠구나. 잘됐어!"

몇 달 뒤, 새끼손가락은 아들을 낳았어. 처음에는 엄마보다도 작았는데, 쑥쑥 자라나더니 주먹만큼 커지고 팔뚝만큼 커져. 얼마나 예쁜지 몰라. 새끼손가락은 풀과 나뭇가지로 보금자리를 만들어주고 아기를 토닥이면서 노래를 불러줬어. 자장가도 불러주고 사랑 노래도 불러주고.

그러던 어느 날, 왕자가 그곳을 다시 찾아왔어. 그때의 수박 맛을 잊지 못했던 거야. 왕자가 수박이 어디 있나 찾고 있는데, 어디선가 고운 자장가 소리가 들리지 뭐니. 가보니까 다른 사람은 없고 아기 혼자뿐이야. 몸에서 반짝반짝 빛이 나는 귀여운 아기. 왕자는 사랑스런 마음이 솟아나서 아이를 번쩍 안아 들었어.

"귀여운 아가야, 이 깊은 산속에 너 혼자 웬일이니? 자장가 소리가 들린 것 같은데, 내가 잘못 들었나?"

그때 아기가 '응애응애' 울기 시작했어. 울음소리가 점점 커지자 왕자는 어쩔 줄 몰라서 땀을 삐질삐질. 그때,

"아기 이리로 주세요!"

그 소리에 왕자가 깜짝 놀라서 주위를 둘러보는데, 아무도 안 보여.

"뭐지? 내가 귀신에 홀렸나?"

그때 누가 왕자 발끝을 툭툭 치는 거야.

"여기예요. 아기를 나한테 주세요."

왕자가 발끝을 바라보니까 세상에나, 아주 조그만 사람이 있지 뭐니. 잘 보니까 여자야. 어찌나 귀여운지 정신을 못 차릴 지경이야. 왕자는 조심스레 몸을 굽혀서 아기를 건네줬어. 엄마가 안으니까 아기가 울음을 뚝 그치지.

"당신이 이 아이 엄마로군요. 정말 신기해요. 어떻게 산속에서 아기를 키우게 됐나요? 아이 아빠는 없어요?"

"아빠 없이 태어난 아이가 어디 있겠어요?"

그러면서 새끼손가락은 그간의 일들을 이야기했어. 집에서만 지내다가 산속에 들어온 일, 거름을 줘서 수박을 키운 일, 왕자가 남긴 수박 반 통을 먹고 아기를 가진 일까지 전부 다. 그러자 왕자가 깜짝 놀라면서,

"그러면 이 아기가…… 내 아들?"

새끼손가락은 말없이 고개를 끄덕였어. 때마침 아기가 왕자를

바라보면서 생긋!

"그래, 나 어릴 때 모습이랑 꼭 닮았어!"

아기를 안은 엄마를 바라보는 왕자의 얼굴이 발그레. 마음 깊은 데서 사랑의 마음이 쑥쑥! 왕자는 새끼손가락의 작은 손을 꼭 잡으면서 말했어.

"당신을 사랑해요. 나와 결혼해 주세요!"

새끼손가락은 대답 대신 자그마한 손으로 왕자의 손가락을 꼭 잡았어. 왕자는 흠칫 놀랐지. 새끼손가락의 손힘이 굉장했거든.

'역시 평범한 사람이 아니야. 세상에 이런 사람은 둘도 없을걸!'

새끼손가락과 왕자는 거기서 바로 둘만의 약혼식을 올렸어. 그러고는 수박을 한 통 쪼개서 반씩 나누어 먹었단다. 마침 수박이 잘 익은 때였거든. 세상에서 제일 맛있는 수박이지! 사랑하는 사람하고 먹으니까 말야.

수박을 다 먹고 나서 새끼손가락이 말했어.

"저는 한동안 여기 있겠어요. 할 일이 있거든요. 왕자님이 나를 자주 찾아주세요."

"알겠어요. 당신 말대로 할게요."

그 뒤로 왕자는 틈만 나면 그곳을 찾아왔어. 산에서 셋이 함께 지내는 시간이 너무나 행복해. 그런데 왕자가 자꾸 산에 들어가니까 이상한 소문이 퍼지기 시작했어. 왕자가 마녀에게 홀려서 허공을 보며 헛소리를 한다는 거야.

그 소문을 왕자의 형들이 들었지 뭐니. 형들은 냉큼 왕한테 달려가서 모조리 일러바쳤어. 안 그래도 평소에 사람들에게 많은 사랑을 받는 동생을 질투하고 있었거든. 왕은 그 말을 듣고서 막내를 불러들였지.

"네가 산에서 마녀를 만난다니 어쩐 일이냐? 아기까지 있다던데 무슨 말이야? 똑바로 말하거라!"

그러자 왕자가 말했어.

"아버지, 미리 말씀드리지 못해 죄송합니다. 실은 산에서 사랑하는 여자를 만나 미래를 약속했습니다. 하지만 절대 마녀가 아닙니다. 누구보다도 귀한 사람이에요. 아기는 하늘이 내려준 소중한 선물이고요."

그러자 왕이 엄한 표정으로 말했어.

"당장 데리고 오너라. 내가 직접 한번 봐야겠다."

왕자는 알았다고 대답했지만, 사실 속으로는 걱정이 앞섰어. 새끼손가락을 보면 사람들이 뭐라고 할지 모르니 말이야. 다들 진짜 마녀라면서 손가락질을 할 것 같아. 형들도 이때다 싶어 난리를 칠 거고.

왕자는 이런저런 걱정에 잠긴 채로 새끼손가락을 찾아갔어. 하지만 숨길 일이 아니지. 왕자는 사실대로 다 이야기하고서 이렇게 말했어.

"나와 함께 궁궐로 가요. 가서 부모님을 뵙고 사람들과 어울려 살아요."

그러자 새끼손가락이 말했어.

"내가 이런 모습인데도 괜찮겠어요? 평범한 사람들과는 다르잖아요."

"실은 나도 잠깐 그런 생각을 했어요. 하지만 걱정하지 않겠어요. 당신은 내가 사랑하는 사람이고, 누구보다 큰 사람이니까요!"

그러자 새끼손가락은 작은 두 팔을 벌려서 왕자를 꼭 안았어. 그러고는 아기를 안고서 길을 나섰지. 이제 대나무통 집과는 이별이야.

"아빠가 만들어준 나의 집, 그동안 고마웠어. 나무와 꽃들, 새들, 모두 안녕! 맛있는 수박도!"

숲에서 나온 왕자는 새끼손가락을 품속에 넣고 궁궐로 들어갔어. 그러니 다들 왕자가 혼자 돌아온 줄 알지. 왕자는 새끼손가락을 잠깐 옷방에 머물게 한 뒤 왕 앞으로 갔어.

"아버지, 이제 제 아내를 데려오겠습니다. 뭔가 좀 다르더라도 놀라지 말아주세요."

그러니까 사람들이 시끌벅적 야단이지. 같이 온 사람을 못 봤으니까 그럴 수밖에.

왕자는 다시 옷방으로 돌아가 문을 똑똑 두드렸어.

"네, 들어오세요."

문을 열고 들어선 왕자는 깜짝 놀랐어. 웬 처음 보는 아름다운 아가씨가 아기를 안고 있지 뭐니.

"당신은 누구인가요? 나의 새끼손가락은……."

그러자 아가씨가 다가오더니,

"제 손을 한번 잡아보세요."

아가씨가 내민 손을 잡은 왕자가 놀라서 소리쳤어.

"새끼손가락이군요! 이건 당신의 체온이에요. 맑은 눈빛과 고운 목소리도! 이게 어찌 된 일이죠?"

"이게 내 본모습이에요. 나는 원래 하늘나라 선녀였답니다. 죄를 짓는 바람에 남들과 다른 모습으로 세상에 태어났지요. 하지만 당신이 내 모습 그대로를 믿어주고 사랑해 준 덕분에 원래대로 돌아올 수 있었어요."

왕자는 이게 꿈인지 생시인지 제정신이 아니야.

"자, 왕자님. 어서 가서 인사를 드려야죠."

왕자와 새끼손가락은 아기를 안고 사람들 앞으로 걸어갔어. 세 사람 몸에서 반짝반짝 빛이 나. 다들 입이 저절로 벌어지지. 둘에게서 그간의 일을 전해 들은 왕은 고개를 끄덕이며 말했어.

"하늘이 맺어준 귀한 인연이구나. 잘된 일이야!"

이 모습을 지켜보던 사람들은 활짝 웃으며 박수를 치기 시작했어. 두 형들과 그 아내들만 시무룩 뾰로통.

그때부터 왕자는 새끼손가락과 함께 나라의 어려운 일들을 많이 해결했어. 아내가 말해준 대로만 하면 딱 맞아떨어지는 거야. 그러던 어느 날, 왕이 세 아들을 한자리에 불렀어.

"이제 나도 나이가 들었으니 왕위에서 물러날 때가 됐다. 너희들 중 가장 귀한 음식을 가져오는 사람에게 이 자리를 물려주겠다."

그 말을 들은 세 왕자는 부지런히 음식을 준비했어. 두 형은 최고의 요리사를 시켜서 화려하고 고급스러운 음식을 완성했지. 그런데 막내 왕자는 아내가 만든 작고 거친 빵을 가지고 간 거야. 빵을 받아 든 왕이 물었어.

"이 빵이 어찌해서 귀한지 말해보거라."

"이 빵은 나라의 수많은 백성들을 먹여 살리는 음식입니다. 백성이 있어야 나라가 있는 법이니, 어떤 음식이 이보다 귀하겠습니까?"

그러자 왕이 고개를 끄덕이면서 말했어.

"그래, 그것이 바로 왕이 될 사람이 가져야 할 마음이다. 이 나라를 물려받을 사람은 막내로다."

그렇게 해서 막내 왕자는 그 나라의 왕이 됐어. 동생을 모함하려던 형들은 부끄러워서 궁궐을 떠났다지. 새 왕은 나라를 잘 다스리면서 아내와 함께 오래오래 행복하게 잘 살았대.

이야기에 대한 이야기

연이 세라 언니, 최고예요! 새끼손가락이 수박 반 통을 먹는 장면에서 저 소름 돋았어요.

통이 새끼손가락이 수박을 먹고서 아기를 가진 게 너무 신기해요. 어떻게 그럴 수 있지? 할머니, 이게 가능해요?

노고할망 그러니까 옛날이야기지! 하지만 잘 생각해 보면 뭔가 숨은 이치가 있을지도 몰라.

연이 맞아요, 할머니! 우리 부모님도 손만 잡으셨는데 저를 낳으셨댔어요.

세라 하하, 연이 부모님 멋쟁이!

뭉이쌤 이 이야기 참 흥미롭네. 나도 연이처럼 새끼손가락이 자기 몸보다도 큰 수박을 먹는 모습에 반했어. 몸은 작아도 생명의 에너지는 누구보다 크다는 뜻이겠지.

세라 흠, 에로스(eros)를 두고 하는 말이군요.

뭉이쌤 바로 그거예요!

통이 저는 혼자서 수박 한 통 다 먹을 수 있어요!

노고할망 하하, 나중에 대단한 일을 하겠는걸. 통이에게 어울리는 짝은 어디 있으려나?

연이 왜 다들 저를……. 통이 오빠 제 스타일 아니거든요! 아무튼 저는 새끼손가락의 이야기를 듣고 그 자리에서 곧바로 청혼한 왕자가 멋졌어요. 또 솔직하게 모든 일을 털어놓는 모습도요.

뭉이쌤 그래, 한 나라의 왕이 될 만한 모습이야.

연이 새끼손가락도 그걸 알아본 것 같아요. 왕자가 수박을 먹고 나서 고맙다고 인사하는 모습도 그렇고요. 하나를 보면 열을 안다고 하잖아요?

세라 맞아. 그나저나 나는 부모가 새끼손가락을 집에서 내보낸 걸 어떻게 봐야 할지가 좀 어려워. 매정하게 버린 것 같기도 하고, 어쩔 수 없는 일 같기도 하고.

엄지 맞아, 나도 그 부분이 마음에 걸렸어요. 결과적으로 잘됐으니 좋은 일이긴 하지만…….

통이 새끼손가락이 잘된 일을 부모덕이라고 하기는 어렵다고 봐. 다 스스로 해낸 일이었잖아?

연이 그래도 아빠가 대나무통으로 집도 만들어주고 먹을 것도 충분히 넣어준 걸 보면 사랑 같기는 해. 자식이 언제까지고 부모 밑에서 살 수 있는 것도 아니니까. 하여튼 좀 어렵다.

뭉이쌤 그래, 찬찬히 생각해 볼 중요한 이야깃거리야. 아빠나 엄마 입장에서 이야기를 재구성해 봐도 재미있을 것 같네.

통이 오오, 부모 입장에서 풀어내면 또 다른 이야기가 되겠어요. 우리가 잘 모르는 뭔가가 있을 테니까요. 저도 한번 해봐야겠어요. 그건 그렇고…… 이번엔 제가 이야기 하나 해도 되겠죠?

일동 물론이지!

꼬맹이 호위무사 잇슨보시

✳

일본 민담

퉁이

옛날에 어느 부부가 정성껏 빌어서 자식을 낳았는데, 아주아주 작았대요. 새끼손가락이나 엄지동자만큼, 아니 그보다도 더요. 얘 이름이 잇슨보시인데, 손가락 한 마디만 한 사람이라는 뜻이래요.

부부는 정성껏 아이를 키웠어요. 아이는 몸이 작아도 늘 웃으면서 씩씩하게 할 일을 다 했죠. 말도 아주 똑 부러지게 잘해요. 그러던 어느 날, 잇슨보시는 부모님 앞에 떡 서더니,

"어머니, 아버지! 저는 큰 도시로 가겠어요. 넓은 세상에서 나만의 길을 찾아볼래요."

"그래, 우리 아들! 너는 씩씩하니까 어디서든 잘할 거야. 사나이로 태어났으니 넓은 세상을 누벼봐야지."

그래서 사나이 잇슨보시는 집을 떠나게 됐습니다. 부모님은 아들에게 세 가지 선물을 줬어요. 국그릇하고 숟가락하고 바늘을요.

도시로 가려면 강물 위쪽으로 가야 했어요. 잇슨보시는 잠시 생각하더니,

"그래, 이러면 되겠다!"

그러고선 국그릇을 강물 위에 띄우고 그 안에 폴짝 들어앉아요. 그러니까 그게 배예요. 숟가락으로 노를 저으니까 배가 빙그르르 돌면서 앞으로 나아가요. 바늘은 옆구리에 단단히 찼어요. 그건 칼이에요. 적이 나타나면 찔러서 무찌를 거예요.

잇슨보시는 배를 저어서 한참을 가다가 땅으로 폴짝 내려섰습니다. 거기가 도시 입구인데, 아직도 갈 길이 한참 멀어요. 잇슨보시가 주변을 둘러보는데, 마침 새 한 마리가 물가에서 졸고 있어요. 잇슨보시는 살금살금 다가가서 새의 발가락을 꽉 붙잡았어요.

"어라, 이게 뭐야!"

새는 깜짝 놀라서 하늘로 솟구쳤습니다. 발가락을 잡은 잇슨보시도 함께 날지요. 일부러 그런 거예요. 높은 데서 세상 구경을 하니까 신기하기도 하고 신나기도 해요.

새는 집들이 잔뜩 모여 있는 곳으로 날아갔어요. 보니까 큰 도시예요. 잇슨보시는 새가 제일 큰 집 위를 날아갈 때 손을 놓고서 훌쩍 뛰어내렸습니다.

높은 데서 뛰어내리는 건 잇슨보시의 특기예요. 자기 키보다 열 배 스무 배 되는 데서도 사뿐히 착지할 수 있죠. 이번에는 자기 키보다 백 배쯤 되는 높이라서 좀 신경을 썼어요. 땅에 몸이 닿을 때 일부러 몇 바퀴 데구르르 구르고서는 척 일어섰습니다.

"됐다! 멋진 도전이었어."

잇슨보시는 몸에 묻은 흙을 털어낸 뒤 바늘을 하늘로 착 치켜들었어요. 그런데 한 여자아이가 눈을 동그랗게 뜨고서 그 모습을 지켜보고 있어요. 칼을 뽑아 드는 모습이 박수가 절로 나올 만큼 멋졌거든요.

"안녕, 멋쟁이 무사님! 당신 이름은 뭔가요?"

"나는 잇슨보시입니다. 내 이름을 묻는 그대는?"

"나는 이 나라의 공주랍니다."

그 말에 잇슨보시가 왼쪽 무릎을 척 꿇고 오른손을 가슴에 대고서 인사를 했어요.

"작은 용사가 공주님께 인사 올립니다!"

공주가 보니까 완전 상남자예요. 공주는 잇슨보시가 마음에 쏙 들었습니다.

"지금 나라에서 호위무사를 뽑고 있답니다. 잇슨보시님이 나만의 무사가 돼주실래요?"

"영광입니다. 온몸을 바쳐서 공주님을 지키겠습니다!"

잇슨보시는 그렇게 공주의 호위무사가 됐어요. 공주가 직접 뽑으니까 아무도 뭐라 못 하죠.

공주에게는 또 다른 호위무사들도 있어요. 공주가 길을 가면 여러 무사가 에워쌌죠. 잇슨보시도 열심히 따라다녔어요. 하지만 다른 무사들은 얘를 뭐 아예 신경도 안 쓰죠. 존재감 제로예요.

그러던 어느 날, 공주가 궁궐 바깥으로 행차하는데 사건이 터졌어요. 그것도 아주 제대로요. 커다란 빨간 도깨비가 습격해 온 거예요. 일본 도깨비를 오니라고 한대요. 그 중에도 빨간 애들이 제일 무서워요.

"이놈들! 한번 맛 좀 보자!"

곰 같은 손에 커다란 망치를 들고서 입을 쩍 벌리고 덤벼드는데, 무서워서 까무러칠 지경이에요. 다들 말로만 들었지 직접 보는 건 처음이었거든요. 이렇게 끔찍할 줄이야! 순식간에 호위무사들이 뿔뿔이 내빼버렸어요. 도깨비는 낄낄대면서 공주가 탄 수레로 다가갔죠. 바로 그때!

"이 나쁜 도깨비! 당장 공주님에게서 떨어져라!"

누구? 맞아요. 잇슨보시! 다들 도망갈 때 혼자 떡 버티고서 칼을 촥 뽑아든 거예요.

도깨비는 잇슨보시를 찾는 데 한참이나 걸렸어요. 워낙 작아서요. 자세히 보니까 손가락만 한 녀석이 땅바닥에서 바늘을 빼 들고 서 있지 뭐예요.

"크하하, 요 녀석이 나를 웃겼어! 오냐, 애피타이저가 되는 영광을 베풀어주지!"

도깨비는 잇슨보시를 두 손가락으로 집어 들어서 꿀떡 삼켰습니다.

"으악! 잇슨보시님!"

"크하하하! 이제 네 차례다."

도깨비는 수레로 다가가서 곰 같은 손을 내밀었어요. 그런데 갑

자기 애가 얼굴을 콱 찌푸리면서 비명을 지르는 거예요.

“우억! 우어억! 켁켁켁…….”

도깨비 뱃속에서 한바탕 난리가 났어요. 잇슨보시가 바늘을 꽉 잡고서 도깨비를 마구 찌른 거예요. 도깨비라도 뱃속은 피부가 약해요. 거길 푹푹 찌르니까 너무 아프죠.

“아구 아구, 나 죽네! 도깨비 살려!”

하지만 뱃속에서는 칼춤이 멈추질 않아요. 쾌도난마 SS급 난도질! 도깨비는 펄쩍펄쩍 뛰다가 땅바닥에 풀썩 쓰러졌습니다.

“용서하세요, 살려주세요! 한 번만 봐주시면 다신 안 나타나겠습니다!”

“소용없다! 에잇!”

뱃속의 난도질 레벨이 더 높아져요. 도깨비는 울룩불룩 뛰면서 난리도 아니죠. 케켁켁 비명을 지르며 침을 질질 흘릴 때 잇슨보시가 펄쩍 튀어나왔습니다. 그러고는 바닥에 쓰러진 도깨비 코를 바늘로 콕콕 찌르면서,

“이놈! 냉큼 사라져라!”

“네네. 감사합니다. 감사합니다!”

빨간 도깨비는 황급히 꽁무니를 뺐습니다. 정신도 못 챙길 지경이니 물건을 챙길 수가 없죠. 뭐를 놓고 갔을까요? 맞아요, 망치! 잇슨보시가 보니까 땅에 망치가 있어요. 그게 사실 요술망치거든요. 쾅 두드리면서 소원을 말하면 이루어져요.

“이 망치는 공주님 것입니다. 망치를 두드리면서 소원을 빌어

보십시오."

그러자 공주가 망치를 쾅 두드리면서 말했어요.

"내 소원입니다. 잇슨보시님이 나만큼 커지게 해주세요."

그러자 잇슨보시의 몸이 쭉쭉 커져요. 그는 한순간에 건장한 청년으로 변했습니다. 공주가 보니까 완전 몸짱이에요. 공주는 잇슨보시의 손을 꼭 잡으면서 말했어요.

"잇슨보시님, 나와 결혼해 주세요!"

이때 우물쭈물하면 최고로 바보겠죠?

"알겠습니다. 한평생 최고로 모시겠습니다!"

잇슨보시는 힘차게 대답하면서 공주를 턱 안았습니다. 사나이답게요.

그 뒤의 일이야 뭐 말할 필요도 없겠죠? 상상에 맡기겠습니다.

이야기에 대한 이야기

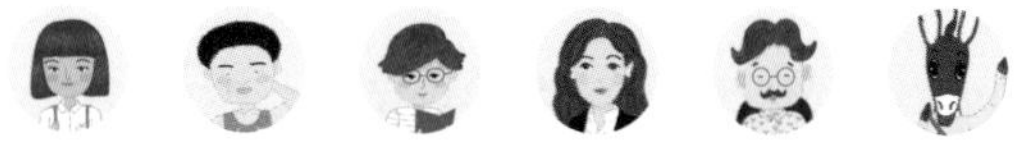

세라 퉁이 최곤데. 이야기를 이렇게 맛깔나게 하다니!

엄지 동감! 잇슨보시가 뱃속에서 바늘로 도깨비를 찌르는 장면 완전 사이다!

연이 잇슨보시가 요술망치를 공주에게 척 건네는 모습이 엄청 멋졌어.

퉁이 "이 남자가 나만큼 커지게 해주세요!" 이 부분도 멋지지 않냐? 내가 반한 장면이야.

연이 국그릇에 올라타서 숟가락으로 노를 젓는 모습도 참 재미있어. 그렇게 강물을 거슬러 올라갔다니 대단해. 새 발가락을 붙잡고 하늘을 나는 건 좀 위험해 보이지만…….

퉁이 뭐, 뛰어내리기와 착지에 자신이 있었으니까! 하하.

세라 다들 신났구나. 나는 잇슨보시도 도깨비 뱃속에 들어간 게 신기해. 엄지동자나 주먹이하고 비슷해서 말이야.

연이 하지만 뱃속에서 나오는 방법은 다 달랐어요. 이야기가 비슷하면서도 차이가 있는 게 흥미로워요.

뭉이쌤 연이는 그중 어떤 방법이 제일 마음에 드니?

연이 잇슨보시가 도깨비 배를 바늘로 찌른 거요!

엄지 나도 거기 한 표! 쌤은 어떠신가요?

뭉이쌤 나? 나는 주먹이가 소똥에 파묻혀서 나온 거. 제일 평화롭지 않아?

퉁이 으악! 그게 평화로운 건가요? 저는 엄지동자 덕분에 사람들이 쇠고기 잔치를 벌인 일도 괜찮은 거 같아요.

세라 역시, 사람마다 다르게 느끼고 받아들이는 게 옛이야기의 묘미 같아요.

뭉이쌤 맞아요. 사람들이 각자 자기만의 방식으로 상상할 여지가 많은 게 설화의 매력이지요.

연이 옛날이야기 너무 좋아요!

뭉이쌤 아, 마침 저기 특별한 이야기꾼이 오는군. 다음 이야기를 맡겨야겠어!

연이·엄지 동이야, 어서 와!

동이 다들 안녕! 내 이야기 들으려고 이렇게 모인 거 맞지? 뭐, 사양하지 않을게. 하하.

동이

즐거운 세계 여행자, 이야기하는 당나귀 동이야. 동키가 내 사촌동생이지. 하하. 이야기는 당연히 내가 훨씬 잘해. 들어보면 바로 동의할걸! 내가 북아메리카 인디언들 사이에서 유명 인사인 코요테 이야기를 들려줄게. 얘가 몸집은 자그마한데 영 만만치 않은 녀석이지!

거인 뱃속의 코요테

북미 인디언 민담

어느 날, 코요테가 어슬렁어슬렁 길을 걸어가다가 어떤 할머니를 만났어.

"안녕, 코요테. 어디 가니?"

"그냥 발길 가는 대로 가고 있어요."

"그쪽으로는 안 가는 게 좋을걸. 거기 무서운 거인이 있거든. 갈 수는 있어도 오지는 못해."

그 말을 듣고도 코요테는 태연해. 오히려 웃음이 나나 봐. 거인은 본 적도 없으면서 말야.

"아이, 괜찮아요! 나한테 죽은 거인이 몇 명인데요! 이번에도 만나면 그냥 끝장내죠 뭐. 하하."

"거인을 한 번이라도 보긴 한 거야? 네 생각보다 훨씬 클 텐데!"

"커봤자죠 뭐. 큰 놈 여럿 잡았어요."

코요테는 노래까지 흥얼거리면서 가던 길을 계속 갔어. 가다 보니 쓰러진 나뭇가지가 있는데 크고 단단해 보이는 거야.

"좋아, 이걸로 거인 머리를 쥐패면 되겠군!"

나무 몽둥이를 손에 들고 휘파람을 불면서 계속 가다 보니까 웬 동굴이 보여.

"오호, 동굴이 있네. 동굴 속에는 특별한 게 숨겨진 법이지."

휘파람을 휘휘 불면서 안으로 척척 걸어 들어가. 근데 들어가다 보니 웬 여자가 땅바닥을 기고 있지 뭐야.

"아니, 두 다리 놔두고 왜 그러세요?"

"흑흑, 배가 너무 고파서! 아무것도 못 먹었거든. 근데 막대기는 뭐 하려고?"

"거인을 잡으려고요. 거인이 어디 있는지 알아요?"

"너 바보로구나. 여기가 어디 같니? 거인 뱃속이야!"

이런! 그 동굴이 거인의 입이었던 거야. 코요테는 제 발로 거인 뱃속으로 걸어 들어간 거지.

"이미 입이 닫혔을걸. 너도 나처럼 꼼짝없이 쫄쫄 굶다가 삭아질 신세야. 안됐군."

코요테는 그 말을 듣고도 태평이야.

"그럼 고생하세요. 나는 들어온 김에 거인 뱃속이나 구경해야겠어요."

안으로 더 들어가니까 아주 깊은 계곡이야. 축 처져서 누워 있는 사람들이랑 동물들이 가득해. 다들 아무것도 먹질 못하고 죽을 때만 기다리는 중이지.

"다들 바보로군요! 여기가 거인 뱃속이면 저 벽은 거인의 위벽

일 거 아녜요? 그걸 도려서 먹으면 되지, 왜 굶는담?"

코요테는 사냥용 칼을 꺼내 동굴 벽에서 덩어리를 잘라내기 시작했어. 아닌 게 아니라 그게 다 거인의 살코기랑 비계야. 그걸 먹이니까 쓰러져 있던 이들이 힘을 되찾고 일어나지. 코요테는 오는 길에 만난 여자에게도 고기를 나눠줬어.

그러고 났더니 거기 있는 사람들과 동물들이 다들 코요테만 쳐다봐.

"덕분에 살아났어. 그런데 여기서 어떻게 나가지? 뭔가 방법이 있나?"

"그럼요! 심장을 공격하면 돼요. 보자, 거인 심장이 어디쯤 있으려나?"

그때 어떤 노인이 손으로 한쪽을 가리켜.

"저거 아닐까? 김을 뿜으면서 화산처럼 쿵쿵 뛰는 저거."

"오케이, 그렇군요. 한번 해봅시다!"

그때부터 거인의 심장이 코요테의 샌드백이야. 발로 쿵 차고, 나무 몽둥이로 냅다 때리고, 칼로 푹 찌르고. 이건 뭐 거인도 견딜 수가 없지.

"이놈! 너 코요테지? 너하고 싸울 생각 없다. 통로를 내줄 테니까 어서 나가라."

"어허, 그럴 순 없지. 이제 겨우 시작인걸."

그러면서 코요테는 거기 있는 이들에게 말했어.

"내가 제대로 심장을 터뜨릴 테니까 거인의 입 쪽으로 가서 준비하고 있다가 냅다 뛰어나가요. 지진이 일어나도 놀라지 말고."

그러고선 코요테는 거인의 심장에 회심의 일격을 날렸어. 심장에 구멍이 나니까 용암이 철철 흘러내리지. 그게 거인의 피야. 거인이 발버둥치니까 땅이 우릉우릉 쿵쿵. 거인은 마구 소리를 지르다가 자기도 모르게 입을 쩍 벌렸어.

"지금이에요. 어서!"

동굴 속에 갇혀 있던 이들은 그 소리를 듣고 우루루 달려나갔지. 코요테도 잽싸게 달려갔어. 입이 닫히면 곤란하니까 말야.

그렇게 다들 잘 빠져나갔는데, 나무진드기가 좀 느려. 거인 입이 닫힐 때 얘가 입술 사이에 몸이 끼었지 뭐야. 코요테는 있는 힘을 다해서 진드기를 잡아당겼어. 덕분에 진드기도 가까스로 탈출 성공!

"이것 좀 보세요, 코요테님. 내 몸이 완전히 납작해졌어요."

"그렇군. 그래도 죽은 것과는 천지 차이지. 그냥 그렇게 살아봐."

나무진드기 몸이 납작해진 게 그때부터래.

그런데 그거 아니? 코요테가 내 찐친이라는 거. 말 나온 김에 가서 오랜만에 같이 밥이나 먹어야겠다. 거인 위벽 슬라이스 바비큐로. 그럼 안녕!

이야기에 대한 이야기

퉁이 동이는 벌써 사라진 거야? 하여튼 못 말려. 근데 재미있다! 코요테 맘에 들어. 뭔가 시크해. 하하.

연이 난 좀 징그럽다. 용암처럼 흐르는 피라니…….

뭉이쌤 흠, 옛날이야기는 너무 리얼하게 상상할 일은 아니야. 거인이 실제로 있는 건 아니잖니? 상징일 뿐이지.

세라 그 상징은, 현실의 큰 위험이나 함정 같은 걸까요?

뭉이쌤 그렇지요. 주먹이나 엄지동자가 들어갔던 황소 뱃속이나 잇슨보시가 들어갔던 도깨비 뱃속과 비슷해요.

퉁이 뭔가 잇슨보시 뱃속 이야기의 확장판 같아요. 코요테도 엄지둥이로 볼 수 있을까요?

뭉이쌤 손가락만큼 작다고는 안 했지만, 거인 입장에서 보면 엄지겠지. 우리 모두가 그런 것처럼 말이야.

세라 주먹이나 새끼손가락, 엄지동자 이야기가 특수한 소인(小人)이 아닌 바로 우리 자신의 이야기라는 말씀이시군요.

뭉이쌤 맞아요. 다만 그들은 함정 속에서 포기하지 않고 맞서 싸워서 길을 찾아냈으니, 특별한 존재인 건 사실이죠. 같은 상황이라고 해도 모두가 코요테처럼 할 수 있는 건 아니잖아요?

엄지 맞아요. 동굴 벽을 도려내서 먹는 부분에서는 소름 돋았어요. 생각도 행동도 대단해요.

연이 나무진드기를 마지막까지 살려내는 것도 인상적이에요. 코요테가 처음에 좀 사기꾼 같았는데, 이런 영웅적 행동이라니 완전 반전!

뭉이쌤 그래, 그런 반전이 이야기의 묘미지. 인생의 묘미이기도 하고.

통이 쌤, 이제 뭐 맛있는 거라도 먹으러 가자고 하면 꽤 멋진 반전 아닐까요?

연이 오오, 나 갑자기 오빠가 좋아지려고 해.

뭉이쌤 좋아요! 맛난 거 먹으러 갑시다. 먹으면서 더 얘기 나눠요.

일동 넵!

storytelling time
나도 이야기꾼!

기본 스토리텔링

이번 스테이지에서 만난 이야기 중 가장 마음에 드는 것을 골라서 다음과 같은 단계로 스토리텔링 활동을 해보자.

step 1: 책에 쓰인 그대로 이야기를 소리 내어 읽는다.

step 2: 책에 쓰인 그대로 이야기를 소리 내어 읽되, 가상의 청자에게 말해주듯이 읽는다.

step 3: 청자에게 이야기를 전달하되, 틈틈이 책을 참고한다.

step 4: 청자에게 이야기를 전달하되, 책을 참고하지 않는다.

step 5: 청자에게 이야기를 전달하되, 표현과 내용을 조금씩 자신의 방식대로 바꿔본다.

step 6: 완전히 내 것이 된 이야기를 구연 환경과 청자의 성향에 맞춰 내용과 표현을 자유자재로 조절하며 전달한다.

이야기별 재창작 스토리텔링

다음은 이번 스테이지에서 만난 이야기들에 대한 활동거리이다. 이 중 하나 이상을 골라 스토리텔링 활동을 해보자.

<주먹이의 모험>

① **주먹이의 미래 상상하기:** 집에 돌아온 주먹이는 그 뒤로 어떻게 살았을까? 성인이 된 주먹이의 행보, 직업, 대인관계, 연애 상대 등에 대해 상상해 보자.

<엄지동자>

② **엄지동자 성별 바꾸기:** 이야기 속 엄지동자의 캐릭터 특성을 살리되, 엄지동자가 아들이 아닌 딸이었다면 어떤 일들이 펼쳐졌을지 이야기해 보자.

③ **주변 인물 이야기 만들기:** 엄지동자 때문에 억울하게 죽임을 당한 소의 환생 스토리를 상상해서 만들어보자.

<대나무통 소녀 새끼손가락>

④ **주변 인물의 생각 짐작하기:** 나이가 찼는데도 여전히 몸이 작은 딸을 놓고서 부모가 했을 여러 생각과 감정을 부부간 대화 형태로 구체화해 보자.

⑤ **공간 배경 바꾸기:** 만약 새끼손가락이 숲속이 아닌 도시에 홀로 남겨졌다면 어떤 일이 펼쳐졌을지, 또 어떤 사랑을 하게 됐을지 이야기해 보자.

<꼬맹이 호위무사 잇슨보시>

⑥ 잇슨보시의 미래 상상하기: 몸이 커져서 공주와 결혼한 잇슨보시가 그 후 경험했을 특별한 사건을 한 가지 상상해서 이야기해 보자.

<거인 뱃속의 코요테>

⑦ 이미지 묘사하기: 거인의 뱃속 상황을 여러 가지 방법을 활용하여 더 생생하게 묘사해 보자. (시, 소설, 랩, 그림, 만화 등)

이야기 연계 스토리텔링

1. 주먹이와 새끼손가락, 잇슨보시가 우연히 한 곳에서 만났다면 어떤 일이 펼쳐졌을지 상상해서 이야기를 만들어보자. 먼저 시공간 배경을 적절히 설정해서 세 주인공이 만날 수 있도록 하고, 그 후에 그들이 벌였을 특별한 일들과 그 결과에 대한 이야기를 풀어낸다.

2. 소 밥통 속에 있는 엄지동자를 발견한 동물이 늑대가 아닌 코요테였다면 어떤 일이 펼쳐졌을지 상상해서 이야기를 만들어보자. 〈거인 뱃속의 코요테〉 속의 코요테 캐릭터 특성이 살아나도록 한다.

3. 엄지동자, 코요테, 거인이 원래 새끼손가락과 함께 하늘나라에서 살던 존재였다고 가정하고, 그들의 전생 사연을 상상해서 이야기를 만들어보자. 단, 갈등 요소가 있는 특별한 사건을 담도록 한다.

4. 이 외에 이야기들을 흥미롭게 연계할 수 있는 여러 가지 방법을 찾아보고, 이를 토대로 다양한 스토리텔링 활동을 해보자.

E=MC²

stage 02

진짜 나를 찾아서

사계절 선녀 원천강 오늘이

메르겐 조릭토

노을 아이

카디르의 복 찾기 여행

노고할망

얘들아, 너희는 '나라는 존재는 도대체 뭐야?', '나는 왜 여기 이렇게 있는 거지?' 하는 의문에 사로잡혀 본 적이 없니? 나 자신이 한없이 작고 허무한 느낌. 이건 살다 보면 누구나 한 번쯤 겪게 되는 자연스러운 감정이지.

세상은 너무나 넓고 거칠고 막막한데 곁에 아무도 없다는 아득한 절망감에 빠져 방황하던 한 소녀가 생각나는구나. 지금부터 이 할망이 그 소녀의 이야기를 해주마. 아주 오랫동안 입에서 입으로 전해 내려온 우리나라의 신화란다.

사계절 선녀 원천강 오늘이

✴

한국 신화

옛날, 아주아주 먼 옛날, 세상 한 곳에 넓고 넓은 들판이 있었어. 끝이 안 보이는 아득한 들판이었단다. 해가 떴다가 지고, 달과 별이 떴다가 지고, 바람이 불고 햇살이 퍼지고, 비가 오고 눈이 내리고…… 그런 시간이 한없이 계속됐지. 풀과 나무가 자라고, 꽃이 피었다 지고, 푸른 잎새가 누렇게 변해서 흩날리고, 새들과 들짐승들이 하늘과 땅을 오가다가 날이 저물면 둥지로 들어가고…… 그렇게 하루하루가 이어지고 또 이어졌단다. 삼천 년인지 삼만 년인지, 나도 세어보진 않았어. 오만 년이 넘을지도 모르겠구나.

아주 넓은 들판이었지. 그곳에 사람은 아무도 없었단다. 그 들판의 이름은 '적막한 들'이었어. 누가 그렇게 부르기 시작했는지는 아무도 몰라. 신일 수도 있고, 새일 수도 있고, 어느 날 거기 생겨난 사람일 수도 있고.

언젠가부터 거기 한 사람이 살기 시작했어. 적막한 들 한가운데에 옥 같은 여자아이가 나타났단다. 해가 뜨면 일어나 여기저기 움직이다가 해가 지면 굴속으로 들어가 잠을 잤지. 목이 마르면 흐르는 물을 마시고, 배가 고프면 나무 열매를 따 먹고 풀을 뜯어 먹고……. 그렇게 여자아이는 기나긴 시간을 혼자 그곳에서 살았어.

굴속은 아주 캄캄했어. 그래서 가끔은 나무 밑에서도 자고 바위 밑에서도 잤단다. 아이에게 친구라고는 하얀 새 한 마리뿐이었지. 밤이면 그 새가 날개를 펼쳐서 아이 몸을 덮어주고, 먹을 것을 구해다가 입에 넣어주기도 했단다.

그렇게 또 많은 시간이 지나갔어. 봄이 가고 여름 가을이 가고 겨울이 오고, 또 봄이 왔다가 여름, 가을, 겨울이 지나고 다시 또 봄이 찾아왔지. 어느 날, 여자아이는 새와 함께 열매를 먹고 있다가 깜짝 놀랐어. 낯선 사람들이 적막한 들에 나타난 거야.

"훠어이 훠이, 저 새! 훠어이!"

사람들이 외치는 소리에 새가 놀라서 휘리릭 날아갔어. 사람들은 여자아이에게 다가와서 물었지.

"너는 누구니? 어디에서 온 거야?"

그때 아이는 처음으로 입을 열어서 사람의 말을 했어. 마음속에서 절로 우러나왔단다.

"저는 강림들에서 솟아났어요."

"성은 무엇이고 이름은 무엇이냐?"

"성도 모르고 이름도 모르고 아무것도 모릅니다."

"그럼 어떻게 지금까지 살아왔느냐?"

"제가 솟아날 때부터 학이 날아와서 보살펴 줬어요. 밤이면 한 날개를 깔아주고 한 날개를 덮어주고, 배고플 때면 열매를 구해주거나 먹을 것이 있는 곳으로 안내했죠. 몸이 아플 때면 야광주를 입에 넣어줬답니다."

"태어난 날은 언제이고 나이는 얼마나 됐느냐?"

"생일도 모르고 나이도 모릅니다."

"그럼 우리가 오늘 너를 만났으니 오늘을 생일로 하고, 네 이름도 '오늘이'로 하자꾸나."

그래서 그 여자아이는 '오늘이'가 됐단다.

오늘이는 사람들을 따라서 마을로 들어왔어. 마을에 와보니 자기 또래 여자아이와 사내아이들이 있는데, 다들 엄마 아빠가 있는 거야. 오늘이만 혼자였단다.

오늘이는 외로웠어. 적막한 들에서보다 더 많이.

어느 날, 오늘이는 백씨 부인 백주할머니를 찾아갔어. 백주할머니는 아주 오래전부터 그곳에 살았던 사람이야. 하늘에 해와 달이 두 개이던 시절부터 말이지. 이 할머니가 낳은 딸 총명아기가 하늘신 천지왕과 결혼해서 낳은 대별·소별 쌍둥이 형제가 해와 달을 하나씩 쏘아 없애서 별로 만들었단다. 세상 사람들이 잘 모르는 아주 오래된 역사야.

오늘이는 백주할머니한테 공손히 절하고 나서 물었어.

"할머니, 궁금한 게 있어요. 저는 왜 부모님이 없나요? 제 부모님은 어디에 계시는 걸까요?"

"오늘이가 부모님을 만나고 싶은가 보구나."

"네, 할머니. 꼭 만나고 싶어요. 제가 어떻게 태어났는지, 왜 이렇게 혼자 있는지 알고 싶어요."

그 말에 백주할머니가 멀리 서쪽 하늘을 바라보면서 말했어.

"네 부모님이 계신 곳은 아득히 먼 곳이야. 산 사람은 갈 수 없는 데란다."

"아니요! 부모님을 만날 수 있다면 어디든 가겠어요. 그곳이 어디인지 알려주세요."

"네 부모님이 계신 곳은 원천강이야."

"원천강은 어디인가요? 어떻게 하면 그곳에 갈 수 있지요?"

백주할머니가 손을 들어 서쪽 하늘을 가리키면서 말했어.

"원천강은 머나먼 서쪽 어디엔가 있단다. 그곳에 가려거든 서천강가 흰모래마을을 찾아가 보거라. 높은 별층당에서 글을 읽는 도령이 있는데, 아는 것이 많지. 너에게 도움을 줄 수 있을 거야."

오늘이는 백주할머니한테 고개를 숙여 감사 인사를 드렸어.

"감사합니다, 할머니. 바로 원천강으로 출발할래요. 다시 만나 뵐 때까지 늘 건강하세요."

그러고서 오늘이는 곧장 흰모래마을을 향해 길을 떠났단다.

서천강 맑은 물가에 하얀 모래밭이 펼쳐진 마을, 언덕 높은 곳에 우뚝 솟은 별층당이 있었지. 오늘이가 그곳을 찾아가서 문을 두드리니까 삐그덕 문이 열렸어. 푸른 옷을 입은 도령이 얼굴을 내밀고서 물끄러미 오늘이를 쳐다보는데, 몸에 기운이 하나도 없어.

"저는 오늘이입니다. 도령님은 누구신가요?"

"저는 장상이라는 사람입니다. 여기서 늘 글을 읽고 있지요."

"반가워요, 장상이님. 저를 도와주세요. 부모님을 만나러 원천강으로 가고 있답니다. 어떻게 해야 원천강으로 갈 수 있을까요?"

그러자 장상이가 말했어.

"일단 들어와서 앉으세요. 천천히 이야기해요."

오늘이가 별층당에 들어가 앉으니까 장상이가 입을 열었어.

"원천강은 아주 먼 곳이에요. 미지의 별세계랍니다. 거기 가면 모든 답을 찾을 수 있다고 해요. 하지만 산 사람은 갈 수 없는 곳이지요."

"백주할머니께서도 그렇게 말씀하셨어요. 하지만 할 수 있는 데까지 해보려고요. 부모님을 꼭 만나고 싶어요. 부모님과 한 번도 함께 있어본 적이 없거든요."

그러자 장상이가 말했지.

"저보다 더 많은 걸 아는 분이 있어요. 사람이 아니라 나무랍니다. 수백 년 동안 한 자리를 지키면서 새소리, 벌레 소리, 바람 소리를 들어온 꽃나무지요. 서천강을 건너서 한참 가면 연화못이라는 큰 연못이 나올 거예요. 그 연못 옆에 가지가 무성한 연꽃나무가 서 있답니다. 그 연꽃나무에게 물어보면 원천강 가는 길을 알 수 있을 거예요."

"고맙습니다, 장상이님. 그곳으로 갈게요."

오늘이가 일어서려고 하자 장상이가 말했어.

"이미 해가 저물었어요. 오늘은 우리 집에서 묵고 내일 떠나세요."

"감사합니다. 그렇게 할게요."

장상이는 빈방을 정리하고서 잠자리를 마련해 줬어. 오늘이는 그 방에 누워 자면서 꿈을 꾸었단다. 기억은 잘 안 나지만, 뭔가 좋은 꿈이었지.

새벽닭이 울고 날이 밝았어. 또 다른 오늘이 시작된 거지. 푹 자고 일어난 오늘이는 다시 길을 나섰단다.

"장상이님, 힘내서 꼭 원천강에 가도록 할게요. 돌아오는 길에 다시 들르겠습니다."

그러자 장상이가 말했어.

"오늘이님, 한 가지 부탁이 있습니다. 원천강에 가게 되면 제 일도 한번 알아봐 주세요. 저는 여기서 하염없이 글만 읽고 있답니다. 글 속에 답이 있다고들 하는데, 통 모르겠어요. 읽으면 읽을수록 아득해집니다. 언제쯤 저는 답을 찾을 수 있을까요? 저는 과연 행복해질 수 있을까요? 원천강에 가시면 꼭 물어봐 주세요."

그 말을 듣자 오늘이는 마음이 아팠어. 왜 장상이가 힘이 없어 보였는지 알 수 있었지.

'이렇게 좋은 집에서 부모님과 함께 살아도 걱정이 있구나.'

오늘이는 따뜻한 목소리로 대답했어.

"네, 장상이님! 제가 꼭 알아보고 올게요."

이렇게 단단히 약속을 하고서 오늘이는 길을 나섰어. 그 뒷모습을 장상이가 별층당에서 오래오래 지켜봤단다. 아주 작고 작아져서 보이지 않을 때까지.

서천강을 건넌 오늘이는 서쪽으로 걷고 또 걸었어. 고개를 넘고 또 넘고 들판을 가로질렀지. 그렇게 한참을 가다 보니까 연못이 나타났어. 맑은 물에 푸른 하늘과 흰 구름이 또렷이 비치고 있었지. 물가에는 가지가지 풀꽃들이 곱게 피어 있었어.

"와, 예쁜 연못이다! 그림 같아. 장상이님이 말한 연꽃나무는 어디에 있을까?"

오늘이는 연못가를 빙 돌면서 이리저리 살펴봤어. 그때 한쪽에 있는 커다란 꽃나무가 눈에 성큼 들어왔지. 딱 봐도 나이가 많은 나무였어. 굵은 줄기 위에는 나뭇가지들이 사방으로 뻗어 있었지. 가지마다 작은 꽃봉오리들이 잔뜩 맺혀 있고, 꼭대기 가지에는 꽃 한 송이가 피어나 있었단다. 그런데 그 꽃이 생기 없이 시들해 보이지 뭐야. 금방이라도 떨어질 것만 같았어.

"연꽃나무님, 안녕하세요. 저는 오늘이랍니다. 부모님을 찾아서 원천강으로 가고 있어요. 원천강이 어디 있는지 아시나요? 저에게 길을 알려주세요."

그러자 연꽃나무가 입을 열어서 말했어. 그런데 목소리가 아주 무겁고 슬펐단다.

"원천강에 간다고요? 거기는 참 먼 곳인데…… 원천강은 청수바다 약수 삼천리 너머에 있어요. 다만 갈 수는 있어도 돌아올 수는 없지요. 오던 길로 되돌아가는 게 나아요."

그러자 오늘이가 말했어.

"우리 부모님이 거기 계셔요. 꼭 만나야 해요. 무슨 일이 있어도 원천강에 찾아갈 거예요."

그러자 연꽃나무가 잠깐 말없이 있더니만,

"오늘이라고 했지요? 특별한 분이로군요. 몸에서 하늘의 기운이 느껴져요. 어쩌면 원천강에 갔다가 다시 올 수도 있겠어요. 오늘이님! 원천강에 가면 제 일도 꼭 물어봐 주세요. 내 몸에 뻗어 있는 가지들 좀 봐요. 꽃봉오리가 이렇게 많아요. 추운 겨울 내내 기운을 몸속에 꽁꽁 숨겨두었다가 봄이 되면 이렇게 많은 꽃봉오리들을 만들어내지요. 그런데 이게 무슨 일인지…… 봉오리는 많은데 꽃이 피어나지를 않아요. 맨 윗가지에 딱 한 송이, 이것뿐이랍니다. 다른 봉오리들은 피어보지 못하고 떨어져 버려요. 어쩌면 좋을지 모르겠어요. 이미 많이 늙어서 얼마나 더 살지 알 수 없는데…… 원천강에 가면 꼭 물어봐 주세요. 어떻게 하면 가지마다 꽃을 피울 수 있는지를요."

그때 바람 한 줄기가 휘잉 불어왔어. 나무 윗가지의 꽃송이가 바람에 출렁 흔들렸지.

"아, 안 돼! 너마저 떨어지면!"

연꽃나무는 온 힘을 다해 꽃송이를 붙잡았어. 그 바람에 온 나무가 촬촬 흔들렸단다.

"연꽃나무님, 너무 걱정 마세요. 제가 원천강에 가서 꼭 답을 알아 올게요. 저에게 원천강 가는 길을 알려주세요."

"내가 이렇다니까요. 길을 알려주는 걸 잊고서 내 얘기만 했네요. 청수바다 약수 삼천리는 혼자서 건널 수가 없어요. 하지만 바닷가에 가면 방법이 나올 거예요. 모래사장을 이리저리 뒹구는 큰 뱀을 찾아보세요. 사람들은 그 뱀을 이무기라고 부르지요. 이무기는 물이라면 어디든지 다 갈 수 있답니다. 원천강이 있는 건너편 세상까지도요."

오늘이는 그 말을 마음 깊이 새기고 연꽃나무와 작별했어. 연꽃나무는 길 떠나는 오늘이를 위해 손을 흔들어줬지. 수많은 나뭇가지들이 춤추듯이 살랑살랑 몸을 흔들었단다.

오늘이는 다시 서쪽을 향해 걸어갔어. 들과 늪을 지나고 고개를 넘고 또 넘었지. 그러다 열두 번째 고개 위에 올라서니까 갑자기 앞이 탁 트이지 뭐냐. 멀리 푸른 바다에 파도가 넘실넘실.

태어나서 처음 보는 바다는 대단했어. 막힘 없이 쫙 펼쳐진 물결을 보니까 가슴이 확 트였지. 오늘이는 한참 동안 물결을 바라보다가 바닷가를 이리저리 살피기 시작했어. 이무기를 찾아야 하니까. 그때 오늘이가 멀리 한 곳을 보니까 무언가가 꿈틀꿈틀 오르락내리락하고 있지 뭐냐. 다가가 보니 커다란 뱀이었단다. 연꽃나무가 말한 이무기가 분명했어.

가까이에서 본 이무기는 생각보다 더 컸어. 몸통이 커다란 나무줄기만 했단다. 두 눈은 불이 나올 것처럼 부리부리해. 오늘이는 소름이 쫙 돋으면서 무서운 마음이 밀려왔지만 용기를 내서 말을 건넸어.

"안녕하세요, 이무기님. 말씀 좀 여쭤볼게요."

그러자 이무기가 커다란 눈을 가까이 들이대면서 말했어.

"넌 누구냐? 어린아이가 여기를 어찌 온 거야?"

목소리는 또 어찌나 큰지, 화통을 삶아 먹은 것 같아.

"저는 오늘이입니다. 부모님을 찾아 원천강으로 가고 있어요. 부디 제가 원천강에 갈 수 있게 도와주세요."

그 말에 이무기가 별소릴 다 듣는다는 듯이 고개를 으쓱해.

"원천강이라고? 진짜로 원천강을 가려고 왔단 말이지? 나 참, 오래 살다 보니 별일이 다 있군!"

"이무기님께서 도와주세요."

그러자 이무기가 다시 고개를 으쓱하고서 말했단다.

"물 건너 어딘가에 원천강이 있다는 말은 예전에 들은 적이 있지. 하지만 거길 가봤다는 사람은 본 적도 없고 들은 적도 없다. 한마디로 쉽게 갈 수 없다는 말이지. 그냥 포기하거라."

"꼭 그곳에 가고 싶어요. 그래서 여기까지 왔는걸요. 저를 물 저편으로 데려다주세요!"

"흥, 쉽지 않을 텐데. 그래도 정말로 원한다면야……. 하지만 그 전에 내 부탁을 들어준다고 약속해야 한다."

"제가 할 수 있는 일이라면요. 어떤 부탁인가요?"

"그게 말이지, 나는 용이 돼서 하늘로 올라가는 게 꿈이야. 용이 돼서 승천하려고 여의주를 열심히 구했지. 그래서 어땠는지 알아? 다른 이무기들은 한 개도 갖기 힘들다는 여의주를 세 개나 얻었어. 그런데 이게 무슨 조화냐고! 다른 이무기들은 여의주 하나를 물고도 용이 돼서 올라가는데, 나는 세 개나 물었는데도 왜 그게 안 되냔 말이야! 올라가다 떨어지고, 올라가다 또 떨어지고…… 그렇게 보낸 세월이 몇십 년인지 몰라. 이제 완전히 지쳐 버렸어. 오늘도 몇 번 용트림을 해봤지만 역시나 헛수고였지."

"그럼 부탁이란 게……."

"그래, 맞아. 원천강에 가면 물어봐 줘. 내가 어떻게 하면 용이 돼서 하늘로 올라갈 수 있는지 말이야."

말을 마친 이무기의 표정에는 한숨이 짙게 묻어났단다. 여차하면 눈물이 떨어질 지경이야.

"알겠어요, 이무기님. 분명히 길이 있을 거예요. 제가 원천강에 가서 꼭 답을 찾아올게요."

"그래. 네가 마지막 희망이다. 한번 믿어보기로 하지. 내 등에 올라타서 목을 꽉 잡아라!"

오늘이는 그 말대로 이무기 등에 올라가 목을 꼭 껴안았어. 이무기는 곧바로 청수바다로 철썩 스며들었지. 그러고는 쏜살같이 물결을 헤치고 앞으로 나아가는 거야. 오늘이는 정신이 다 나갈 지경이었지만, 목을 꼭 잡은 손은 절대 놓지 않았단다.

이무기는 이 물 저 물 수많은 물을 헤치고 나아갔어. 새의 깃털도 가라앉는다는 약수 삼천리도 훌쩍 가로질렀지. 그렇게 한참을 가더니, 속도를 쭉 줄이고서 한 곳에 탁 멈춰 섰어.

"아이고, 멀기도 멀다. 얘야, 다 왔어! 정신 차려라."

오늘이가 눈을 떠보니까 낯선 세상이야. 노란 하늘 아래 검은 땅이 펼쳐져 있었단다.

"내 몫은 여기까지다. 이제 네가 알아서 찾아가야 해. 네가 돌아올 때까지 이 근처에서 기다리마. 가만 보자, 이곳에는 여의주가 없으려나?"

오늘이는 이무기와 작별하고 다시 걷기 시작했어. 아무도 없는 곳을 한참을 가다 보니 저 멀리 언덕이 나타났지. 그 위에 뭔가 있는데, 잘 보니까 집 모양이야. 오늘이는 부지런히 다가가서 언덕을 걸어 올라갔어. 가보니까 높은 별층당인데, 책 읽는 소리가 들려와. 남자가 아닌 여자 목소리였단다.

오늘이가 별층당 문을 두드리니까 문이 벌컥 열리면서 웬 처녀가 얼굴을 내밀었어. 곱게 잘 차려입은 예쁜 아가씨였단다. 아가씨는 오늘이를 빠르게 쭉 훑어보고선 말했어.

"어머, 신기해라! 당신은 누군가요? 여기는 어떻게 왔어요? 설마 물 건너 저편에서 왔나요? 어디로 가는 중이에요? 서천서역? 서천꽃밭? 열두 지옥? 아니면 동대산? 아니면 설마, 이 매일이를 찾아서 여기까지 온 건 아니겠죠?"

그러자 오늘이가 말했어.

"매일이님이시군요. 반갑습니다. 잠깐 들어가도 될까요?"

"내 정신 좀 봐. 그래요, 어서 이리 들어와요."

오늘이가 별층당 안에 들어가 보니 사방에 책이 가득했어. 바닥에도 책이 잔뜩 쌓여 있었지.

"우와, 책이 정말 많네요. 이걸 다 읽으신 거예요?"

"그럼요! 대충 읽은 게 더 많지만요. 오늘도 열두 권이나 읽었답니다. 근데 정말 누구신가요? 이름은 뭐예요? 어디서 왔어요?"

"저는 오늘이에요. 물 건너 저편에서 왔답니다. 부모님을 만나러 원천강을 찾아가는 길이에요."

"오, 원천강! 들어본 적 있어요. 아니, 책에서 봤어요. 높은 담으로 둘러싸인 비밀스러운 곳이라던데! 부모님이 거기 계신다고요? 그럼 찾아가서 만나야지요."

"저한테 원천강 가는 길을 알려주세요."

그러자 매일이가 말했어.

"원천강 위치는 저도 잘 몰라요. 하지만 방법이 있지요. 선녀들한테 물어보면 돼요. 들판 건너편 외딴 우물에서 하늘나라 선녀들이 물을 긷고 있다고 해요. 거기를 찾아가서 도와달라고 해보세요. 선녀들이니까 뭔가 알겠죠? 하하."

"감사합니다, 매일이님."

"아니에요, 아니에요! 저도 부탁드릴 게 있어요. 원천강에 가시거든 제 일도 꼭 알아봐 주세요. 저는 여기서 날마다 정말 많은 책을 읽거든요. 그런데 아무리 책을 봐도 모르겠어요. 어디로 가야 할지, 어떻게 살아야 할지, 아무것도요. 오늘도 어제와 똑같은 하루가 가버리겠지요. 내일도요. 그렇게 나는 또 하루만큼 늙어갈 거고요. 이렇게 하루하루가 가는 게 너무 덧없어요. 어떻게 하면 이런 삶에서 벗어날 수 있는지, 나의 길과 행복을 어떻게 찾을 수 있는지 꼭 알아봐 주세요. 원천강이라고 해서 답이 있을지는 모르겠지만요."

매일이 눈에는 어느새 눈물이 그렁그렁 맺혀 있었어. 오늘이는 매일이의 손을 꼭 잡고서 약속했지.

"알겠어요. 제가 꼭 알아볼게요. 원천강에는 모든 답이 있다고 들었어요. 매일이님이 찾으시는 답도 분명히 있을 거예요."

"아, 그렇다면 얼마나 좋을까요! 제발……."

오늘이는 매일이와 작별하고 다시 길을 떠났어. 매일이가 알려준 대로 선녀들을 찾아 나섰지. 들판을 가로질러서 한참을 가다 보니까 멀리서 이상한 소리가 들려와. 귀를 기울여 보니까 구슬피 우는 소리지 뭐냐. 다가가 보니까 외딴 우물가에서 아름다운 여자들이 모여 앉아 울고 있었어. 하늘거리는 날개옷을 입은 모양새가 이 세상 사람들은 아니었지.

"안녕하세요. 선녀님들 맞으시지요? 저는 오늘이라고 해요. 왜 이렇게 슬피 울고 계신가요?"

그러자 한 선녀가 울음을 멈추고 말했어.

"그래요. 우리는 하늘나라 선녀였지요. 하지만 지난 일이에요. 지금은 하늘나라로 올라갈 수가 없는걸요. 흑흑."

"그렇군요. 어찌 된 사연인지 말해주세요."

그러자 다른 선녀가 말했어.

"우리는 하늘에서 신들을 모시면서 살고 있었어요. 어느 날, 구름에 난 틈으로 인간 세상을 구경하다가 그만 물그릇을 깨고 말았답니다. 그 물이 아래로 쏟아져서 인간 세상에 큰 홍수가 났지요. 그 바람에 많은 사람들이 다치고 집을 잃었어요. 저희들은 벌을 받아서 여기로 내려왔답니다. 이 우물에 있는 물을 다 길어야 하늘로 올라갈 수 있지요."

그때 또 한 선녀가 바가지를 내밀면서 울먹였어.

"이 바가지 좀 보세요. 깨져서 구멍이 뻥 뚫렸어요. 아무리 물을 길으려 해도 다 새버려서 도저히 어떻게 할 수가 없어요. 우리는 영영 하늘로 올라갈 수 없답니다."

그 말이 끝나자 선녀들은 다시 울기 시작했어. 그때 오늘이가 나서서 말했단다.

"선녀님, 그 바가지를 저에게 줘보세요. 방법이 있을지 몰라요."

"정말로요? 방법이 있다고요?"

"저는 들판에서 오랫동안 살아서 풀들을 많이 알아요. 댕댕이덩굴이 도움이 될 거에요. 저랑 함께 찾아봐요."

오늘이는 선녀들을 이끌고 수풀이 있는 곳으로 가더니 이내 한 곳을 가리켰어.

"여기 있네요! 이게 댕댕이덩굴이에요. 이 검은 열매를 따고 줄기랑 뿌리도 모아주세요."

선녀들은 영문도 모르고 오늘이가 시키는 대로 했단다. 열매하고 줄기가 많이 모이니까 오늘이는 그걸 으깨서 뭉쳤지. 그러자 끈적끈적한 반죽이 만들어졌어. 오늘이는 그 반죽으로 바가지의 깨진 부분과 구멍을 때웠단다. 그런 다음 햇빛에 말리니까 반죽이 굳으면서 단단해졌지.

"이제 된 것 같아요. 물을 한번 길어보세요."

선녀들이 그 바가지로 물을 뜨니까 물이 새질 않는 거야. 부지런히 물을 푸니까 얼마 지나지 않아서 우물이 다 말랐지. 선녀들은 너무나 좋아하면서 다투어 말했어.

"됐어요! 이제 하늘로 올라갈 수 있게 됐어요."

"오늘이님, 정말 정말 감사합니다!"

"아, 왜 진작 이런 생각을 못 했을까!"

오늘이의 마음도 기쁨으로 차올랐지. 그때 선녀들이 오늘이에게 물었어.

"그런데 오늘이님, 지금 어디를 가시는 길인가요?"

"그러게요. 여기는 인간 세상 사람이 오는 곳이 아닌데……."

그러자 오늘이가 선녀들에게 말했어.

"저는 부모님을 찾아서 원천강에 가고 있어요. 혹시 원천강이 어디 있는지 알려주실 수 있나요?"

그 말을 듣더니 선녀들 얼굴이 밝아져.

"들어봤어요! 어디인지 알 것 같아요. 우리가 모셔다 드릴게요. 저희랑 함께 가요!"

그러면서 선녀들은 오늘이를 앞뒤로 둘러싸고 길을 나섰단다. 가는 내내 즐거운 이야기꽃이 피어났지. 하늘나라 얘기에 오늘이가 눈을 반짝이면서 신기해하고, 인간 세상 얘기에 선녀들이 감탄을 쏟아냈단다.

그때 앞서가던 선녀가 걸음을 멈추고 말했어.

"저기 좀 봐요. 저곳 같아요."

오늘이가 그쪽을 바라보니 멀리 담벼락으로 둘러싸인 곳이 눈에 들어왔어. 높은 담장 안으로 지붕이랑 나무가 조금씩 보이는 것 같았지. 그곳을 가리키면서 선녀가 말했어.

"저곳은 우리도 갈 수가 없답니다. 여기서 헤어져야겠네요. 우리는 이만 하늘로 올라갈게요. 나중에 꼭 다시 볼 수 있으면 좋겠어요."

"감사합니다! 정말 반가웠어요."

"꼭 부모님을 만나서 오래오래 행복하게 사세요!"

인사를 마친 선녀들은 하늘을 향해 손을 들어올렸단다. 그러자 하늘에서 웬 줄이 차르르 내려왔지. 그게 무슨 줄이냐면, 신들이 타고 다니는 노각성자부줄이야. 선녀들은 줄을 하나씩 잡고서 하늘로 너울너울 훨훨 올라갔단다.

선녀들이 떠나고 나니까 다시 혼자야. 오늘이는 높은 담이 둘러진 원천강을 향해 천천히 발걸음을 옮겼지. 가까이 다가가서 보니까 담벼락은 생각보다 훨씬 높았어. 웬만한 새들도 들어가기 어려울 정도야.

오늘이는 원천강 대문으로 보이는 곳을 향해 다가갔어. 가보니까 문이 꽁꽁 닫혀 있었지. 그 앞에 무섭게 생긴 커다란 문지기가 떡 버티고 서 있어. 오늘이는 용기를 내서 다가가 물었단다.

"여기가 원천강 맞죠? 안으로 들어가게 해주세요."

그러자 문지기가 눈을 험상궂게 치켜뜨더니만,

"너는 누구냐? 여기가 어디라고 찾아온 게야!"

"저는 인간 세상에서 온 오늘이입니다. 부모님을 만나러 왔어요."

"소용없다! 여기는 네가 들어갈 수 있는 곳이 아니야. 돌아가라!"

오늘이가 간절히 사정했지만, 문지기는 눈도 깜짝하지 않았어. 오늘이는 하늘이 무너지는 것 같았지. 그때 마음속 깊은 곳에 오랫동안 묻어뒀던 서러움이 북받쳐 올라왔어. 그러더니 참고 참았던 눈물이 봇물 터지듯 쏟아져 내리는 거야. 오늘이는 문 앞에 쓰러져서 목을 놓아 통곡했단다.

오늘이는 백만 리 인간 세상 머나먼 곳에서

어린 소녀 혼자서 외로이, 하염없이

산과 물을 건너고 온갖 고생 겪으면서

부모가 계신 데라고 이렇게 찾아왔는데

원천강은 왜 이리 모진가, 왜 이리 차가운가.
이 문 안에 어머니 아버지가 계시련마는
이 문 앞에 오늘이가 찾아와 있건마는
원천강 신인들은 너무나도 무정하다.
적막한 빈 들에서 홀로 울던 아이
산 넘고 물 건널 적에 외로운 아이
부모님은 무얼 했나, 제 할 일 다 하셨나.
그립던 어머님아, 그립던 아버님아!

작은 몸에 어찌 그렇게 큰 소리가 들어 있었나 몰라. 울음소리가 폭포수처럼, 천둥처럼 하늘과 땅을 울렸단다. 그 슬픈 흐느낌에 돌 같던 문지기 심장에도 동정심이 우러났지. 그는 안으로 들어가서 원천강 신인들에게 오늘이의 사정을 알렸어. 원천강 신인은 남녀 두 명인데 서로 부부였단다.

"구슬픈 울음소리가 귀에 쟁쟁하네요. 우리도 들었답니다."

"들어보니까 우리와 인연이 있는 듯한 소리였어요. 안으로 안내해 주세요."

문지기는 밖으로 나와서 오늘이를 안으로 인도했어. 원천강 문 안으로 들어가는 오늘이 심정은 어땠을까? 꿈인 듯 생시인 듯, 머릿속에 수많은 일들이 주마등처럼 쫙 스쳐 지나갔지.

오늘이를 맞이한 원천강 신인들이 물었어.

"너는 어떤 아이인데 이곳까지 왔느냐?"

"인간 세상 적막한 들에서 혼자 살던 오늘이입니다. 부모님을 찾아서 여기까지 왔습니다."

오늘이가 지나온 사연을 하나하나 말하자 신인들이 가까이 다가오더니 오늘이 두 손을 꼭 잡아.

"사랑하는 딸아! 내가 너의 엄마란다."

"이 아버지 얼굴도 한번 바라보거라."

마음속에 그리고 또 그렸던 그 장면이었어. 오늘이는 꿈만 같았지. 처음 보는 부모님을 끌어안고 하염없이 눈물을 흘렸단다. 그동안의 외로움과 서러움이 눈물방울이 돼서 똑똑 떨어졌어.

그렇게 말없이 얼마나 있었는지 몰라. 침묵을 깨고 아버지가 먼저 입을 열었지.

"너를 낳은 그날이었단다. 하늘신께서 우리를 불러올리셨어. 사람은 누구라도 때가 되면 떠나야 하는 법이지. 그날이 갑자기 닥쳐온 거야. 너를 두고 가는 게 너무 어려웠지만 어쩔 수 없었단다."

이어서 어머니가 말했어.

"오늘아, 우리가 어쩔 수 없이 여기로 왔지만 마음은 늘 네 곁에 있었단다. 한시도 너를 잊어버린 적이 없었어."

그러자 오늘이가 마음속에 담고 있던 설움을 쏟아냈어.

"어머니, 아버지! 저 혼자 많이 힘들었어요. 추워도 힘들고, 더워도 힘들고, 배고파도 힘들었어요. 아무도 없는 적막한 들에서 너무나 외로웠어요."

"그래그래, 우리 딸. 엄마 아빠 없이 얼마나 힘들었을까……."

어머니는 오늘이의 등을 천천히 쓸어줬단다. 그때 아버지가 말했어.

"하지만 오늘아, 너는 혼자가 아니었단다. 우리가 네 몸에 축복을 내려주고, 학 한 마리도 두고 왔지. 네가 춥지 않게 덮어주고, 배고프지 않게 먹을 수 있게 말이다."

그 말을 들은 오늘이는 화들짝 놀라고 말았어.

'그래, 내 곁에 학이 있었지! 우연이 아니었구나!'

학이 몸을 덮어주고 열매를 먹여주던 일을 생각하니까 들에서 있었던 일들이 마음속에서 강물처럼 흐르지 뭐냐.

'학만이 아니었어. 나무와 풀과 꽃도 있고 작은 새들도 있었지. 해와 달과 별, 비와 눈과 바람, 맑은 물과 공기와 흙……. 그래, 그 모든 것이 있었어!'

오늘이는 부모님의 눈을 번갈아 바라보며 말했단다.

"이제야 알았어요. 저는 혼자가 아니었어요. 그곳은 적막한 들이 아니었고요. 두 분은 늘 제 곁에, 제 안에 계셨던 거예요!"

부모님은 말 대신 눈과 손으로 대답했단다. 따사로운 눈길로 오늘이를 바라보면서 손으로는 몸을 감싸 안아줬지. 그렇게 얼마나 지났을까, 아버지가 다시 입을 열었어.

"오늘아, 여기 원천강이 어떤 곳인지 궁금하지 않니? 너와도 인연이 깊은 곳이야. 한번 구경해 보려무나."

"네, 보여주세요! 많이 궁금했어요."

오늘이는 방긋 웃으면서 부모님을 따라 걸음을 옮겼어. 성 안쪽으로 가보니까 그곳에도 높은 담이 있는데, 담벼락에 문이 네 개가 있는 거야. 문이 있으니까 열어봐야지!

오늘이가 첫째 문을 살짝 열고서 보니까 화창한 날씨에 오색 봄꽃이 만발. 둘째 문을 열고 보니까 짙푸른 초록색 잎 위로 뜨거운 햇살이 쨍쨍. 셋째 문을 열고 보니까 황금빛 들판에 열매를 주렁주렁 맺은 나무들이 가득. 넷째 문을 열고 보니까 검은 들에 솟은 검은 나무 위로 하얀 눈송이가 펄펄. 그렇게 사계절이 그 안에 모여 있었단다.

"이곳이 왜 원천강인지 알겠니?"

"알 것 같아요. 이곳에서 인간 세상 사계절이 나오는 거 맞지요?"

"그래, 네 말대로란다."

"이곳은 시간의 원천이고 만물의 원천이에요. 그러니 원천강이지요. 이곳에는 세상 모든 일들에 대한 답이 있다고 들었어요. 만물의 원천이니까 답이 있는 거예요."

그러면서 오늘이는 오는 길에 부탁받은 일들을 하나하나 얘기했단다.

첫 번째는 누구? 그래. 서천강가 흰모래마을의 장상이. 늘 글만 읽는 일상에서 벗어나 행복을 찾을 수 있는 길을 물었었지. 두 번째는 누구? 연화못의 연꽃나무. 어떻게 하면 온 가지에 꽃을 피울 수 있을지 알아봐 달라고 했었어. 세 번째는 이무기. 여의주 세 개를 물고서 바닷가에서 오르락내리락하던 큰 뱀, 기억나지? 이무기는 용이 되어 하늘로 올라갈 수 있는 방법을 찾고 있었어. 네 번째는 누구? 언덕 위 별층당에서 매일 많은 책을 읽는 아가씨 매일이. 어떻게 하면 책 읽는 일에서 벗어나 행복을 찾을 수 있을지 궁금해했지. 또 있었나? 그래, 우물가에서 깨진 바가지를 들고 울던 선녀들. 그런데 그 문제는 오늘이가 나서서 이미 해결해 줬으니까 됐지 뭐.

부모님은 남은 네 가지 문제에 대한 답을 하나하나 말해줬어. 부모님이 알려주는 답을 들으면서 오늘이는 조용히 고개를 끄덕였단다. 오늘이 마음속에 떠올랐던 답하고 별반 다르지 않았거든.

오늘이는 원천강에서 부모님과 하룻밤을 보냈어. 긴긴밤이 모자라도록 참 많은 이야기를 나누었지. 다음 날 아침이 밝아왔을 때 오늘이가 말했어.

"어머니, 아버지! 이제 저는 돌아갈래요. 어서 가서 친구들에게 답을 알려주고 싶어요."

"여기까지 힘들게 왔는데 떠나는 게 아쉽지 않니?"

"괜찮아요! 이제 제가 혼자가 아니라는 걸 알았으니까요. 이곳을 떠나도 두 분은 늘 제 안에 계실 거잖아요!"

"그래. 함께 있지 않아도 함께여야 진짜 함께인 거란다."

"네, 알 것 같아요! 저는 앞으로 외롭지 않을 거예요!"

오늘이는 환하게 웃으면서 부모님과 작별했단다. 그리고 갔던 길을 되돌아서 자기가 살던 곳으로 향했지. 갈 때의 걸음과 올 때의 걸음은 아주 달랐어. 가는 걸음은 돌처럼 무거웠는데, 오는 걸음은 나비처럼 가벼웠지.

오늘이는 먼저 별층당으로 가서 매일이를 만났어.

“제가 원천강에서 답을 찾았어요. 이제 책은 덮어두고 저와 함께 길을 떠나요!”

그러자 매일이는 책을 덮고 훌쩍 오늘이를 따라나섰어.

“그냥 이렇게 떠나면 되는 거였어요? 그런데 진짜로 일이 잘 풀릴 것 같은 기분이 들어요!”

“네, 저와 함께 가면 좋은 일이 있을 거예요!”

두 사람은 즐겁게 이런저런 얘기를 나누면서 바닷가에 이르렀어. 이무기가 여의주 세 개를 물고서 오르락내리락 몸을 뒤틀고 있었지.

“오, 이제 왔구나! 여기서도 용트림을 좀 해봤는데, 역시나 안 되더군. 혹시 답을 찾은 거니?”

“네, 이무기님! 답을 알았어요. 먼저 우리를 물 건너편으로 데려다주세요.”

“알겠다. 그거야 뭐 일도 아니지!”

이무기는 오늘이와 매일이를 등에 태우고 물로 훌쩍 뛰어들었어. 갈 때보다 더 빠르고 더 안전하게 건너편으로 돌아왔지. 오늘이가 이무기에게 말했어.

“고마워요, 이무기님! 그동안 고생 많으셨어요. 이무기님은 여의주를 너무 많이 물고 계셔서 승천을 못 하신 거예요. 두 개는 뱉고 하나만 물어보세요.”

그러자 이무기는 여의주 두 개를 뱉어서 오늘이한테 줬어. 그러고는 맨 처음에 얻었던 여의주 하나만 물고서 가볍게 몸을 뒤틀었지. 그러자 이무기는 그대로 용이 되어 하늘로 훨훨 날아올랐단다.

그다음은 연화못의 연꽃나무야. 오늘이와 매일이가 다가가자 연꽃나무가 반갑게 맞이했지.

“오늘이님, 진짜로 오셨군요! 원천강에 다녀오신 거 맞지요?”

“네, 연꽃나무님 덕분이에요. 부모님도 만났답니다. 연꽃나무님이 가지마다 꽃을 피울 방법도 알아 왔어요.”

“정말로요? 어떻게 하면 되나요? 이 꽃과 봉오리들을 지키느라 정말 힘들었어요.”

“윗가지에 핀 그 꽃을 꺾어서 내려놓으면 돼요. 그러면 가지마다 꽃을 피울 수 있어요.”

“이 꽃을요? 나한테는 이 꽃 하나뿐인데…….”

연꽃나무는 망설이다가 결심한 듯 꽃을 떼서 오늘이한테 건네줬어. 그러자 신기한 일이 벌어졌지. 가지가지 봉오리들이 하나씩 벌어지기 시작하는 거야. 그러더니 금세 가지마다 꽃으로 가득해졌단다. 연꽃나무는 마치 꿈을 꾸는 것 같았어.

“그랬군요. 내가 계속 이 꽃을 움켜쥐고 있어서 다른 봉오리들이 힘을 못 썼던 거예요. 왜 나는 그동안 위만 바라보고 아래는 보지 못했을까! 오늘이님, 고마워요. 정말로요!”

오늘이는 연꽃나무와 작별하고 다시 매일이와 함께 길을 나섰어. 서천강을 건너가서 흰모래마을 별층당 문을 두드리니까 문이 천천히 열리면서 장상이가 모습을 나타냈지.

"오늘이님, 오셨군요."

"네, 장상이님! 장상이님이 길을 알려주신 덕분이에요. 원천강에 가서 부모님을 만나고 답을 찾았답니다. 장상이님이 찾으시던 답도요."

그러자 장상이가 먼 하늘을 보면서 감격스러운 표정을 짓는 거야.

"그랬군요. 정말로 답이 있었네요."

"네, 장상이님. 장상이님은 늘 먼 곳만 보느라 지치셨던 거예요. 제가 장상이님의 짝이 되실 분을 모셔 왔답니다."

그러자 옆에 있던 매일이가 깜짝 놀라면서 활짝 웃었어. 그러고는 박수까지 짝짝 치면서 쾌활하게 소리쳤지.

"그렇군요! 제가 이분이랑 짝이 돼야 하는 거네요? 저 세상 독서꾼과 이 세상 독서꾼의 만남이네. 하하, 저는 좋아요! 둘이서 함께 책을 읽어도 좋겠어요."

그 모습을 바라보던 장상이의 얼굴이 활짝 밝아졌어. 매일이의 맑은 목소리가 지친 몸과 마음을 씻어주는 것 같았지. 그때 오늘이가 말했단다.

"매일이님은 너무 눈앞에서만 답을 찾느라 힘드셨던 거예요. 멀리 보는 장상이님이 좋은 짝이 될 거예요. 장상이님도 매일이님이 좋으시지요?"

장상이는 볼이 발그레해지면서 미소를 지었단다. 매일이는 그런 장상이의 손을 잡고서 책장이 있는 쪽으로 이끌었어.

"어디, 어떤 책들이 있는지 보여주세요. 제일 재미있게 읽은 책이 뭐예요? 지금 읽고 있던 책은 뭐였어요? 책 읽는 거 말고 다른 취미는 없어요? 요리 좋아해요? 짚신은 삼아봤어요?"

둘의 모습을 보고 있으려니 오늘이 얼굴에 절로 미소가 피어났단다.

오늘이는 매일이, 장상이와 작별한 뒤 다시 길을 떠났어. 마을로 돌아와 백주할머니를 찾아갔지.

"할머니, 저 돌아왔어요."

그러자 백주할머니가 반기면서 오늘이의 손을 꼭 잡았어.

"그래, 오늘아! 너라면 해낼 줄 알았다. 온몸에 빛이 가득하구나! 원천강에서 부모님을 만난 것 맞지?"

"네, 할머니가 알려주신 덕분이에요. 정말 감사해요."

"아니, 그건 너 스스로 한 일이야. 네가 찾고자 했으니 찾은 것이고, 네가 가고자 해서 간 거란다. 사람한테는 누구나 그런 힘이 있지. 그건 하늘이 내린 힘이야."

"네, 할머니! 이번 여행에서 참 많은 것을 깨달았어요. 이제 저는 더 이상 외롭지 않답니다. 이 세상은 적막한 들이 아니라 충만한 들이었어요. 끝없이 이어진 영원한 세상, 그 중심에 제가 있다는 걸 알게 됐답니다."

그러면서 오늘이는 이무기한테서 받은 여의주 하나를 할머니께 드렸어.

"여의주는 하나면 충분하다는 사실도 알게 됐어요. 그 여의주는 바로 자기 자신이라는 사실도요."

여의주를 받은 백주할머니는 조용히 미소를 머금었단다. 그러고는 눈을 들어서 하늘을 한번 바라봤지. 그때 하늘에서 웬 줄이 내려와 오늘이 앞에 차라락 드리워졌어. 그 줄 이름이 뭘까? 그래, 노각성자부줄! 그 줄을 잡으니까 오늘이 몸이 하늘로 둥실 떠올랐단다. 오늘이는 어느새 선녀가 되어 있었던 거야.

오늘이가 하늘로 올라가자 반갑게 찾아온 이들이 있었어. 우물가에서 울고 있었던 선녀들이 달려와서 오늘이를 얼싸안았지. 서로 즐겁게 회포를 나눈 일이야 두말할 필요도 없지 뭐.

선녀가 된 오늘이에게 가장 잘 어울리는 곳은 원천강이었어. 사계절의 원천이 되는 그곳 말이야. 사계절이 펼쳐지는 인간 세상도 오늘이가 살아갈 터전이었지. 사실 인간 세상이 또 다른 원천강이거든. 그렇게 원천강 선녀 오늘이는 두 곳을 오가면서 살아가게 됐단다.

이건 단지 과거의 일이 아니야. 오늘이는 지금까지도 우리가 사는 세상 곳곳에 사계절의 기운을 전해주고 있거든. 세상 만물 가운데 오늘이의 손길이 닿지 않는 건 아무것도 없지. 그렇게 봄이 가고 여름과 가을이 왔다가 가고, 겨울이 오고, 그 겨울 끝에는 또 다시 봄이 와서 꽃들이 활짝 피어나는 거란다.

오늘이를 한번 만나보고 싶다고? 어렵지 않아. 오늘이는 늘 네 곁에 있단다. 사실은 네 안에도!

이야기에 대한 이야기

엄지 할머니, 감사해요. 이 이야기 정말 좋네요. 외로웠던 지난날도 생각나요.

이반 엄지도? 나도 그랬는데! 아마 다들 마찬가지였을 듯. 뭉이쌤은 어떠세요?

뭉이쌤 왜 아니겠어? 난 지난날이 아니라 요즘 내 이야기인 것도 같아. 조금 방황 중이거든.

통이 쌤이 방황을요? 나이가 들어도 그런가요?

뭉이쌤 물론이지! 실은 내 이름 '뭉이'가 이 이야기 속의 이무기야. 내가 좀 욕심이 많거든. 입에 문 걸 좀 내려놔야 할 텐데…….

이반 그래도 할머니는 안 그러실 것 같아요!

노고할망 나도 오늘이의 시절, 장상이와 매일이의 시절, 선녀의 시절을 다 겪었지. 그러고 나서 지금에야 편안해졌단다. 오래 살다 보니 춘하추동, 희로애락 모든 것이 하나의 물결과 같더구나. 한 폭의 그림 같기도 하고.

연이 그런데 할머니, 인간 세상이 원천강이라고 하셨잖아요? 그건 무슨 뜻인가요?

노고할망 원천강에는 사계절이 모여 있잖니? 그건 이 세상도 마찬가지란다. 겨울 속에 가을과 봄이 있고, 봄 속에 겨울과 여름이 있고. 또 하늘과 땅과 돌과 나무와 풀 모두에 사계절이 다 담겨 있지. 사람도 마찬가지란다. 연이 마음속에도 봄 여름 가을 겨울이 다 있지 않니?

연이 사계절의 기억과 이미지를 뜻하는 걸까요? 아니면 평화롭고 즐겁고 외롭고 우울하고…… 이런 감정일까요?

노고할망 그 모두야. 그 밖에 또 다른 것일 수도 있고.

연이 네! 할머니 말씀을 듣고 보니 우리 안에 오늘이가 있다는 것도 어렴풋이 알 것 같아요.

노고할망 그래, 우리 연이가 이렇게 오늘이가 되는구나!

엄지 동지가 생겼네. 함께 길을 가지 않아도 나와 통하는 누군가가 있다는 건 소중한 일이에요.

뭉이쌤 엄지는 '깨달은 오늘이'야. 나보다 나은걸.

이반 정말로 엄지가 저보다 어른 같아요. 저는 장상이처럼 앞이 안 보일 때가 많거든요. 내가 무엇 때문에 이 일을 하나 싶을 때도 있고요. 나의 매일이는 어디에 있을지! 장상이와 매일이가 결혼한 뒤 어떻게 살았을지도 궁금해지네요.

노고할망 그 이야기도 때가 되면 들려줄게.

이반 오오, 이야기가 있군요! 너무 기대돼요.

노고할망 이야기를 주고받다 보면 언젠가 나오게 되겠지. 다음 이야기는 누가?

이반 이번엔 제가 해볼게요. 오늘이를 보면서 생각난 사람이 있거든요.

이반

제가 들려드릴 이야기는 시베리아 바이칼 인근 지역에 사는 브리야트족 사이에서 전해온 이야기예요. 소수민족인 브리야트족이 사는 바이칼 인근은 러시아와 몽골에 접한 곳이에요. 칭기즈칸의 어머니가 브리야트족이었다고 하니, 혈통적으로는 몽골인으로 볼 수 있답니다. 이들은 한국인, 일본인과 유전적으로 매우 가깝다고 해요. 그럼, 이야기 시작해 볼게요.

메르겐 조릭토

*

시베리아 브리야트족 민담

옛날, 끝없는 평원에 넓은 땅과 많은 가축을 가지고 있는 부자 부부가 살았어요. 남편 이름은 시라이이고 아내는 돌고르예요. 둘은 누구보다 부지런히 움직이며 열심히 살았습니다. 땅이 넓고 가축이 많다 보니 그만큼 할 일도 많았어요. 그들은 일을 일꾼들에게만 떠넘기지 않고 언제나 자기들이 먼저 움직였습니다. 그러니 사람들이 마음으로 존경하며 잘 따르지요.

하지만 그들에게는 큰 슬픔이 있었어요. 어느 날, 시라이가 마음속 고통을 호소했어요.

"돌고르, 우리가 이렇게 열심히 사는 게 다 무슨 소용이란 말이오. 자식을 갖는 것이 가장 큰 행복인데, 우리에게는 그 행복이 없구려. 신은 왜 이리 우리에게 냉정할까요?"

시라이는 좀처럼 슬픔에서 헤어나지 못했어요. 하지만 슬프기는 돌고르가 더했어요. 부부의 슬픔은 주변으로까지 전염될 정도였어요. 농장에는 온통 우울함이 감돌았습니다.

어느 날, 한 가난한 농부가 낯선 약초 다발을 들고서 부부를 찾아왔어요.

"소식을 들었습니다. 얼마나 슬프시겠어요. 이 약초를 한번 드셔보세요. 제가 이걸 먹고서 자식을 여럿 낳았거든요. 어쩌면 두 분께도 도움이 될지 몰라요."

시라이와 돌고르는 이 가난한 농부의 친절을 소중히 받아들였어요. 충분히 사례해서 보낸 뒤 약초를 정성껏 달여서 함께 먹었습니다. 신이 그 마음을 알아준 걸까요? 마흔 살이 넘은 돌고르는 연이어 임신을 해서 아들을 세 명이나 낳았어요. 부부는 온 세상을 다 가진 것 같았습니다.

세월은 물처럼 흘러서 부부는 노인이 되고 세 아들은 청년이 됐어요. 큰아들과 둘째 아들은 여기저기 수소문해서 좋은 아내를 얻었습니다. 아름다운 데다 손재주도 아주 뛰어난 여인들이었지요. 농장은 더욱 번창하고 척척 잘 돌아갔어요.

고민은 막내아들이었어요. 말수가 없어서 무슨 생각을 하는지 알 수가 없었어요. 재산을 관리하고 불리는 일에는 관심이 없고 혼자서 초원을 쏘다니곤 했지요. 사람들 눈에 띄는 것도 꺼렸어요. 돌고르는 막내아들을 볼 때마다 마음이 무거웠습니다. 어느 날, 돌고르는 남편에게 말했어요.

"여보, 사람들 말처럼 우리 막내가 정말 바보인 걸까요? 도통 속을 알 수가 없으니 너무 답답해요."

"막내의 속을 모르는 건 나도 마찬가지예요. 내가 한번 시험을 해봐야겠어요."

다음 날, 시라이는 막내아들을 불렀어요. 아, 막내아들의 이름은 메르겐 조릭토였답니다.

"조릭토야, 금화 한 주머니를 줄 테니 도시에 가서 무엇이든 마음에 드는 걸 사 오너라."

조릭토는 고개를 끄덕이고서 주머니를 받아 들고 집을 나섰어요. 한참 만에 숲길로 접어든 조릭토의 발걸음은 점점 느려졌습니다. 눈에 띄는 모든 것들이 다 신기했거든요.

'저 삼나무는 무슨 힘으로 저리 높이 자랄까? 자작나무 줄기는 왜 하얀 거지? 잣나무는 왜 마을 안에서는 안 자라는 걸까? 숲속의 짐승들은 다들 무얼 먹고 사는지 몰라. 새들은 저렇게 날아다니는데 내 발은 왜 자꾸 땅으로 붙는 거지?'

이런저런 생각을 하면서 걷다 보니 도시에 다다랐어요. 하지만 사람이 만든 것들 가운데 조릭토의 마음을 끄는 건 없었습니다. 사람들이 와글와글 시끌벅적 움직이는 모습은 낯설기만 했어요. 결국 조릭토는 아무것도 사지 않고서 발길을 돌렸어요. 집으로 돌아오고 나니 힘이 하나도 없었습니다. 잠자리에 든 조릭토는 꼬박 하루를 잠만 잤어요.

조릭토가 잠에서 깨어나자 아버지가 찾아와 물었어요.

"아들아, 무엇을 샀느냐? 어떤 것이 마음에 들더냐?"

그러자 조릭토는 돈주머니를 내밀면서 말했어요.

"아무것도 사지 않았어요. 저에게 필요한 건 부처입니다. 부처를 찾아 떠나겠어요."

'부처'는 시라이에게 낯선 존재였어요. 어디선가 '깨달은 자'라는 말을 들었을 뿐이지요.

조릭토는 그길로 모자를 쓰고서 집을 나섰어요. 따라 나오는 부모님에게 고개를 숙여 작별 인사를 했습니다. 노부부는 그런 아들을 말릴 수가 없었어요.

"부처를 찾으면 우리한테도 보여주거라."

조릭토는 고개를 끄덕인 뒤 뒤돌아섰습니다. 그러고는 곧장 앞만 보며 걸어갔어요. 사람들이 무슨 일인가 싶어 수군댔지요. 부처를 찾으러 간다는 말을 듣고 비웃는 사람도 있었어요. 부처를 본 사람은 아무도 없었으니까요. 그 뒤로 조릭토는 원래 없었던 사람처럼 잊혀갔습니다.

조릭토는 때로는 서쪽을 향해, 때로는 남쪽을 향해 쉬지 않고 걸었습니다. 길을 잃지는 않았어요. 그는 해와 달과 별을 볼 줄 알았거든요. 낮에는 해를 보면서 방향을 잡고, 밤에는 달과 별을 보면서 길을 찾았지요.

그렇게 몇 날 며칠 길을 가던 조릭토의 눈에 웬 허름한 천막이 들어왔어요. 천막 옆에는 한 아가씨가 서 있었는데, 조릭토를 발견하고는 안으로 쏙 들어가 버렸지요. 조릭토는 멈춰 서서 이 허름한 천막을 가만히 바라봤어요. 천막에서 연기가 나와 하늘 바로 아래까지 피어오르고 있었지요. 조릭토가 그 천막으로 들어가자 한 노파가 맞이했어요. 그 뒤에서 아가씨가 눈을 동그랗게 뜨고 조릭토를 바라봤지요. 노파가 입을 열었어요.

"여기는 나그네도 없는 곳인데, 젊은이는 어디로 가는 게요?"

"부처를 찾아서 가고 있습니다."

"그렇군요. 부처를 만나거든 말 못하는 내 딸이 말을 할 수 있게 해달라고 빌어주구려."

조릭토는 조용히 고개를 끄덕였습니다.

천막을 나선 조릭토는 다시 하염없이 걷기 시작했어요. 그리고 해 질 무렵에 한 곳에서 걸음을 멈추었습니다. 들판에 죽은 가축들이 잔뜩 누워 있었어요. 조릭토는 그 곁에 누워서 눈을 감았습니다. 아침에 그는 눈을 떴지만 가축들은 그대로였지요.

조릭토가 그곳을 떠나려 할 때 웬 병사들이 다가와서 그를 붙잡았어요. 왕의 영지에 낯선 사람이 다니니까 수상하게 여긴 거예요. 왕이 있는 궁궐은 겉은 화려했지만 공기는 무거웠습니다. 왕이 옥좌에 앉은 채로 조릭토에게 물었어요.

"너는 누구인데 이곳에 왔으며, 어디를 가는 길이냐?"

"저는 시라이와 돌고르의 아들 메르겐 조릭토입니다. 부처를 찾아가는 길입니다."

"그렇구나. 나는 소론존 왕이다. 이 땅에 물이 말라서 풀들이 마르고 가축들이 쓰러졌다. 곧 왕국도 망할 것이다. 부처에게 우리가 물을 얻을 수 있도록 빌어다오."

"풀이 마르고 가축들이 죽으면 가난한 이들이 먼저 고통을 받겠지요. 잘 알겠습니다."

소론존 왕은 조릭토의 진심을 알아보고 병사를 시켜 자신의 영지 끝까지 그를 배웅하게 했어요.

다시 혼자가 되어 길을 떠난 조릭토는 강물인지 바다인지 모를 드넓은 물 앞에 이르렀어요. 건너편에 땅은 보이는데 배가 없어서 건널 방법이 없었습니다. 조릭토는 물을 바라보며 한참을 서 있었습니다. 그때 어디선가 낯선 소리가 들려왔어요.

"물을 건너고 싶은 건가요? 그렇다면 이리로 오세요."

조릭토가 이리저리 둘러봤지만 사람은 아무 데도 없었어요.

"누가 내게 말한 것입니까?"

그러자 바다 쪽에서 소리가 다시 울려 나왔어요.

"여기 물속입니다."

조릭토가 물을 바라보니까 뭔가 거대한 것이 있었습니다. 잘 보니 물고기였어요.

"내가 불렀습니다. 당신은 누구이며, 어디로 가고 있습니까?"

"저는 시라이와 돌고르의 아들 조릭토입니다. 부처를 찾아가고 있어요."

"그렇군요. 부처를 찾아간다는 사람은 처음 봅니다. 내가 당신을 건너게 해주지요. 내 등을 밟고 가면 됩니다. 만약 부처를 만나거든 내가 하염없이 누워 있는 지금의 상태에서 벗어나 자유롭게 헤엄쳐 움직일 수 있도록 빌어주세요."

조릭토는 고개를 끄덕였어요. 물고기의 등은 보일 듯 말 듯 수면에 걸쳐 있었지요. 조릭토는 물고기의 말대로 등을 밟고서 걸음을 옮기기 시작했습니다. 촉촉한 땅을 걷는다고 생각하며 차박차박 나아가니 어느새 건너편 땅에 이르러 있었지요.

건너편 땅은 조릭토가 온 곳과 다르지 않았어요. 삼나무와 잣나무와 활엽수가 솟아 있는 숲을 지나고 나니 너른 초원이 펼쳐져 있었지요. 가축들이 여기저기 흩어져서 풀을 뜯고 있었어요.

'어디나 풀은 자라고 가축들은 그 풀을 먹는구나. 저 짐승들을 사람들이 잡아먹겠지. 이곳은 내가 살던 바이칼 같아. 먼 길을 걸어서 제자리로 왔구나. 그곳에 없던 부처가 이곳에는 있을까?'

그날 밤 조릭토는 풀밭에 누워 자면서 어린 시절부터 지금까지 보고 들었던 일들에 대한 수많은 꿈을 꾸었습니다.

다음 날 조릭토가 눈을 떴는데, 저 멀리서 전날에는 못 봤던 광채가 보였어요. 다가가 보니 금빛 찬란한 사원이 서 있었습니다. 눈이 부셔서 제대로 바라보지 못할 정도였지요. 조릭토가 문을 열고 안으로 들어서니까 공중에서 음성이 들려왔어요.

"어서 오너라, 내 목소리를 듣고 모습을 볼 수 있는 자여!"

그때 조릭토의 눈에 어떤 사람의 형상이 들어왔어요. 자기하고 다르면서도 비슷한 사람이었지요. 바로 부처였습니다.

"무엇을 찾아 여기까지 왔느냐?"

"세상에 슬픔이 너무 많습니다. 노파의 외동딸은 말을 못하고, 왕국의 풀과 가축은 물이 없어 죽어갑니다. 헤엄치고 싶은 물고기는 움직이지를 못하고, 저는 갈 곳을 모르고 무엇을 해야 할지 모릅니다."

"슬퍼하지 마라, 조릭토. 그 처녀는 곧 말을 하게 될 것이며, 소론존 왕의 땅은 물을 얻게 될 것이다. 그리고 물고기는 자유를 얻을 것이며, 너는 스스로 길을 찾게 될 것이다."

그러면서 부처는 처녀와 왕국과 물고기에 대한 비밀을 말해주었어요. 그리고 조릭토의 앞날을 축복해 주었습니다.

"가거라, 조릭토. 너의 여정을 신이 함께할 것이며, 달과 별과 호수가 너를 밝혀줄 것이다."

가르침을 받고 길을 떠난 조릭토는 먼저 물을 건너게 해줬던 물고기를 만났어요.

"입에 물고 있는 보석을 나에게 주면 헤엄칠 수 있을 겁니다."

그러자 물고기는 수십 년 동안 물고 있던 커다란 보석을 뱉어서 조릭토에게 주었어요. 두 손으로 들기 어려울 정도였지요. 곧 물고기는 자유로이 몸을 움직이게 됐습니다. 물고기는 조릭토를 건너편으로 태워준 뒤 유유히 헤엄쳐서 사라졌어요.

물고기에게 받은 보석은 너무 크고 단단했어요. 조릭토는 잠시 생각하다가 하늘과 들판을 향해 소리쳤습니다.

"새들아, 짐승들아! 이리 와서 나를 도와줘!"

그러자 사방에서 수많은 새들이 날아오고 짐승들이 달려왔어요.

"이 빛나는 보석을 잘게 깨뜨려서 세상 곳곳으로 옮겨줘."

그러자 그들은 보석을 수천수만 개 조각으로 부순 뒤 입에 물고 사방으로 흩어졌어요. 그 보석의 이름은 아마도 '깨달음'이었을 거예요.

조릭토는 다시 가벼워진 몸으로 발걸음을 옮겼습니다. 소론존의 궁궐로 들어가니까 왕이 반갑게 맞이했어요.

"죽은 코끼리 떼가 왕국의 수원지를 막고 있습니다. 사람들에게 쫓겨서 죽은 불쌍한 짐승이지요. 건져서 장례를 치러주면 왕국에 다시 물이 흐를 거예요."

소론존 왕은 조릭토가 말해준 대로 코끼리 떼를 건져 고이 장례를 치렀어요. 코끼리가 막았던 물길이 트이자 왕국에 다시 물이 흐르고 풀들이 파릇파릇 살아나기 시작했지요. 소론존 왕은 조릭토에게 큰 재물로 보답하려 했지만 조릭토는 사양했어요. 단지 황갈색 말 한 마리만 받았습니다.

조릭토는 말을 타고서 다시 길을 떠났어요. 한참을 가니까 말 못하는 딸을 둔 노파의 천막이 보였지요. 집으로 다가오는 조릭토를 발견한 처녀가 안으로 뛰어 들어가면서 말했어요.

"어머니! 부처를 찾아가던 사람이 말을 타고 돌아왔어요!"

그건 처녀가 태어나서 처음으로 한 말이었어요. 노파는 감격해서 천막 밖으로 뛰어나왔습니다.

"젊은이여, 부처를 만났군요!"

"그렇습니다. 부처가 말씀하시길, 당신의 딸은 결혼 상대를 만나면 말을 하게 될 거라고 하셨습니다."

"방금 딸이 당신을 보고 처음 말을 시작했어요!"

그때 딸이 조릭토를 보면서 말했어요.

"당신을 보니까 나도 모르게 말이 나왔어요."

"그렇다면 당신은 부처의 뜻대로 나의 아내가 되어야 합니다. 나와 함께 가겠어요?"

"당신이 좋다면요! 당신은 제 마음을 열어준 사람입니다. 마음이 열리면서 말이 나왔거든요."

조릭토는 황갈색 말에 처녀와 노파를 함께 태우고 길을 떠났습니다. 소론존 왕이 준 말은 세 사람을 거뜬히 태울 만큼 튼튼했지요.

말을 타고서 한참을 달린 조릭토는 드디어 낯익은 길로 접어들었어요. 하늘 높이 솟은 삼나무와 잣나무, 우거진 자작나무, 노래하는 새들과 풀을 뜯는 가축들. 그리고 바이칼 호수의 맑은 물! 조릭토에게 그 모습은 이제 낯설지 않았고 슬프지 않았어요.

말을 타고서 마당에 들어서는 조릭토를 시라이와 돌고르가 놀란 눈으로 바라봤습니다. 예전의 어둡던 모습이 사라져서 아들이라는 생각을 미처 못 한 거예요.

"어머니, 아버지! 조릭토가 돌아왔습니다."

시라이와 돌고르는 아무 소식이 없는 막내아들이 불행한 일을 당했다고 생각하고 있었어요. 그들은 무사히 돌아온 아들의 손을 잡고 뜨거운 눈물을 흘렸습니다.

"사랑하는 내 아들, 정말로 부처를 만났느냐? 부처가 어디 있든?"

그러자 조릭토는 노파와 딸을 향해 몸을 돌리면서 말했어요.

"바로 여기, 제 옆에 있습니다."

시라이와 돌고르는 금세 고개를 끄덕였어요. 두 사람의 눈동자와 아들의 눈동자에 모든 게 담겨 있었거든요.

이야기에 대한 이야기

퉁이 형, 이거 뭐야? 너무 심오하잖아! 내가 아는 이반 형 맞아? 깜짝 놀랐어.

연이 내 말이! 나 이반 오빠 좋아하게 될 것 같아.

엄지 메르겐 조릭토는 남자 오늘이네요. 오늘이와는 다르게 사람들 속에서 살았지만, 그곳은 조릭토에게 적막한 들이었을 것 같아요.

퉁이 으아아! 어린 철학자님이 또 수준 차이 느끼게 하네.

노고할망 원래 나이는 숫자일 뿐이란다.

뀨 아재 그렇고 말고요. 이반이나 엄지에 비하면 나는 아직 어린애예요!

세라 흠, 그건 맞아요. 하하!

뭉이쌤 자자, 이제 다들 이 이야기에서 어느 부분이 제일 인상적이었는지 이야기해 볼까요?

퉁이 쌤 먼저 해주세요!

뭉이쌤 좀 엉뚱할지 모르지만, 거대한 물고기가 보석을 뱉고 헤엄치는 부분. 욕심을 내려놓는 게 내 인생의 과제라서!

세라 조릭토가 그 보석을 잘게 부수잖아요? 한 개쯤 가질 만도 한데 그러지 않는 게 인상적이었어요.

뭉이쌤 그야말로 내려놓음의 극치죠? 그게 바로 내가 닮고 싶은 모습이에요.

뀨 아재 자꾸 내려놓으려고만 하는 것도 집착이라고 생각해요. 누릴 수 있는 건 누려야지요. 저는 유복하게 자란 삼형제가 다들 좋은 사람이었다는 반전 아닌 반전이 마음에 들었어요. 워낙 문학작품 속에 형제들끼리 부딪치고 싸우는 클리셰가 많아서.

세라 새로운 관점이네요. 틀에 박힌 걸 싫어하는 뀨 아재다워요.

퉁이 저는 조릭토가 소론존 왕에게 황갈색 말을 받는 게 좋았어요. 아무것도 안 받으면 주는 입장에서 서운하잖아요? 그리고 말 없이 돌아오려면, 아휴…… 그 말이 아니었으면 색시를 못 데려왔을지도 몰라요.

연이 저는 말 못하던 처녀가 조릭토를 보고 갑자기 말하는 장면이 재미있었어요. 그 남자에게서 특별한 걸 본 거겠죠? 그러면서 마음이 확 열리고, 그러니까 말문도 트이고.

이반 나는 조릭토가 할머니와 처녀를 가리키면서 부처가 여기 있다고 하는 장면이 최고였어. 그래서 그 대목이 하이라이트가 되도록 구성했는데, 잘 됐나 몰라.

세라 응. 그 부분에 딱 힘을 준 게 느껴졌어.

엄지 하여튼 대륙의 기운이 느껴지는 이야기였어요. 바이칼 가보고 싶다!

연이·퉁이 나도!

뭉이쌤 이렇게 이야기로라도 여행하니 좋잖아? 자, 계속 가야지. 연이도 이야기 하나 해보는 게 어때?

연이 네, 한번 해볼게요.

연이

제가 들려드릴 이야기는 캐나다 인디언들 사이에서 내려온 설화예요. 이것도 자연과 관련되는 이야기예요. 붉은 노을에 대한 얘기랍니다. 오늘이나 메르겐 조릭토 이야기와 비슷한 면이 있어요. 근데 이건 어딘가를 찾아가는 이야기는 아니에요. 찾아오는 이야기라고 하는 게 맞을 것 같아요.

노을 아이

*

북미 인디언 신화

옛날 옛날, 넓은 땅 서쪽 끝 어느 섬마을에 젊은 부부가 살았어요. 남편이 바다에 나가 고기를 잡아와서 먹고살았죠. 남편은 강을 따라 올라가서 연어를 잡아오기도 했어요. 한번 일을 나가면 며칠씩 못 돌아올 때가 많았대요.

남편이 고기를 잡으러 떠나면 집에는 아내 혼자뿐이에요. 아들도 딸도 없었거든요. 아내는 외로웠어요.

"아이가 있으면 이렇게 외롭지 않을 텐데……."

이런 말이 자기도 모르게 입 밖으로 흘러나왔답니다.

어느 날, 아내가 혼자서 잿빛 하늘을 바라보는데 물총새가 눈에 들어왔어요. 근데 잘 보니까 혼자가 아니었어요. 새끼들을 데리고 물속으로 뛰어들고 있었죠. 그 모습을 보니까 부러운 마음이 솟아나지 뭐예요. 아내는 물총새를 보면서 말했어요.

"물총새야, 나도 너처럼 아이들이 있으면 좋겠어."

그랬더니 물총새가 이상한 말을 하는 거예요.

"커다란 소라를 찾아가 보세요."

이게 무슨 말인가 싶죠. 그런데 다음 날, 또 비슷한 일이 벌어졌어요. 이번에는 갈매기였답니다.

"갈매기야, 나도 아이를 갖고 싶어."

"커다란 소라를 찾아가 보세요."

같은 일이 거듭 일어나니까 신기하잖아요? 아내는 커다란 소라가 정말로 있나 보려고 바닷가를 여기저기 살피기 시작했답니다. 그때 어디선가 아이 울음소리가 들려오는 거예요. 소리 나는 데를 찾아가 보니까 모래밭에 웬 소라 껍데기가 삐죽 나와 있었어요. 꺼내보니까 아주 커다란 소라였답니다. 울음소리는 그 안에서 울려 나오고 있었죠. 거기 어린아이가 들어 있었던 거예요.

“이럴 수가! 하늘이 우리에게 주신 선물이야.”

아내는 아이를 안고 집으로 돌아와서 정성껏 보살폈어요. 남편도 아이를 보고 아주아주 좋아했죠. 자기가 일하러 나가도 더는 아내가 외롭지 않으니까요.

아이는 무럭무럭 잘 컸어요. 언젠가부터 사냥도 시작했죠. 새들을 탁탁 잘 잡았어요. 그런데 이상한 일이 있었답니다. 애가 가는 곳마다 이상한 붉은 빛이 따라다니는 거예요. 애가 바닷가에 앉아서 서쪽 하늘을 바라보면 바다에 붉은 빛이 좌르르 감돌았죠. 아, 애가 얼굴도 불그레한 구릿빛이었대요.

그러던 어느 날이었어요. 아침부터 바람이 몹시 불더니 좀처럼 멈추지를 않았어요. 그날은 남자가 고기를 잡으러 바다에 꼭 나가야 하는 날이었답니다. 남자는 걱정에 잠겼죠. 그때 아이가 이상한 말을 하는 거예요.

“제가 함께 갈게요. 저는 폭풍의 신보다 강해서 바람도 어쩌지 못해요.”

남자는 그 말이 믿기지 않았죠. 하지만 아이는 앞장서서 밖으로 나갔어요. 남자는 할 수 없이 아이와 함께 바다로 나갔죠. 폭풍의 신이 배를 뒤집으려고 야단이에요. 바람을 마구 몰아치는 거죠. 거친 파도가 너울너울. 하지만 아이가 탄 배는 끄떡없었답니다. 폭풍을 뚫고서 앞으로 쭉쭉 나아가는 거예요. 바람은 괜히 혼자서 힘만 쓰다가 지쳐버렸어요.

폭풍의 신은 화가 나서 조카들을 불렀어요. 먹구름이랑 안개가 조카예요. 순식간에 먹구름이 하늘을 덮고 사방으로 짙은 안개가 가득 찼죠. 어디가 어딘지 알 수가 없어요. 남자가 어쩔 줄 모르고 허둥대는데 아이는 아주 태연해요.

"걱정 마세요. 이들은 우리를 해칠 수 없어요. 내가 더 강하니까요."

그러면서 아이는 안개 속으로 착착 노를 저어서 나아가는 거예요. 고기 잡는 장소를 향해서요. 그러니까 먹구름도 안개도 어쩔 수가 없죠. 애들이 물러가니까 바다는 다시 푸르러졌답니다. 그리고 어느새 고기 잡는 장소에 도착해 있었어요.

그때 아이가 바닷물을 보면서 노래를 부르기 시작했어요. 처음 듣는 이상한 노래였죠. 그러자 바다가 그 소리에 반응하는 거예요. 눈부신 붉은 빛이 생겨나서 회오리처럼 둥글게 맴돌았어요.

"저기로 그물을 던지세요."

마치 아이가 선생님 같아요. 남자는 그곳으로 힘차게 그물을 던졌답니다. 조금 있다가 그물을 걷어 올리니까 물고기가 가득했죠. 이렇게 많은 물고기를 잡은 건 처음이에요. 아이의 노래와 붉은 빛이 물고기를 불러모았던 거죠. 남자는 아이가 불렀던 노래를 잘 기억해 뒀어요.

이상한 일은 다음 날도 계속됐어요. 아이가 잿빛 새 가죽을 입고 하늘로 날아오르니까 바닷물이 잿빛으로 변하는 거예요. 푸른 새 가죽을 입고 날아오르니까 바다가 파랗게 변했죠. 붉은 새 가죽을 입고 하늘로 오르니까 바다는 붉게 물들었답니다. 새벽부터 저녁까지, 하루 사이에 일어난 일이에요. 남편과 아내는 놀라서 입을 다물 수가 없었죠.

그날 밤, 아이는 부부를 앞에 앉혀놓고서 말했어요.

"그동안 잘 보살펴 주셔서 고맙습니다. 이제 저는 떠날 때가 됐어요. 저는 원래 태양의 자식입니다. 어제와 오늘, 능력을 시험받았고 그것을 증명했어요. 제가 떠나더라도 슬퍼하지 마세요. 어디선가 함께할 테니까요."

"네가 없으면 너무나 보고 싶을 거야."

"제가 보고 싶으면 하늘을 향해 새의 흰 깃털을 날리세요. 그러면 찾아올게요. 서쪽 하늘과 바다가 붉게 물들면 제가 온 것입니다. 그다음 날은 바다에 바람도 안개도 없을 거예요."

이 말을 남기고서 아이는 서쪽 하늘로 훨훨 날아갔답니다.

그 뒤로 부부는 하늘이 잿빛으로 물들거나 바람이 쉬지 않고 불면 새의 흰 깃털을 뽑아서 하늘로 높이 던졌어요. 깃털이 떨어지지 않고 하늘로 훨훨 날아오르면 아이가 찾아왔어요. 황금빛 감도는 붉은 노을로요. 그렇게 노을 아이가 찾아온 다음 날은 바다가 평화로운 모습으로 사람들을 맞이해 줬다고 합니다.

그곳 사람들은 밝은 태양이 그리운 날이면 하늘을 향해 깃털을 던지게 됐대요. 서쪽 하늘, 서쪽 바다에 노을이 깔리면 떠나간 자식을 본 것처럼 반가워했다고 해요.

이야기에 대한 이야기

퉁이 노을 아이라니, 뭔가 심오하다. 그 아이는 신이었던 걸까?

연이 글쎄, 나도 그건 잘 모르겠어.

세라 음…… 신일 수도 있겠지만, 나는 사람으로 보고 싶네. 신의 조화로 태어난 사람. 어쩌면 그 아이가 서쪽 하늘로 날아간 건 세상을 떠났다는 말 같기도 해. 부모는 노을을 보며 그 아이를 떠올리는 거고.

엄지 정말요? 그렇다면 아주 슬픈 얘기네. 힘들게 얻은 자식을 잃은 거잖아요?

뭉이쌤 사람이 태어난 순서대로 세상을 떠나는 건 아니니까. 그래도 그 아이가 존재감은 뚜렷하잖니? 우주적 존재감이라고 할 정도로 말이야. 폭풍도 안개도 감히 길을 막지 못했으니까!

엄지 그래도 슬픈 건 사실이에요. 너무 짧은 생이잖아요.

노고할망 꼭 그렇지만도 않아. 걔가 노을이 됐잖아? 말하자면 영원의 존재가 된 거지. 오늘이의 부모가 늘 오늘이 곁에 있었던 것처럼 그 아이 또한 늘 부모 곁에 있는 거란다.

이반 오늘이 부모가 딸을 지켜줬던 것처럼 그 아이는 부모를 지켜주는 거네요.

연이 제 생각에는 아이가 저녁 하늘에서 자기 모습을 보이지만, 사실 다른 시간에도 거기 있을 것 같아요. 잿빛 하늘과 바다는 새벽의 모습이고, 파란 하늘과 바다는 낮의 모습 아닐까요?

퉁이 오, 그렇구나.

이반 근데 소라는 뭘까요? 태양의 아들이 왜 모래밭의 소라 속에서…….

뭉이쌤 원래 태양이 짙은 어둠 속에서 솟아나잖아? 모래사장에 묻힌 소라 껍데기 속이 그런 어두운 배태의 공간 아니었을까?

세라 그러네요. 어쩌면 소라가 어머니 자궁의 상징일 수도 있겠어요.

뭉이쌤 그렇지요! 자연의 자궁일 수도 있고요.

세라 이런 이야기는 신화로 봐야 할까요, 민담으로 봐야 할까요?

뭉이쌤 그게 좀 어려워요. 신화나 민담은 내용만 가지고 가를 수 있는 게 아니거든요. 사람들이 이야기를 신성시하면서 집단적으로 전승하는지가 관건이에요. 만약 사람들이 하늘로 깃털을 날리는 의례를 행하면서 이 이야기를 경건하게 구술했다면 신화라고 할 만하지요. 확실치는 않지만, 이 이야기는 본래 신화였을 가능성이 커 보여요.

뀨 아재 신화냐 민담이냐가 중요하지는 않잖아요? 그냥 이야기를 잘 듣고 즐기면 되는 거 아닐까요?

뭉이쌤 그건 그렇죠. 하하. 그런 의미에서 이야기 하나 해주세요. 재미있는 걸로요.

꾸 아재

나 귀염둥이 꾸 아재가 들려줄 이야기는 카자흐스탄에서 전해온 민담이야. 이 이야기에서도 대륙의 기운이 느껴질걸. 주인공 이름은 카디르! 오늘이나 메르겐 조릭토처럼 뭔가를 찾아 떠나는데, 느낌은 좀 다를 거야. 엄지, 연이, 퉁이 다 알지? 내 얘기는 그냥 편하게 들으면 돼. 하하.

카디르의 복 찾기 여행

카자흐스탄 민담

옛날 한 마을에 형제가 살았어. 같은 부모에게서 났는데 사는 건 아주 딴판이야. 형은 똑똑하고 부지런해. 그러다 보니까 부자로 잘살지. 근데 동생은 좀 엉터리야. 생각도 없고 게을러서 늘 빈둥빈둥이야. 그러니 잘살 턱이 없지 뭐. 얘 이름이 카디르인데, 딴에 질투심은 또 얼마나 많은지 몰라. 툭하면 형한테 투덜투덜.

“아니, 형! 이거 불공평하잖아. 형은 이렇게 잘살고 나는 되는 일 없이 가난하고. 형은 모를 거야, 내가 얼마나 운이 없는지 말이야. 양들은 자꾸 말라서 죽어버리고, 말은 달리다 돌부리에 걸려서 넘어지고. 형은 좋은 아내를 얻었는데 내가 좋아하는 아가씨들은 날 쳐다보지도 않아. 심지어 애들까지 다 나를 보면 놀려대. 나는 어떻게 해야 하냐고!”

카디르가 이렇게 투정해도 형은 상냥해.

“그랬구나, 내 동생. 내 복은 나를 돕는데 네 복은 그렇지 않은가 봐. 어디 느릅나무 아래서 잠자고 있는 거 아니니? 네 복을 찾아내서 깨워보렴."

카디르는 원래 남의 말을 잘 안 듣는데, 그 말은 딱 꽂혔어.

'내 복이 잠자고 있다고? 그런 것 같아. 요놈을 찾아 깨워서 일하게 해야지! 그간 아무것도 안 하고 논 것까지 계산해서 말야.'

그런데 그 느릅나무가 어디 있는지 알아야 말이지. 생각해 보니까 자기 복 정도라면 세상에서 제일 큰 느릅나무 밑에 있을 것 같아. 그래서 카디르는 제일 큰 느릅나무를 찾아 무작정 길을 나섰어.

어디라고 정해진 방향도 없어. 그냥 이리저리 다니면서 큰 나무를 찾는 거지. 계속 걷다 보니까 이게 재미있어. 마을에서 못 보던 것도 많고 말이야. 다리에 힘도 생겨서 가고 가고 또 갔지. 근데 갑자기 뭐가 '어흥' 하면서 길을 가로막네. 보니까 커다란 숫사자야. 흑갈색 갈기가 치렁치렁해.

"감히 내 영역을 침범해? 너는 누구냐?"

"나, 카디르!"

"카디르? 어딜 가는데?"

"느릅나무에서 잠자는 내 복 찾으려고. 세상에서 제일 큰 느릅나무 어디 있는지 알아?"

"느릅나무? 들어는 봤지. 그런데 그냥은 못 알려줘. 가서 내 문제를 알아봐 준다면 알려주지."

"그게 뭔데?"

"전부터 내 뱃속이 너무 아파. 마치 누가 뱃속을 찌르는 것 같다니까. 약이 될 만한 걸 다 먹어봐도 소용이 없어. 왜 그런지 알아봐 준다면 널 살려주지. 아니면 지금 내 먹이가 되든가."

"어허, 왜 이래? 알아봐 주면 되잖아. 길부터 알려주셔."

사자가 들은 대로 말을 해주는데, 카디르가 들으니까 고급 정보도 아니고 그냥 그렇고 그런 얘기야. 어쨌든 카디르는 고맙다고 하고서 사자가 가리키는 방향으로 길을 떠났어. 가고 또 가고 아주 멀리까지 갔지. 그때 어디서 슬픈 울음소리가 들려. 가봤더니 웬 노부부와 아름다운 아가씨가 통곡하고 있는 거라.

"왜 이렇게 우세요?"

"그게 말이지…… 우리가 3년 전에 전 재산을 들여서 이 땅을 샀거든. 좋은 종자를 구해서 잘 심고 정성껏 보살폈어. 그런데 한 번도 추수를 못 했지 뭐냐. 여름만 되면 잎이 마르고 뿌리까지 타 죽는 거야. 여기 내 곡식들 누렇게 마르는 것 좀 보라고. 나는 왜 이렇게 지지리 복이 없는 걸까?"

"그렇군요. 제가 복을 찾아 나선 길인데, 복을 만나면 한번 물어볼게요."

그러자 아가씨가 눈을 초롱초롱 빛내면서 말해.

"친절하시군요! 꼭 복을 찾으시기를 신께 기도할게요."

카디르는 세 사람과 이별하고 다시 길을 떠났어. 한참을 가다 보니 큰 도시가 떡 나타나. 근데 갑자기 병사들이 달려들더니 목덜미를 콱 붙잡고서 끌고 가지 뭐야. 이건 또 무슨 일인가 싶지.

병사들이 카디르를 궁궐 안으로 데려가는데, 그런 호화찬란한 곳은 처음이야. 옥좌에 앉아 있던 젊은 왕이 카디르를 친절히 맞이해. 멋대로 끌고 와놓고서 말이지.

"복을 찾아 온 세상을 떠도는 분 맞지요? 한 가지 부탁이 있어서 모셨습니다. 이렇게 크고 부유한 나라의 왕인데, 왜 나에겐 행복이 없을까요? 마음속에서 큰 슬픔이 떠날 날이 없습니다. 복을 찾아서 내 문제에 대한 답을 알아 오면 큰 보상을 해드리지요."

카디르는 알겠다고 하고서 다시 길을 떠났어. 왜 다들 자기에게 일을 떠넘기나 싶지. 그래도 좀 대단한 사람이 된 것 같기도 해. 재미도 있고 말이야.

카디르는 그렇게 3년 동안 세상을 돌아다니다가 높다란 검은 산에 이르렀어. 보니까 가파른 절벽 앞에 커다란 느릅나무가 하나 서 있는데 가지가 빽빽하고 잎이 무성해. 그런데 나무 밑을 보니까 누가 쿨쿨 잠자고 있는 거라. 머리카락은 무릎까지 닿고, 옷과 신발은 다 해지고, 온몸에 검은 때가 더덕더덕.

"그거참! 이 게으른 놈이 내 복이란 말야? 야, 일어나!"

말로 해서 안 되니까 주먹으로 때리고 발로 걷어차지.

"이놈아, 일어나라구! 너도 이제 일을 해야 할 거 아냐!"

그러니까 걔가 부시시 눈을 뜨더니 '아함' 하고서 기지개를 펴.

"네 녀석, 카디르구나. 나를 데려가려고 온 거냐? 헛수고야. 내가 움직일 것 같냐? 나는 여기서 잠자는 게 딱이야. 아이고, 말을 많이 했더니 피곤하다!"

그러면서 다시 눈을 감아. 보니까 기가 막히지. 카디르는 다시 개를 흔들어 깨우고서 말했어.

"그래, 좋다. 그건 그렇다 치고, 애네들 일은 다 뭐냐? 왜 사자는 계속 배가 아프고, 노부부의 곡식은 여름만 되면 마르고, 젊은 왕은 슬픔에 젖어 있는 거냐고?"

"아주 간단한 문제들이군. 내가 하라는 대로만 하면 돼."

뭐라고 뭐라고 답을 해주더니 다시 졸립다면서 눕는 거야. 흔들고 때려도 꼼짝도 안 해. 할 수 없지 뭐. 카디르는 그곳을 떠나서 갔던 길로 돌아왔어. 먼저 젊은 왕을 찾아갔지.

"복을 만났나요? 나는 왜 이렇게 슬픈 건가요?"

"거참! 당신이 더 잘 알잖습니까? 자기를 속이니까 그렇지요. 당신은 남자가 아니라 여자잖아요!"

그 말에 왕궁에 있는 사람들이 다 깜짝 놀라지. 생각지도 못했던 일이거든. 다들 눈을 크게 뜨고 왕을 바라봐.

"아아, 내 비밀이 이렇게 드러나는군요. 허무해! 그런데 왜 이리 마음이 편하지?"

왕이 왕관을 벗고서 숨겼던 머리카락을 촥 풀어 내리니까 세상 제일가는 미녀야. 다들 입을 벌리고서, 우와아!

"카디르님, 부탁이 있어요. 나랑 결혼해서 이 나라를 맡아주세요."

그러니까 카디르가 깜짝 놀라서 손사래를 쳐.

"뭐라고요? 사람 잡을 얘기 하지 말아요. 내 행복은 여기 없어요. 다른 사람 알아보세요. 왕 되고 싶은 사람 많잖아요."

아니나 다를까, 왕궁에 있는 남자들이 다들 반짝반짝 눈을 빛내면서 젊은 여왕을 바라봐.

카디르는 미련 없이 일어나서 손을 흔들고 길을 떠났어. 가고 또 가다 보니 노부부의 땅이야. 곡식이 다 말라버린 땅에서 딸과 함께 울고 있다가 카디르를 보더니만,

"그때 그 젊은이 맞지? 문제의 답을 찾았나?"

손을 꽉 잡고 매달리는데, 다 죽어가다 구세주를 만난 모양새야.

"그게 말이죠, 예전에 어떤 큰 부자가 적군이 쳐들어오니까 황금이 든 가마솥 수십 개를 이 땅에 묻었대요. 그러고서 죽어버렸다지 뭐예요. 솥하고 황금 때문에 농사가 안 됐던 겁니다. 그걸 파내면 곡식이 잘 자랄 거예요."

세상에, 황금이 든 가마솥이 수십 개라니 이게 무슨 일이야? 땅을 깊이 파보니까 정말로 황금이 지천인 거라. 노부부는 한순간에 세상 제일가는 부자가 됐지.

"젊은이, 고마워! 이 보물의 반을 자네에게 줌세. 내 딸 괜찮지 않아? 얘랑 결혼해서 우리랑 함께 살아."

그때 아가씨가 초롱초롱 눈을 빛내면서 카디르를 바라보는데 너무나 예뻐.

"아니요, 제 행복은 여기 있지 않아요. 저는 가던 길 가겠어요."

다 뿌리치고서 손을 흔들고 떠나는 거야. 본인이 싫다는데 어쩌겠어? 잘 살라고 축복해 주는 게 전부지. 카디르는 그걸로 충분해.

다시 가고 또 가다 보니까 사자가 앞을 떡 가로막아.

"여봐, 카디르. 내가 내내 기다렸다고. 해결책 가져온 거지?"

"그래. 간단한 문제더군. 세상에서 제일 멍청한 놈의 뇌를 먹으

면 더는 안 아프고 건강해질 거야."

"그래? 그런 놈을 어디서 찾는담. 이거 골치까지 아파오네. 근데 네놈은 복을 찾기는 한 거야? 왜 이렇게 후줄근해?"

카디르가 자기 복을 만난 일이랑 여왕의 일, 노부부 일을 대략 이야기하니까 사자가 듣더니만,

"크하하, 세상에서 제일 멍청한 놈이 바로 너로군! 굴러온 복을 제 발로 걷어차다니 말야. 옜다, 네 복이다!"

그러면서 사자가 입을 벌리고 달려들지 뭐야. 카디르는 반사적으로 몸을 납작 엎드렸지. 사자는 달려오던 힘 그대로 휙 지나쳐 갔는데, 마침 그 앞에 있던 큰 돌에 가슴을 쾅 박고서 축 늘어진 거라. 어찌나 힘차게 돌진했는지 그냥 즉사야.

"오호, 죽다 살아났으니 엄청난 복이군. 행복해!"

카디르는 가벼운 마음으로 다시 길을 떠나서 걷고 또 걸었어. 얼마 뒤 자기 살던 마을로 돌아왔지. 사람들이 보고도 얘가 카디르 맞는지 긴가민가해. 그사이에 완전히 다른 사람이 됐지 뭐야. 얼굴에 웃음이 가득하고 어떤 일이든 척척 움직여서 간단하게 툭툭 해결해. 그러다 보니 먹고살 만큼 재산도 생겨났지.

카디르는 한 아가씨랑 결혼도 했어. 그리 예쁠 것도 잘난 것도 없는 평범한 동네 아가씨야. 누군가 어떻게 지내느냐고 물으면,

"응, 세상에서 제일 행복해!"

아마 지금도 카디르는 거기서 행복하게 잘 살고 있다지. 끝!

이야기에 대한 이야기

통이 역시 뀨 아재! 재미있어요. 아아, 카디르 너무 맘에 들어!

세라 내가 보기에도 그만하면 괜찮은 듯.

이반 정말로 앞서 본 메르겐 조릭토하고는 다른 매력이에요. 답을 찾아서 먼 길을 떠나는 건 같은데, 이야기 색깔이 이렇게 달라지다니 신기해요.

뀨 아재 그게 옛날이야기의 묘미 아니겠어! 그렇지요, 뭉이쌤?

뭉이쌤 그렇고말고요. 이 이야기에 대해서는 이러쿵저러쿵 얘기할 필요도 없네요. 그냥 좋아요.

통이 사자 얘기 완전 반전! 그렇게 진행될 줄이야. 하하.

연이 행복은 멀리 있는 것이 아니다, 이렇게 말하면 사족이겠지요?

통이 사족인 거 알면서 굳이 얘기하는 당신은 누구?

연이 굳이 그렇게 딴지를 거는 그대는 누구?

세라 이러다가 통이가 '동네 오빠' 되는 거 아니니? 하하.

연이 음…… 카디르처럼 넓은 세상을 맘껏 돌아보고 나서 천천히 생각해 보겠어요.

통이 Go! Go! 어디서 잠자고 있을지 모르는 우리의 복을 찾아서!

storytelling time
나도 이야기꾼

기본 스토리텔링

이번 스테이지에서 만난 이야기 중 가장 마음에 드는 것을 골라서 다음과 같은 단계로 스토리텔링 활동을 해보자.

step 1: 책에 쓰인 그대로 이야기를 소리 내어 읽는다.

step 2: 책에 쓰인 그대로 이야기를 소리 내어 읽되, 가상의 청자에게 말해주듯이 읽는다.

step 3: 청자에게 이야기를 전달하되, 틈틈이 책을 참고한다.

step 4: 청자에게 이야기를 전달하되, 책을 참고하지 않는다.

step 5: 청자에게 이야기를 전달하되, 표현과 내용을 조금씩 자신의 방식대로 바꿔본다.

step 6: 완전히 내 것이 된 이야기를 구연 환경과 청자의 성향에 맞춰 내용과 표현을 자유자재로 조절하며 전달한다.

이야기별 재창작 스토리텔링

다음은 이번 스테이지에서 만난 이야기들에 대한 활동거리이다. 이 중 하나를 골라 스토리텔링 활동을 해보자.

<사계절 선녀 원천강 오늘이>

① **내용 재구성하기:** 이야기의 기본 구조를 그대로 살리되, 오늘이가 원천강으로 가는 길에 만난 대상과 그들이 겪는 문제를 다르게 설정해서 새로운 이야기를 만들어보자. 현대적인 내용으로 각색해도 좋다.

② **원천강 이미지 묘사하기:** 사계절이 모여 있는 원천강 모습을 그림으로 그려보자. 사진을 합성하거나 영상을 만들어도 좋다.

<메르겐 조릭토>

③ **조릭토와 자연의 대화 만들기:** 조릭토가 나무, 새, 짐승, 물고기 등과 대화하는 모습과 대화의 내용을 소설이나 연극의 한 장면, 또는 시나 랩으로 표현해 보자.

④ **인물의 마음속으로 들어가기:** 메르겐 조릭토가 지내온 날들 가운데 특별한 하루를 선택해서 그날의 일기를 써보자.

<노을 아이>

⑤ **비슷한 구조의 이야기 만들기**: '노을'이 아닌 다른 자연 현상, 예컨대 비나 바람, 눈, 햇살, 번개 등을 어린아이로 의인화한 이야기를 구성해 보자.

<카디르의 복 찾기 여행>

⑥ **SNS 프로필 만들기**: 카디르가 SNS 계정을 만든다고 가정하고 프로필 정보를 구성해 보자. 어울리는 이미지까지 곁들이도록 한다.

⑦ **자신을 성찰해 보기**: 나의 복은 어디에 어떤 모습으로 있을지 상상해 보자. 그리고 만약 나의 복이 제대로 일을 하고 있지 않다면, 어떻게 찾아낼 것이며 뭐라고 말을 할지 생각해 보자.

이야기 연계 스토리텔링

1. 새로운 길을 떠나는 주인공을 설정한 뒤 오늘이와 메르겐 조릭토, 카디르가 여행 중 만났던 여러 인물의 사연을 적절히 골라서 '나를 찾는 이야기'로 새롭게 각색해 보자.

2. 〈노을 아이〉 이야기에 시간을 마음대로 움직일 수 있는 신 오늘이를 등장시켜 이야기의 내용을 바꾸어보자. 단, 작중 인물은 오늘이의 시간 조정 능력을 단 한 번만 사용할 수 있다.

3. 메르겐 조릭토와 카디르가 각자의 여행을 마친 뒤 만나서 인생과 행복에 관한 대화를 나눈다고 가정하고 이를 대화 형식으로 구성해 보자. 완성된 대본으로 간단한 연극을 진행해도 좋다.

4. 이 외에 이야기들을 흥미롭게 연계할 수 있는 여러 가지 방법을 찾아보고, 이를 토대로 다양한 스토리텔링 활동을 해보자.

stage 03

나의 꿈, 나의 길

밤의 삼바

소년의 외침

수라판의 소원

베를 짜며 노래하는 새

황금 나이팅게일

통이

안녕하세요, 퉁이예요. 온 세상을 무대로 삼아서 힘차게 살아가고 싶은 꿈 많은 청춘이랍니다. 이번 이야기판 첫 순서는 제가 열게요. 들려드릴 이야기는 멀리 세네갈에서 전해온 민담이에요. 아프리카는 꼭 한번 가보고 싶은 곳이라 이 이야기에 더 끌린 것 같아요.

밤의 삼바

*

세네갈 민담

옛날 어느 마을에 한 여자가 살았어요. 여자에게는 자식이 일곱 명 있었습니다. 한날한시에 태어난 쌍둥이 형제였어요. 그런데 여자는 또 아기를 임신했어요. 어느 날, 여자가 이레 동안 계속된 고단한 일과를 마치고 잠자리에 들었는데 아이의 말소리가 들려왔어요.

"어머니, 저를 낳아주세요!"

그건 뱃속에서 나는 소리였습니다.

"아직 달도 안 찼는데 어떻게 너를 낳겠니?"

"그럼 저 혼자 태어날게요."

그러고는 아이가 혼자 태어났어요. 새벽닭이 울 때였습니다. 아이는 혼자서 탯줄을 끊고 자기가 알아서 목욕도 했어요. 어머니 발치에 앉아서 깨어나길 기다렸지요. 잠에서 깬 여자는 아기를 보고 깜짝 놀라 소리쳤어요. 그러자 동네 여자들이 몰려왔습니다.

"무슨 일이야? 애는 누구래?"

그러니까 아이가 턱 나서면서,

"저는 간밤에 태어난 밤의 삼바입니다. 전 어머니보다 나이가 많고 아버지보다도 많아요."

아이는 쑥쑥 자라났습니다. 어느 날, 삼바가 어머니에게 말했어요.

"어머니, 오늘 형님들이 아내를 구하러 길을 떠나잖아요? 저를 데려가라고 말해주세요."

"네가 어린아이라는 건 알지? 형들은 너를 귀찮아할걸. 걔들은 한 엄마에게서 같은 날 태어난 일곱 자매를 찾아야 하는데, 그건 아주 어려운 일이거든."

실제로 형들은 삼바 때문에 번잡해지는 걸 싫어했어요. 사실은 삼바를 동생으로 인정하지도 않았어요. 어디서 온지도 모르는 이상한 녀석으로 여겼지요. 그들은 새벽에 슬쩍 길을 떠났습니다.

형제는 조잘거리면서 길을 갔어요. 그때 한 명이 길에 떨어진 은화를 주웠습니다. 그는 은화를 작은 주머니에 담은 뒤 그걸 윗도리에 넣었어요. 그러고서 한참을 가는데, 해가 떠서 더워지기 시작했어요. 동전을 주웠던 형이 더위를 못 참고 말했습니다.

"아이고 더워! 왜 이렇게 덥지? 못 참겠네!"

그때 윗도리에서 말소리가 들려왔어요.

"형! 작은 주머니 속에 들어 있는 나는 오죽하겠어?"

깜짝 놀란 형은 윗도리에서 주머니를 꺼내 동전을 바닥에 던졌어요. 동전은 땅에 닿자마자 밤의 삼바로 변했습니다.

"너 뭐야? 어서 집으로 돌아가!"

형들은 삼바를 길에 내버려두고 다시 길을 떠났어요. 가다 보니까 길이 끊어지며 험한 돌밭길이 나타났죠. 형 하나가 앞장서서 가다가 돌멩이에 발을 콱 찧었어요.

"아야야야! 아이고, 아파 죽겠네!"

형이 돌멩이를 집어 드니까 돌이 말했어요.

"형! 발길질을 당한 나는 어떻겠어?"

형이 놀라서 돌멩이를 땅에 던지자 돌멩이는 밤의 삼바로 변했습니다.

"너, 어서 집으로 돌아가!"

형들은 삼바를 돌투성이 땅에 버려두고 길을 떠났습니다. 그들은 오랫동안 걷고 또 걷다가 대추나무 그늘에 이르렀어요. 형 하나가 빨간 대추 열매를 따서 입에 넣었다가 바로 손에 뱉었어요.

"퉤! 이 열매가 보기는 탐스러운데 맛은 지독하게 쓰군!"

그러자 대추 씨가 말했어요.

"나를 따 먹어도 되는지 묻기라도 했나요?"

형이 놀라서 대추 씨를 땅에 버리자 대추 씨는 밤의 삼바로 변했습니다.

"또 너냐? 집으로 꺼져!"

그때 다른 형제들이 나서서 말했어요.

"아니야. 혹시 모르니 얘를 그냥 데려가 보자."

그러자 밤의 삼바는 형들 앞에 썩 나서서 길을 가기 시작했어요. 그들은 며칠 밤낮을 걸은 끝에 커다란 강물 앞에 다다랐습니다. 강에는 배도 다리도 없었어요. 그때 삼바가 강을 향해서 노래하기 시작했어요.

> 쿰바는 머리에 카누를 지고 가다가
> 카누를 덜컥 엎어버렸네.
> 쿰바는 잠도 없이 헤매고 다니네.

그러자 물결이 거칠어지면서 잔뜩 요동치더니 강 가운데가 부글부글 끓어오르기 시작했어요.

> 삼바가 머리에 가볍게 카누를 이고
> 그녀를 찾아서 길을 떠났네.
> 어부의 아들이여, 노를 저어라.

강은 더 강렬하게 끓어오르고 물결은 더 사나워졌어요.

> 너는 나를 잡을 수 없네.
> 너는 나를 팔 수가 없네.
> 너는 나를 붙잡아 가둘 수 없네.

파도는 더없이 거칠어졌어요. 물기둥이 구름까지 솟구쳐서 파란 하늘을 하얗게 바꿨지요. 거센 파도 속에서 커다란 악어 디아시그의 모습이 나타났습니다. 물의 신으로 불리는 거대한 악어였어요.

"악어님, 두 눈을 뜨세요. 강물을 건너야겠어요."

그러자 악어가 눈을 뜨고서 말했습니다.

"밤의 삼바로구나. 강을 건너서 어디를 가려고?"

"우리 형들에게 아내를 구해주려고요."

그러자 악어가 딱딱한 등을 내밀면서 말했어요.

"타거라!"

형들은 악어가 무서웠어요. 삼바는 아무렇지 않게 악어 등에 올라타서 형들에게 손짓을 했습니다. 형들도 하나둘씩 등에 올라탔지요. 악어가 여덟 명을 태우고서 앞으로 나가니까 물결이 거짓말처럼 잠잠해졌습니다. 형제들은 무사히 강을 건넜어요.

디아시그는 형제들을 다 내려준 뒤 밤의 삼바에게 말했습니다.

"돌아오는 길에는 내가 여기에 없을 게다. 샘물이 솟는 곳으로 갈 거거든. 조심해라. 형들을 잘 챙겨야 할 거야. 특히 여자들을 만났을 때 잠시라도 눈을 감거나 귀를 닫으면 안 된다. '옷이 곧 사람'이라는 걸 잊지 말거라."

밤의 삼바가 고맙다고 인사하자 악어는 물속으로 사라졌어요. 삼바는 형들 있는 곳으로 와서 다시 앞장서서 나아갔습니다. 몇 날 며칠을 걷고 걸으니까 풀도 나무도 없는 삭막한 곳이 나타났지요. 그곳에는 거대한 집 한 채가 구름까지 닿을 듯 높게 서 있었습니다. 그 주변을 일곱 채의 다른 집들이 둘러싸고 있었어요. 병아리가 어미 닭을 둘러싼 것처럼요.

"안에 누구 계십니까?"

형들이 소리치자 커다란 집 문간에 꼬부랑 노파가 지팡이를 짚고 나타났어요. 어찌나 늙었는지 몇백 살은 돼 보였어요. 허리가 잔뜩 구부러져서 턱이 땅에 닿을 정도였지요.

"여기는 뭐 하러 온 거지? 내 땅에 발을 들이는 걸 누가 허락했어?"

그러자 밤의 삼바가 나서서 공손하게 말했어요.

"할머니, 우리는 여자를 찾으러 왔습니다. 같은 시간에 한 어머니에게서 태어난 일곱 자매를요. 여기 형님들의 아내로 맞이하려고요."

할머니는 여덟 명을 쭉 훑어보고 나서 바싹 마른 손으로 손뼉을 딱 쳤어요. 그러자 일곱 채의 집에서 젊은 여자가 한 명씩 나왔습니다. 여자들은 해 질 무렵의 모래사막보다 아름답고, 바다 위에 뜬 노을보다 화려했어요.

"당신들이 찾는 여자들이라우. 같은 날 내 몸에서 태어났지. 딸들아! 가서 신랑감들을 위해 저녁 식사를 준비하거라."

그 말에 형들은 입이 저절로 벙그러졌어요.

여자들은 자기 집으로 흩어졌다가 얼마 뒤에 쿠스쿠스 빵을 준비해 왔어요. 형들은 그걸 먹고 싶었지만 애써 참았습니다. 빵을 먹는 척하면서 발 아래 파놓은 구덩이에 집어넣었지요. 삼바가 그렇게 하라고 시켰던 거예요. 음식에 뭐가 들었을지 모르니까요.

그러는 동안 삼바는 혼자서 커다란 집 안을 이곳저곳 다녔습니다. 그때 노파가 다가오더니,

"너는 왜 여기 있어? 형들하고 같이 밥을 안 먹냐?"

"저는 항상 혼자 먹어요. 제가 먹을 걸 만들어주세요."

"어떤 걸 먹는데?"

"쿠스쿠스는 안 먹어요. 죽을 해주세요. 이 고장에서 나는 양고기와 소고기가 들어가지 않은 걸로요."

"그럼 뭘로 죽을 끓이란 말이냐?"

"해가 떨어지기 전에 붉은 곡식 씨앗을 심으세요. 씨앗에서 싹이 나면 잘 베어서 두드리고, 잘 빻아서 체로 치고, 잘 섞어서 찌세요. 그리고 일곱 번 암송아지를 낳은 일곱 살 된 암소 젖을 섞어서 죽을 쑤세요."

노파는 황량한 땅에 붉은 곡식 씨앗을 심었어요. 곧 씨앗에서

싹이 터서 자라났지요. 노파는 싹을 잘 베어서 두드리고, 잘 빻아서 체로 치고, 잘 섞어서 쪘어요. 그리고 일곱 번 암송아지를 낳은 일곱 살 된 암소 젖을 섞어서 죽을 쒔어요.

삼바가 죽을 조금 먹고 나서 말했습니다.

"됐어요. 더는 배고프지 않아요. 이제 잘 시간입니다. 우리 형제들이 잘 곳을 마련해 주세요."

노파는 일곱 형제를 딸들과 나란히 누워서 자게 했습니다. 그리고 삼바에게 물었어요.

"너는 어디서 잘 거냐?"

"괜찮으시면 할머니 침대에서 함께 자고 싶어요. 어린애들이 원래 그렇잖아요?"

그래서 일곱 형제는 노파의 딸들과 자고 삼바는 노파와 자게 됐어요. 노파는 곧 코를 골기 시작했습니다. 삼바는 더 크게 코를 골았죠. 그때 노파가 조용히 일어나더니 집 뒤로 갔습니다. 삼바도 슬쩍 일어나서 뒤를 밟았어요. 집 뒤로 간 노파는 기다란 칼을 꺼내서 숫돌에 쓱쓱싹싹 갈았습니다.

"할머니, 무엇을 갈고 계세요?"

그러자 노파가 깜짝 놀라서 둘러댔어요.

"황소 목을 베려고 칼을 가는 중이다. 손님들에게 대접하려고 말이야. 어서 들어가 자자."

둘은 다시 침대로 들어가서 누웠어요. 노파는 다시 잠이 든 척 코를 골았습니다. 삼바는 침대에서 계속 몸을 뒤척였어요. 그러자 노파가 눈을 뜨고 물었습니다.

"안 자냐?"

"안 자요."

"잠이 안 오는 거냐?"

"이렇게 추운데 어떻게 잠이 오겠어요?"

"그럼 어떻게 해야 되겠느냐?"

"목화 씨앗을 심고 물을 주고 키워서 수확한 다음에 씨를 빼고 솜을 내서 제 발을 따뜻하게 덮을 이불을 만들어주세요."

노파는 메마른 땅에 목화 씨앗을 심고 물을 주고 키워서 수확한 다음에 씨를 빼고 솜을 내서 이불을 만들어 삼바의 발을 덮었어요. 그러자 삼바는 잠이 들었습니다. 노파는 삼바가 잠든 걸 확인한 뒤 칼을 가지고 남녀가 잠자는 곳으로 들어갔어요. 노파는 남자 옷을 입은 사람을 골라서 목을 칼로 베었습니다. 그렇게 일곱 명의 목을 벤 다음 침대로 돌아와 누웠습니다. 그러고는 깊이 잠들었어요. 삼바가 시킨 일들을 하느라 아주 피곤했거든요.

다음 날이 훤히 밝았을 때 노파가 일어나 보니 삼바가 안 보였어요. 안으로 들어가서 보니까 딸들이 머리가 잘린 채로 누워 있었죠. 지난 밤 노파는 자기 딸들의 목을 베었던 거예요. 삼바가 형들에게 여자들과 옷을 바꿔 입게 했거든요. 형제들은 이미 삼바를 따라 멀리 도망친 뒤였습니다.

분노한 노파는 큰 소리로 울부짖었어요. 마치 저녁 하늘에 천둥이 치는 소리 같았습니다. 노파는 한동안 울부짖다가 삼바와 일곱 형제를 쫓기 시작했어요. 노파가 가는 곳마다 모든 것이 요동치면서 불탔어요. 모두가 두려움에 떨었지요. 노파는 걷다가, 뛰다가, 날았어요. 모든 걸 불태우면서요.

그때 삼바와 형제들은 타마린나무 그늘에서 잠시 쉬고 있었어요. 걷다가 뛰다가 날기 시작한 노파는 그곳을 그대로 지나쳐 갔습니다. 노파가 한 곳에 멈춰서 삼바와 일곱 형제를 찾고 있을 때 수다스러운 앵무새가 노파에게 형제들이 오는 걸 봤다고 말했어요. 노파는 길목에 멈춰서 땅에 뿌리를 내린 뒤 대추나무로 변했습니다.

삼바와 형제들이 그곳에 왔을 때 형 하나가 탐스러운 대추 열매를 향해 손을 뻗다가 멈췄어요. 지난번에 먹은 대추의 쓴맛이 떠오른 거예요. 그때 삼바가 말했습니다.

"잘 생각해 봐. 얼마 전에 우리가 여기를 지날 때 대추나무는 없었어. 이건 가짜야."

그 말을 들은 대추나무는 누렇게 시들기 시작했습니다. 열매들이 힘없이 떨어졌지요. 삼바는 다시 앞장서서 형들을 이끌고 길을 나섰어요.

그들이 가는 길은 완전 난리판이었어요. 모래들이 소용돌이치고, 나무들이 신음하고, 덤불들이 마구 떨었어요. 하늘은 암흑빛이었죠. 그때 갑자기 비단과 금으로 치장한 일곱 마리 흰 말이 나타나서 빙글빙글 돌기 시작했어요. 형들이 말을 타려고 하자 삼바가 말했습니다.

"속지 마. 우리가 이곳을 지날 때 마굿간은 없었어."

삼바가 칡 줄기를 휘두르자 말들은 흔적도 없이 사라졌습니다.

삼바와 형제들이 다시 나아가는데 뒤쪽에서 노파가 울부짖는 소리가 들려왔어요. 노파는 입에서 불을 내뿜고 있었지요. 삼바와 일곱 형제가 강물에 다다랐을 때 노파가 다가오며 외쳤습니다.

"어림없다! 못 도망가!"

그때 삼바가 품에서 긴 옷을 꺼내 물 위에 펼쳤습니다. 노파 집에서 가져온 옷이었어요. 옷이 닿으니까 강물이 양쪽으로 쫙 갈라졌어요. 삼바와 일곱 형제가 갈라진 틈으로 나아가자 물은 다시 착착 원래대로 합쳐졌습니다.

삼바와 형제들은 여러 날을 걷고 또 걸어서 집에 도착했어요. 집 마당 한가운데 못 보던 커다란 타마린나무가 서 있었지요.

"어머니, 언제부터 이 나무가 있었나요?"

"오늘 새벽부터야. 마치 너처럼 쑥쑥 자라서 이렇게 커졌단다."

삼바는 창고로 가서 오물 더미 위에 있는 녹슨 도끼를 가져다가 나무의 밑동을 힘차게 찍었습니다.

"웃차! 웃차! 당신은 이제 죽을 거야."

삼바가 도끼질을 계속하자 잎사귀들이 신음하고, 밑동이 전율하고, 뿌리가 우지끈 끊어졌어요. 마침내 타마린나무가 큰 소리를 내며 쓰러졌습니다. 쓰러진 나무는 노파의 시체로 변했지요.

무서운 마녀였던 노파는 그렇게 죽었답니다. 스스로 태어난 아이, 밤의 삼바의 손에요.

이야기에 대한 이야기

엄지 잘 들었어! 밤의 삼바, 마음에 드네. 이름도 멋지고.

세라 퉁이가 딱 좋아할 만한 스타일이야.

퉁이 맞아요, 누나. 삼바가 자기 힘으로 혼자 태어나는 게 멋져요. 형들을 척척 이끌고 가는 것도요. 무서운 노파 앞에서도 조금도 기가 죽지 않았기 때문에 이길 수 있었던 것 같아요.

세라 그래. 자존감 킹! 관찰력도 뛰어나고 지혜도 대단한 것 같아. 엄마 아빠보다 나이가 많다는 말이 이해가 돼. 정신연령이 아주 높으니까 말야.

퉁이 삼바가 나보다 훨씬 형님처럼 느껴지기는 해요. 하하.

엄지 그런데 이야기가 좀 갑자기 끝난 듯한 느낌. 그 뒤 삼바와 일곱 형제가 어떻게 됐다는 말은 없어?

퉁이 응, 이게 끝이야. 무서운 노파를 죽였으니 잘 살지 않았을까?

세라 뭉이쌤, 이 이야기에는 어떤 뜻이 담겨 있는 걸까요? 왜 노파와 일곱 딸은 죽어야 했을까요?

뭉이쌤 네, 좀 어려운 이야기예요. 삼바가 악어와 교감하는 것이나 붉은 씨앗과 목화를 심게 하는 것, 노파와 딸들이 메마른 땅의 큰 집에서 사는 것 등을 주목할 만하겠어요.

세라 삼바는 자연과 교감하고 소통하는 존재로 볼 수 있는 걸까요?

퉁이 오, 그렇다면 노파는 어떻게 되는 거죠? 그 반대인가요?

뭉이쌤 그렇겠지? 서로 맞서니까 말야. 노파와 딸들이 풀도 나무도 없는 땅의 큰 집에서 살잖아? 거기서 연상되는 거 없니?

엄지 혹시 도시 같은 걸까요? 도시에는 큰 집이 많고 풀과 나무는 적으니까요.

뭉이쌤 그래. 내가 엄지와 비슷한 생각을 해봤어. 노파가 사는 땅이 삭막했다는 것도 뭔가 도시나 문명을 연상시키는 것 같아. 낯선 이들을 속여서 해치려고 하는 것도 도시적 삶을 떠올리게 하고. 꼭 현대의 대도시가 아니더라도 시골 사람들에게는 읍내만 해도 완전히 딴세상이지. 그렇지요, 약손할배?

약손할배 그렇고말고요. 어릴 적에 읍내에 나가면 집도 많고 사람도 많고 다들 바삐 움직여서 정신이 없었으니까.

세라 오오! 이야기 속에서 노파가 씨앗을 순식간에 키워서 음식을 만들고 이불을 만드는 일도 문명적 삶과 연결되는 거네요?

퉁이 아프리카 사람들이 갑자기 서양 문명과 만났을 때의 느낌 같은 걸까요?

세라 빙고! 퉁이 대단한걸.

퉁이 이야기 결말이 이해되는 것 같아요. 말하자면 삼바와 형들은 문명의 쓴맛을 보고 본래의 자연적 삶으로 돌아왔다, 뭐 이런 거.

엄지 그 길을 인도한 밤의 삼바는 자연의 신? 그러고 보니 얘가 강물의 신과도 통했었어요!

뭉이쌤 하하. 내가 더 보탤 말이 없구나. 멋진 해석이야. 그게 딱 정답이라고 할 수는 없겠지만 말이지. 이 이야기를 다른 관점에서는 또 어떻게 해석할 수 있을지 계속 생각해 보면 좋겠구나. 내용을 찬찬히 곱씹다 보면 이런저런 새로운 의미가 떠오를 거야.

세라 이 이야길 듣고 처음에는 삼바가 꽤 매력적이라는 정도만 생각했어요. 노파의 딸들이 안됐다는 생각이 컸고요.

뭉이쌤 노파의 딸들이 안타깝기는 해요. 어른의 욕심 때문에 희생된 셈이니까요. 자, 퉁이 이야기의 뒤를 누가 이을까요? 엄지가 하나 해보겠니?

엄지 네, 좋아요.

엄지

제가 들려드릴 이야기는 아메리카 대륙의 잉카 인디언들이 전해온 우화예요. 전에 책에서 읽었는데 기억나는 대로 얘기할게요. 재미있어서 마음에 쏙 담아뒀어요. 제목은 '소년의 외침'이에요. 원제목은 '농민의 아들'이었는데 제가 바꿔봤어요.

소년의 외침

✦

잉카 우화

한 소년이 있었어요. 평범한 농부의 아들이에요. 어느 날, 소년은 길을 가다가 개미를 만났어요. 개미는 자기 몸 크기의 몇 배나 되는 나뭇가지를 등에 짊어지고서 땀을 뻘뻘 흘리며 가고 있었어요. 소년이 그 모습을 보고서 물었죠.

"개미야, 어디를 가고 있니?"

"여왕님 명령으로 새 창고를 지으러 가는 길이야."

"나뭇가지가 아주 무거워 보인다. 힘들지 않아?"

"힘들지만 할 수 없어. 평생 쉬지 않고 일하는 게 우리 운명이거든."

"그건 불공평해!"

"늘 해오던 일이야. 다른 방법은 없어. 이제 길 좀 비켜줄래?"

그러면서 개미는 가던 길을 계속 갔어요. 소년은 무거운 마음으로 발걸음을 옮겼죠. 그때 소년의 눈에 땀을 뻘뻘 흘리면서 쟁기를 끄는 소의 모습이 들어왔어요.

"아주 힘들어 보인다. 누구를 위해서 이렇게 일하는 거야?"

"사람들을 위해서지. 벌써 수백 년째 해온 일이야."

"평생 남을 위해서 일을 한다고? 그건 불공평해!"

그러자 소가 말했어요.

"너희 사람도 마찬가지야. 농민들은 평생 왕과 귀족을 위해 뼈빠지게 일하지. 오래전부터 이어져 온 일이야. 변할 수 없어."

그러자 소년이 절망감에 빠져서 부르짖었어요.

"아니야! 아아, 어떻게 해야 이걸 바꿀 수 있지?"

그러자 개미가 말했어요.

"불가능해. 바꿀 만한 힘이 없어."

소가 말했어요.

"대들어 봤자 죽임을 당할 뿐이지."

옆에 있던 토끼와 사슴과 메추리와 매가 말했어요.

"세상은 바뀌지 않아!"

"이대로가 좋아."

"주어진 대로 살면 충분해."

"신의 뜻이지!"

동물들이 다 함께 입을 모아서 말했어요.

"세상을 바꿀 수는 없어!"

동물들은 일제히 소년의 눈을 보았어요. 하지만 소년은 고개를 저었어요. 그리고 힘차게 외쳤어요.

"아니야, 그렇지 않아! 세상은 바뀌어야 해. 우리 인간은 할 수 있어. 세상은 바뀌게 될 거야!"

소년의 외침은 천둥처럼 산과 들을 울렸어요. 그리고 메아리가 생겨나서 물결처럼 사방으로 퍼져 나갔답니다.

– 아니야, 그렇지 않아!

– 우리 인간은 할 수 있어!

– 세상은 바뀌게 될 거야!

그 메아리 소리가 닿는 곳마다 놀라운 변화가 생겨났어요. 민둥산에 나무들이 자라서 숲을 이루었어요. 거친 들판은 비옥한 밭으로 변했죠. 마을에는 좋은 집들이 착착 생겨났어요. 왕궁의 담장이 허물어지고 궁궐 정원이 사람들의 놀이터가 됐답니다.

그 모습을 본 동물들이 하나둘 흩어지기 시작했어요. 그들은 원래 하던 일을 계속 이어갔어요. 개미는 나뭇가지를 짊어지고서 가던 길을 계속 가고, 소는 하늘을 한번 올려다본 뒤 다시 쟁기를 끌기 시작했답니다.

이야기에 대한 이야기

퉁이 소년 멋있다! 나도 소년 같은 사람이 되고 싶어.

세라 이미 그렇게 살고 있지 않니?

퉁이 마음으로는 그런데, 실제로는 개미나 소처럼 지내는 시간이 많아요.

약손할배 개미나 소를 부정적으로만 볼 일은 아니야. 어디선가 늘 열심히 일하는 이들이 있기에 세상이 돌아가는 거거든.

퉁이 그래도 평생을 남을 위해 사는 건…… 태어나 보니 일개미나 소라면 슬플 것 같아요.

엄지 이야기 끝에서도 소와 개미가 변하지 않는 게 마음에 안 들어요. 소년을 보면서 변할 줄 알았는데.

뭉이쌤 둘 다 생각이 진취적이구나. 미래를 기대해도 좋겠어.

세라 근데 이 이야기가 주는 느낌이 〈밤의 삼바〉와는 좀 달라요. 삼바 이야기는 문명보다 자연을 중시하는 쪽이었잖아요? 이 이야기는 인간 중심적이고 문명 지향적인 느낌이에요.

퉁이 그러네요! 하지만 〈밤의 삼바〉와 달리 이 이야기 속의 문명은 건설적인 것 같아요. 민주적이기도 하고요. 왕궁이 사람들의 놀이터가 됐다는 거, 최고예요.

엄지 그건 우리 일이기도 해. 얼마 전에 경복궁에서 놀다 왔거든. 옛날에는 아주 무서운 곳이었을 텐데 말야.

뭉이쌤 두 이야기의 차이는 주인공 캐릭터와도 관계있지. 〈밤의 삼바〉에서는 힘을 가진 존재가 노파였잖아? 이 이야기에서는 어린 소년이고.

퉁이 그게 어떻게 연결이?

세라 아하, 노파는 낡은 기성세대, 소년은 진취적인 신세대, 이렇게 연결되는 걸까요?

뭉이쌤 바로 그거예요. 〈밤의 삼바〉에서는 늙은이가 젊은이들을 잡아먹으려 하잖아요? 그런 세상이 좋은 곳일 리 없지요.

엄지 그럼 노파가 사는 곳이 풀도 나무도 없이 삭막했다는 것도?

세라 그러네. 노파가 삼바에게 왜 자기 땅에 허락도 없이 들어왔냐고 말하는 것도 문명의 배타성과 연결될 수 있겠어요.

약손할배 원래 땅의 주인은 하늘이지. 금을 그어놓고서 네 땅 내 땅 하는 건 인간의 욕심이야. 소년은 왕궁의 담장을 허물어서 모두가 함께 누리게 했으니 노파와 반대지. 그런 면에서는 삼바와 비슷하다고 볼 수 있겠어.

퉁이 와, 정말 그러네요. 소년이 이렇게 삼바와 연결되는구나. 옛날이야기는 참 신통방통해요.

엄지 제가 이야기를 해놓고도 뿌듯해요.

뭉이쌤 하하하. 그럼 다음 이야기는 누가? 세라 씨? 약손할배님?

약손할배 이야기에서 얻은 교훈을 실천해야지. 젊은이 먼저! 나는 다음 기회에.

세라 알겠어요. 사양치 않겠습니다. 하하.

세라

퉁이야, 엄지야, 잘 들어봐. 너희들이 좋아할 만한 이야기야. 이번 주인공은 소년이 아닌 젊은 아가씨란다. 태국에서 전해온 옛날이야기야. 옛날 파란시 왕국 시절의 일이라고 해. 이야기 내용이 사실인지 아닌지는 묻지 않기!

수라판의 소원

*

태국 민담

깊은 산골 작은 마을 가장자리 산기슭에 한 처녀가 살았어. 이름이 수라판이야. 집이 원래부터 아주 가난했는데, 부모님이 늙어서 일을 못 하셔. 다른 형제자매가 없어서 수라판이 집안 살림을 다 챙겨야 해. 수라판은 매일 산에 가서 땔나무를 해다가 팔아서 부모님을 봉양하면서 겨우겨우 먹고살았어. 시골에서 할 수 있는 일이 그것밖에 없었거든.

어느 날, 수라판이 보니까 집 벽이 군데군데 금이 가고 틈이 벌어졌지 뭐니. 태국은 뱀이 많은 나라야. 틈으로 독사가 들어오기라도 하면 큰일이지. 자기보다도 늙은 부모님이 더 걱정이야. 수라판은 틈을 메꿀 것을 찾으러 산으로 갔어.

근데 막상 찾으려니까 마땅한 게 눈에 잘 안 보이지 뭐니. 이리저리 찾다 보니까 산속 깊은 데까지 들어간 거야. 수풀 한쪽이 유난히 화사해 보여서 가보니까 키가 자그마한 나무에 빨간 꽃이 가득해.

"이런 깊은 산속에 예쁜 꽃이 혼자서 피었네. 멋지다!"

수라판은 꽃향기를 맡으려고 고개를 숙였어. 근데 밑에 이상한 게 보이지 뭐니. 땅바닥에서 까만 줄 같은 게 꾸물꾸물 움직여.

"이게 뭐지?"

쪼그리고 앉아서 잘 보니까 개미야. 까만 개미들이 줄지어서 움직이고 있어. 근데 다들 입에 자기 몸뚱이보다 큰 진흙 덩어리를 물고 있는 거야.

"이걸 어디다 쓰려는 거지?"

유심히 살펴보니까 그 줄이 향하는 곳에 개미집이 보여. 집 한쪽이 허물어져 있는데, 개미들이 진흙으로 그걸 메꾸지 뭐니.

"오호! 나도 진흙을 가져가서 벽을 손봐야겠다."

수라판은 개미들이 되돌아가는 행렬을 조심스레 따라갔어. 그랬더니 늪지가 나오는데 한쪽에 진흙밭이 있는 거야. 거기가 개미들의 진흙 공급처지. 수라판이 만져보니까 진흙이 말랑말랑 쫀득쫀득해. 딱 자기가 찾던 거야.

수라판은 진흙을 예쁜 덩어리들로 만들어서 바나나 잎으로 잘 쌌어. 그렇게 하니까 아주 귀한 물건 같지. 그걸 바구니에 넣고 집으로 내려오는데, 웬 사람이 숲으로 들어오지 뭐니. 보니까 나이 든 스님이야. 수라판은 스님께 공손히 인사를 하고서 물었어.

"스님, 사람도 없는 숲으로 동냥하러 나오신 거예요?"

"숲속 동물들이 잘 있나 보러 왔답니다. 다들 귀한 생명이지요."

그 말을 들으니까 스님에 대한 존경심이 저절로 우러나지. 수라판은 바구니에서 바나나 잎으로 싼 진흙 덩어리를 꺼내서 스님께 내밀었어.

"스님, 제가 늪가에서 가지고 온 진흙이에요. 받아주세요. 돈이나 음식을 바치고 싶지만 가진 게 이것뿐입니다. 절에 허물어진 틈이 있으면 이걸로 메꾸세요."

그러자 스님이 활짝 웃으면서 말했어.

"참으로 귀한 보시로군요. 고맙게 잘 쓸게요. 혹시 소원이 있으면 말해보세요. 부처님은 뭐든 이루어주신답니다."

"정말요? 그럼 소원을 말할게요. 세상 어떤 남자든 그의 손이 제 손에 닿으면 그가 저를 사랑하게 해주세요."

듣고 보니 맹랑한 소원이야. 스님은 말없이 미소를 지은 뒤 그곳을 떠났어. 그리고 수라판이 준 진흙으로 절의 갈라진 틈을 메꿨지. 수라판도 자기 집 벽의 갈라진 틈새를 잘 때웠대.

그때 파란시 왕국은 젊은 왕이 다스리고 있었어. 왕은 백성들의 삶에 관심이 많아서 세상 이곳저곳을 살펴보곤 했대. 어느 날, 왕이 평상복 차림으로 말을 타고 왕국을 돌아보다가 그만 깊은 산속에서 길을 잃었어. 날이 저무는데 집도 절도 안 보이니 큰일이지 뭐니. 왕은 깜깜한 숲을 힘들게 헤쳐 나간 끝에 작은 마을을 발견했어. 수라판이 사는 마을이야.

마을을 발견한 왕은 서두르다가 어느 집 울타리에 부딪히면서 말에서 뚝 떨어졌어. 마침 그 옆에 물웅덩이가 있는데 거기에 풍덩! 그 집은 누구네 집? 수라판의 집!

"사람 살려요! 물에 빠졌어요!"

사실 별로 깊은 물도 아니야. 하지만 깜깜한 밤중에 갑자기 물에 빠지니까 정신이 하나도 없지. 계속 살려달라고 소리치고 그런 난리가 없어. 그 소리를 들은 수라판이 급히 뛰어나와서 손을 내밀었어. 왕은 수라판의 손을 잡고서 웅덩이에서 겨우 빠져나왔지.

그 순간 어떤 일이 벌어졌을까? 왕은 그 시골 처녀에게 마음을 뺏기고 말았어. 너무나 사랑스러워서 견딜 수가 없는 거야.

'이런 마음은 처음이야. 이 아가씨를 아내로 맞이해야겠어!'

그런데 왕이 사랑을 표현하는 데 좀 서툴러. '난 그대가 마음에 듭니다!' 이 말을 못 하고 속으로만 끙끙 앓는 거야. 그러면서도 처녀가 자기를 알아봐 주고 선택해 주면 좋겠다는 마음도 생겨나. 결국 왕은 손에 끼고 있던 반지를 빼서 놓아두고는 날이 밝기도 전에 그곳을 떠났단다.

아침에 수라판이 일어나서 보니까 사람은 없고 반지만 있지 뭐니.

"참 이상한 분이시네. 이 반지는 감사의 표시로 남겨둔 거겠지? 예쁘다!"

수라판은 반지를 자기 손가락에 끼었어. 왕이 새끼손가락에 끼던 건데, 수라판의 약손가락에 꼭 맞아. 반지를 끼니까 기분이 좋아졌지. 앞으로 어떤 일이 벌어질지도 모르고 말야.

그날 수라판은 반지를 끼고서 산에 올라 나무를 했어. 땔나무를 짊어지고서 마을로 오는데 갑자기 병사들이 달려들지 뭐니. 수라판 손에서 반지를 확인하더니 그대로 붙잡아서 왕궁으로 끌고 가.

늙은 부모님도 함께 말이지.

그게 어찌 된 일이냐면, 젊은 왕이 이렇게 명령을 내린 거야.

“내가 왕국을 살피다가 반지를 잃어버렸다. 반지를 가지고 있는 도둑을 잡아서 왕궁으로 끌고 와라. 가족이 있으면 함께 데려오도록 해.”

수라판은 좋은 일을 했다가 졸지에 반지 도둑이 돼버린 거야. 왕이 옥좌에 높이 앉아서 지엄한 목소리로 말했어.

“그 반지를 어떻게 갖게 됐는지 말하라. 거짓이 있으면 용서치 않을 것이다.”

“이 반지는 훔친 것이 아니에요. 어떤 남자가 두고 간 것입니다.”

그러면서 수라판은 그날 밤에 있었던 일을 사실대로 이야기했어. 왕은 시치미를 뚝 떼면서,

“그렇다면 그자가 도둑이로군! 남자 얼굴을 기억하느냐?”

“기억 못 합니다. 깜깜한 밤중에 왔다가 새벽에 슬쩍 떠났거든요. 하지만 손을 만져보면 알 수 있어요. 웅덩이에서 빼낼 때 그 손을 잡았으니까요.”

“그래? 좋다, 너에게 도둑을 잡을 기회를 주도록 하지.”

젊은 왕은 왕국의 남자들을 다 왕궁으로 불러들였어. 수라판 앞에 작은 구멍이 뚫린 휘장을 쳐놓고는 그 남자들에게 손을 내밀게 했지. 그 손을 잡아보고서 범인을 찾으라는 거야.

남자들이 차례로 손을 내밀어. 혹시라도 도둑으로 몰릴까 봐 긴장 가득이지. 하지만 수라판의 판단은 조금도 틀림이 없었어. 수

많은 손들을 잡아봐도 그날 그 느낌은 아니었지.

“이 손 아니에요. 도둑이 아닙니다. 이 손도 아니에요.”

그렇게 몇 날 며칠이 지났어. 남자란 남자는 다 시험했지만 도둑은 나오지 않았지. 그러자 맨 마지막으로 젊은 왕이 나섰어. 왕이 손을 내미니까 수라판이 한번 잡아보더니만,

“찾았어요! 이 사람이 도둑입니다!”

그때 왕이 휘장을 척 들췄어. 수라판이 보니까 왕이 웃으면서 앞에 서 있지 뭐니. 이게 웬일인가 싶어서 수라판 눈이 휘둥그레.

“나의 사랑! 그대가 나를 잊지 않았군요. 아름다운 사람이여, 이 손을 놓지 말아요. 내 아내가 돼서 영원히 함께해 줘요. 이건 명령입니다! 하하.”

수라판은 모든 게 왕이 꾸민 일이라는 걸 깨달았어. 하지만 왕이 좋은 사람이라는 것도 수라판은 이미 알고 있었지.

“명령하시니 따르겠습니다. 당신도 이 손을 놓으면 안 돼요. 이건 제 명령이에요.”

왕의 얼굴에 웃음이 활짝. 수라판의 늙은 부모님과 다른 모든 사람들 얼굴에도 웃음이 활짝. 수라판은 왕이랑 결혼해서 오래오래 행복하게 잘 살았대.

그런데 말이지, 왕이 한 가지 몰랐던 사실이 있었어. 왕국의 모든 남자들이 수라판을 사랑하게 됐다는 걸 말야. 다들 수라판의 손을 잡았잖아? 그래서 그 나라에서는 왕보다도 왕비가 훨씬 더 인기가 많았다고 해.

이야기에 대한 이야기

퉁이 수라판 최고다. 연이가 이 이야기 들으면 정말 좋아하겠어요. 내가 들려줘야지!

세라 그래. 하지만 연이 손은 잡지 마. 사랑하게 될지 모르니까. 하하.

엄지 내 손 잡는 일도 사양하겠어.

로테 이모 하하. 요즘 애들은 당할 수가 없어.

세라 수라판이 스님에게 진흙을 공양하고서 자기 손을 잡은 남자가 자길 사랑하게 해달라고 말할 때 정말 놀랐어요. 작은 산골에 살았지만 아주아주 큰 꿈을 가지고 있었던 거잖아요.

뭉이쌤 맞아요. 꿈을 가지고 있었으니 그게 이루어질 수 있었던 거지요. 모든 꿈이 다 이루어지지는 않지만, 꿈이 없으면 이루어질 기회가 아예 없으니 큰 차이예요.

세라 이야기에서는 남자의 손이라고 했지만 여자의 손도 마찬가지겠지요?

뭉이쌤 그렇지요. 여기서 '손을 잡는다'는 건 '인연이 닿는다'는 뜻으로 볼 수 있어요. 수라판은 어떤 인연이라도 소중히 여기는 사람이니까 그 관계가 사랑이 되는 거지요. 그 대상이 남자뿐일 리는 없어요.

엄지 맞아요! 수라판은 작은 꽃나무에게도 마음을 주고 개미들에게서도 배우는 사람이었어요. 사람만이 아니라 동물이나 식물과도 사랑을 주고받았을 거예요. 맞다! 진흙도요.

퉁이 왠지 엄지의 작은 손을 한번 잡아보고 싶은 생각이! 너, 여자 맞지?

엄지 그게 무슨 상관? 퉁이 형, 여기까지!

퉁이 근데요, 왕국의 남자들이 다 왕비를 사랑했으면 왕은 좀 쫄리지 않았을까요?

세라 왕비가 백성의 사랑을 받으면 왕에게도 좋은 일이지 뭐. 나라가 그만큼 잘 돌아갈 테니까.

퉁이 흠, 그 정도는 돼야 왕의 자격이 있는 거겠죠? 하하.

뭉이쌤 왕은 원래 귀하게 태어난 존재잖아? 백성의 삶에 관심을 갖는다고 해도 한계가 있기 마련이야. 그런데 수라판은 시골에서 가난하게 살았으니까 누구보다 백성의 어려움을 잘 알겠지. 그런 점에서 왕에게 꼭 필요한 짝이라고 할 만해. 수라판을 선택한 왕도 나름 멋진 사람이라고 봐야겠지.

세라 그런데 그 과정은 맘에 안 들어요. 도둑으로 몰아붙이는 것도 그렇고, 남자들을 불러모아서 시험하는 것도 그렇고.

뭉이쌤 하하. 실제의 일로 생각하면 그렇기는 해요. 하지만 이건 옛날이야기니까요. 그렇게 전개해야 재미있지 않겠어요?

세라 그렇기는 해요. 그 내용을 좀 바꿔볼까 했더니 이야기가 잘 안 되더라고요. 옛날이야기는 전해 내려온 대로 들려줘야 제맛인 것 같아요.

로테 이모 맞아요. 그렇게 전해온 데는 다 이유가 있다고 봐야죠.

엄지 마침 달이가 왔네요. 우리, 달이 이야기 한번 들어봐요!

달이

안녕하세요. 이야기하는 종달새 달이예요. 만나서 반갑습니다. 여기저기 세상을 쏘다니면서 보고 들은 이야기 가운데 하나를 들려드릴게요. 물레질을 하고 옷감을 짜면서 살던 소녀 이야기예요. 원제목은 '물렛가락과 북과 바늘'인데 제가 살짝 바꿔봤어요. 이유는…… 제가 새라서요!

베를 짜며 노래하는 새

✴

독일 민담

옛날에, 아주아주 어렸을 때 부모님이 돌아가신 여자아이가 있었어요. 가족도 없이 혼자였죠. 물려받은 재산도 없었고요. 그때 마을 끄트머리 조그만 집에서 실을 잣고 베를 짜고 바느질을 하며 살던 할머니가 계셨어요. 여자아이가 태어났을 때 대모가 돼주셨던 분이에요. 할머니는 아이를 자기 집으로 데려가서 함께 살았답니다.

여자아이는 할머니 밑에서 실을 잣고 베를 짜고 바느질을 하면서 살았어요. 할머니의 따뜻한 마음씨도 닮아갔답니다. 아이는 착하고 성실하고 믿음직스러운 소녀로 자라났어요. 하지만 열여섯 살이 됐을 때 소녀는 다시 한번 슬픈 이별을 해야 했죠. 할머니가 병으로 돌아가시게 된 거예요. 할머니가 돌아가시기 직전에 소녀를 침대맡에 불러놓고서 말했어요.

"얘야, 나는 이제 떠날 때가 된 것 같다. 너에게 이 집을 물려주마. 물렛가락과 북과 바늘도 이제 네 거야. 그게 있으면 혼자서도 먹고살 수 있을 게다."

그러면서 할머니는 소녀의 머리에 두 손을 얹고 축복해 주셨어요.

"마음에 늘 하느님을 간직하고 살아라. 그러면 모든 게 잘될 거야."

그 말을 남기고 할머니는 눈을 감으셨어요. 장례가 치러지는 동안 소녀는 슬픈 눈물을 한순간도 멈추지 못했답니다.

이제 소녀가 조그만 집에서 혼자 살아요. 소녀는 할머니에게 배운 대로 부지런히 실을 잣고 베를 짜고 바느질을 했어요. 신기하게도 소녀가 옷감이나 양탄자를 만들면 살 사람이 때맞춰서 나타났답니다. 소녀는 여전히 가난했지만 굶지 않고 살아갈 수 있었어요. 때로는 다른 사람에게 조금씩 베풀기도 했답니다.

그 나라에는 현명하고 잘생긴 젊은 왕자님이 있었어요. 왕자님은 신부를 찾으려고 세상을 여기저기 돌아다녔답니다. 그런데 왕자님이 찾는 상대가 좀 특이해요.

"나는 가장 가난하면서도 가장 부유한 아가씨를 아내로 맞이할 거야."

하지만 그런 사람을 찾기는 쉽지 않았답니다. 가난한 사람과 부유한 사람은 따로따로였어요.

어느 날, 왕자님은 소녀가 사는 마을에 찾아왔어요. 동네 사람들에게 마을에서 가장 부유한 아가씨와 가장 가난한 아가씨에 대해서 물었죠. 그러자 사람들이 대답했어요.

"가장 부유한 아가씨는 마을 한가운데 사는 촌장님 딸이에요. 가장 가난한 아가씨는 마을 끄트머리 작은 집에서 혼자 사는 소녀구요."

왕자님은 먼저 촌장님 딸을 만나러 갔어요. 촌장 딸은 곱게 화장하고 옷을 잘 차려입은 뒤 예의를 갖춰서 왕자님에게 인사를 했죠. 하지만 왕자님은 마음이 가지 않았답니다. 왕자님은 예의를 갖춰 인사한 뒤 그곳을 떠났어요. 그러고는 마을 끄트머리 작은 집으로 갔답니다.

소녀는 왕자님이 찾아오는 걸 알고 있었어요. 하지만 문간으로 나오지 않고 방 안에 머물러 있었어요. 늘 하던 일을 하면서요. 왕자님이 햇살이 비치는 창문으로 안을 들여다보니까 소녀가 열심히 실을 잣고 있었어요. 왕자님이 온 걸 눈치챈 소녀는 얼굴이 빨개졌죠. 하지만 눈을 내리깔고 계속 실을 자았답니다. 왕자님이 사라질 때까지 변함없이요.

왕자님이 잠시 서 있다가 사라지자 소녀는 자리에서 일어나서 창문을 열었어요.

"아, 방 안이 너무 덥네!"

사실은 자기 마음이 더워진 거였죠. 소녀는 창가에 서서 멀어져가는 왕자님의 뒷모습을 아쉬운 듯 바라봤어요. 그 모자에 달린 하얀 깃털이 보이지 않을 때까지요.

소녀는 다시 방에 앉아서 물레를 돌리며 실을 잣기 시작했어요. 그때 할머니에게 배운 노랫가락이 떠올랐답니다. 소녀는 자기도 모르게 흥얼흥얼 노래를 불렀어요.

물렛가락아, 물렛가락아. 문 밖으로 나가서

신부를 찾고 있는 그분을 집으로 데려와 주렴.

그거 아세요? 물레가 주인 말을 알아듣는다는 사실을요. 소녀가 노래를 마치자 물렛가락이 톡톡 튀어서 문 밖으로 뛰어나갔답니다. 물렛가락은 통통통 춤을 추면서 길을 따라 뛰어갔어요. 황금실 가닥을 드리우면서요.

물렛가락이 없으니 실을 자을 수가 없잖아요? 소녀는 베틀에 앉아서 북을 들고 옷감을 짜기 시작했어요. 다시 흥얼흥얼 노래가 흘러나왔답니다.

북아, 베틀 북아, 고이고이 움직여서

신부를 찾고 있는 그분을 나에게로 인도해 주렴.

그 말을 북이 또 알아들어요. 북은 톡톡 튀어서 문지방 앞으로 가더니 거기서 저 혼자 양탄자를 짜기 시작했답니다. 세상에 둘도 없는 아름다운 양탄자였어요. 그 모습을 보려고 장미와 백합이 꽃송이를 열었어요. 토끼와 사슴도 찾아와서 고개를 내밀고 구경했죠. 노래하는 새만 있으면 완벽했을 거예요.

북이 없으니까 옷감을 짤 수가 없잖아요? 소녀는 바늘에 실을 꿰어서 옷을 만들기 시작했어요. 다시 저절로 흥얼흥얼 노래가 흘러나왔답니다.

바늘아 바늘아, 한 땀 한 땀 꼼꼼히 떠서

신부를 찾고 있는 그분을 집 안으로 들게 하렴.

그러자 바늘이 톡 튀어서 저절로 움직이기 시작했어요. 방 안을 번개처럼 차락차락 날아다니면서 이것저것 만드는 거예요. 탁자와 의자에 초록빛 천이 씌워지고, 안락의자에 벨벳이 놓였어요. 창에는 비단 커튼이 드리워졌고요.

바늘이 일을 딱 마쳤을 때예요. 창문 너머에 뭔가 하얀 게 반짝 빛났어요. 왕자님의 모자에 달린 깃털이었답니다. 어떻게 된 일이었을까요?

통통통 춤을 추면서 달려간 물렛가락이 향한 곳은 왕자님이 있는 쪽이었어요. 왕자님 앞에 도착해서 토도독 덩실 통통통!

"앗, 무슨 일이지? 얜 어디서 온 거야?"

왕자님이 잘 보니까 물렛가락에 황금실이 이어져 있어요.

"오, 이걸 따라가면 되겠군."

왕자님은 말을 돌려서 황금실을 따라 움직이기 시작했어요. 황금실은 마을 끄트머리 작은 집으로 이어졌지요. 집 앞에는 아름다운 양탄자가 쫙 깔려 있었답니다.

"우와, 정말 고운 양탄자야!"

왕자님은 말에서 내려 양탄자를 밟고서 노크를 한 뒤 집 안으로 들어섰어요. 세상에! 이렇게 아기자기하고 예쁜 집은 처음이에요. 그 안에 소박한 옷을 입은 아가씨가 발그레한 얼굴로 서 있는데, 덤불 속에서 피어난 장미꽃 같아요. 왕자님은 자기도 모르게 소리쳤어요.

"당신이었어요! 세상에서 가장 가난하면서도 가장 부유한 아가씨!"

왕자님은 소녀에게 다가서면서 말했어요.

"나의 신부가 되어주세요!"

소녀는 미소를 지으면서 왕자님에게 손을 내밀었어요. 왕자님은 그 손에 다정하게 키스를 했답니다.

그 뒤의 일은 말할 필요도 없죠. 수많은 사람들이 축하하는 가운데 행복한 결혼식이 거행됐어요. 둘은 오래오래 행복하게 잘 살았답니다. 물렛가락과 북과 바늘은 왕궁의 보물 창고에 고이 모셔졌다고 해요.

아, 이건 제 생각인데요…… 물렛가락과 북과 바늘은 작은 집이 그리웠을 것 같아요. 소녀가 종종 개들을 데리고 그 집에 찾아가지 않았을까요? 갑자기 그 집이 어떻게 됐는지 궁금하네요. 지금 가봐야겠어요. 안녕!

이야기에 대한 이야기

엄지 우와, 달이 이야기 넘 좋아! 나도 달이 따라서 그 작은 집에 가보고 싶다.

통이 그러게! 소녀도 그렇지만 왕자도 멋진 것 같아. 예쁘고 화려한 사람이 아니라 가난하면서도 부유한 사람을 찾아다니다니 말야.

세라 맞아. 나도 이 왕자 좀 마음에 드네. 마음이 가난한 이에게 천국이 있다고 하잖아? 소녀하고 왕자가 그런 사람이겠지. 그러니 서로 마음이 통한 거고.

통이 그런데 왜 달이가 이야기 제목을 '베를 짜며 노래하는 새'라고 했을까? 가만, 그 새가…….

엄지 하하. 진작에 알아차렸어야지!

통이 오, 이 이야기 멋지다. 노래하는 새만 있으면 완벽할 거라고 했잖아? 사실은 그 새가 거기 있었던 거야. 물레와 북과 바늘을 보면서 노래하고 있는 새가 말이지.

뭉이쌤 다들 이야기를 제대로 즐기고 있네. 좋은 일이야. 달이가 가면 그곳이 다시 새가 노래하는 집이 되겠군.

엄지 소녀가 혼자서 힘들게 살면서도 가진 걸 베풀었다는 점이 놀라워요. 사람들은 소녀를 가장 가난하다고 했지만, 사실 소녀는 누구보다 부자였던 거예요.

퉁이 빙고! 베풀면서 살아가는 사람이 진짜 부자지!

뭉이쌤 그래, 다들 멋지구나. 앞의 이야기들하고 연결해 보면, 이 소녀도 늘 꿈을 가지고 있었다는 점이 중요해.

세라 소녀가 스스로 왕자의 짝이 될 만한 사람이라고 여기는 자존감이 멋져 보여요.

퉁이 그러고 보면 수라판하고 비슷하네!

뭉이쌤 바로 그거야. 이야기는 이렇게 서로 연결되는 거란다. 보이지 않는 실로.

엄지 황금실로요!

뭉이쌤 자, 황금실을 이어가야지요? 로테 이모님, 괜찮으시죠? 굉장한 이야기 준비하고 계신 거 잘 알아요!

로테 이모 뭉이쌤은 속일 수가 없다니까요! 그럼 이번에는 제가 이야기 하나 멋지게 풀어내 볼게요.

퉁이 앗, 연이다. 어서 와. 마침 로테 이모님이 이야기를 시작하시려는 중이야.

연이 와! 내가 때맞춰 잘 왔네.

로테 이모

내가 들려줄 이야기는 튀르키예에서 전해온 민담이에요. 노래하는 새에 대한 이야기랍니다. 그 새는 바로 나이팅게일이에요. 간호사 아니니까 혼동하면 안 돼요. 이거 내가 아주아주 아끼는 이야기예요. 걸작 중의 걸작이거든요. 꽤 긴 이야기가 될 거예요.

황금 나이팅게일

*

튀르키예 민담

먼 옛날, 신을 정성껏 모시는 나라에서 있었던 일이에요. 신앙심이 매우 깊은 왕이 있었어요. 왕은 신을 위한 최고의 사원을 짓기 시작했어요. 오랜 세월에 걸친 긴 공사 끝에 마침내 사원이 완성됐지요. 새하얀 첨탑과 황금 지붕, 넓고 쾌적한 회랑, 색색으로 빛나는 유리창…… 무엇 하나 빠질 게 없는 크고 아름다운 사원이었어요. 감탄하지 않는 사람이 없었죠. 그 안에 들어가면 누구라도 저절로 무릎을 꿇고 신께 기도를 드릴 정도였어요.

그러던 어느 날, 하얀 수염을 지닌 허름한 노인이 사원을 찾아왔어요. 마침 사원에 왕이 방문한 때였지요. 근데 노인이 왕 앞으로 다가가더니 이렇게 말하는 거예요.

"아주 훌륭한 사원입니다. 하지만 부족한 게 하나 있군요. 카프산 너머에 있는 황금 나이팅게일을 데려와서 노래하게 하면 완벽해질 텐데요."

"황금 나이팅게일이라면……."

왕이 자세히 물으려는 순간, 노인은 바람같이 사라졌어요. 왕은 노인이 흐즈르 데데라는 걸 깨달았죠. 흐즈르 데데는 어려운 사람들을 도와주는 정체불명의 성인이에요. 우리나라로 치면 산신령이나 도사 같은 존재죠.

그날부터 왕은 큰 고민에 빠졌어요. 사원에 부족함이 있다는 걸 견딜 수가 없어서죠. 어떻게든 황금 나이팅게일을 가져와야 하는 거예요. 문제는 그게 쉽지 않다는 거지요. 카프산 너머로 갔다가 살아 돌아온 사람은 아무도 없었거든요.

왕이 머리를 싸매고서 고민하고 또 고민하니까 자식들이 나섰어요. 왕의 세 아들이 황금 나이팅게일을 구해 오겠다고 나선 거예요. 왕은 걱정하면서도 그 일을 허락했어요. 황금 나이팅게일에 대한 욕망이 너무나 강했거든요. 왕은 삼형제에게 갑옷과 쇠신발, 쇠지팡이를 챙겨 주고서 잘 다녀오라고 축복해 줬어요.

말을 타고 길을 떠난 삼형제는 한참을 달려서 낯선 땅에 접어들었어요. 이제부터 스스로 길을 찾아내야 해요. 이리저리 주변을 살피면서 나아가다 보니 갈림길이 나타났어요. 앞에 놓인 길은 세 개였죠. 두 길은 넓고 평탄한데, 한 길은 좁고 거칠었어요. 험한 늪지대 쪽으로 이어져 있었지요.

"자, 우리 이제 여기서 갈라지자꾸나."

첫째 왕자가 그렇게 말하더니, 제일 크고 좋아 보이는 길을 선택했어요. 이어서 둘째 왕자가 또 다른 넓고 평탄한 길을 골라요. 혼자 남은 막내 왕자는 고민에 빠졌어요. 형들을 따라갈까 생각도 해봤지만 결국 늪지대로 향하는 작은 길로 들어섰답니다.

두 형은 각자 다른 길로 갔잖아요? 그런데 가다 보니까 두 길이 다시 이어졌어요. 둘은 만나서 함께 가게 됐지요. 늪지대로 간 동생은 생각도 하지 않았어요. 원래부터 막내를 좀 무시했었거든요.

저녁 무렵에 두 왕자는 낯선 도시에 이르렀어요. 보니까 신기한 볼거리와 놀거리가 많아요. 그런데 그게 돈을 쪽쪽 빨아먹는 늪이었지 뭐예요. 화려한 숙소에 묵으면서 좋은 것을 찾아서 먹고 신기한 놀거리를 즐기다 보니 얼마 안 가서 돈이 다 떨어졌어요. 두 왕자는 타고 간 말과 입고 있던 갑옷까지 다 팔아버렸답니다.

말이랑 갑옷을 판 돈이 떨어지는 것도 시간문제였어요. 둘은 그대로 빈털터리가 됐어요. 돈이 하나도 없으니 왕자면 뭐 해요? 그곳 사람들이 알아주는 것도 아니고요. 잘 곳과 먹을 것을 구하려면 일을 해야 했어요. 첫째는 여관에서 잡일을 하고, 둘째는 식당 보조가 됐어요. 황금 나이팅게일은 언감생심이지요.

남은 희망은 늪지대 쪽으로 나아간 막내 왕자뿐이에요. 말을 타고 늪지를 지나는 건 무척 어려웠지요. 갖은 고생을 해야 했어요. 하지만 결국 그곳을 벗어나는 데 성공했어요. 그러고 나니까 괜찮은 길이 앞에 나타났답니다. 그때 흰 수염을 가진 노인이 길을 턱 막아서는 거예요. 누구? 흐즈르 데데!

"너는 어디서 온 누구냐? 어딜 가는 거야?"

"서쪽 나라의 막내 왕자입니다. 카프산 너머로 황금 나이팅게일을 구하러 가는 중입니다."

"카프산? 거기가 얼마나 멀고 험한 곳인지는 아는 게냐? 높은 산과 험한 고개와 거친 가시덤불을 지날 수 있겠어? 거길 지나도 바다가 앞을 떡 가로막을 게다. 그냥 포기하는 게 현명해."

하지만 막내 왕자는 표정이 변하지 않았어요.

"험한 길이란 걸 알고 왔어요. 저는 꼭 황금 나이팅게일을 찾을 겁니다. 아버지의 소원이기도 하고, 우리 나라의 상징인 사원을 살리는 길이기도 해요. 도와주세요."

"뜻이 굳은 아이로구나. 그런 의지라면 가능할지도 모르겠어."

흐즈르 데데는 막내 왕자를 앞에 앉힌 뒤 등을 세 번 쓰다듬으면서 축복해 줬답니다.

막내 왕자는 힘을 내서 다시 길을 나섰어요. 산을 넘고 고개를 넘으면서 쉼 없이 몇 날 며칠을 가는데, 마을도 사람도 안 보여요. 그러더니 풀도 나무도 없는 황량한 사막이 나타나는 거예요. 모래 사막을 지나가려니까 움직이기도 어렵고 갈증 때문에 쓰러질 지경이에요. 그렇다고 돌아갈 수도 없죠. 참고 견디는 수밖에요.

왕자가 겨우겨우 버티면서 한 걸음씩 나아가다 보니 마침내 사막이 끝났어요. 그 끝에는 신세계가 기다리고 있었죠. 언덕에 턱 올라서니까 지붕이 하늘까지 치솟은 커다란 궁전이 보였어요. 자기가 살던 곳보다 더 크고 화려한 궁전이에요.

말을 타고 궁전의 정원으로 들어선 왕자가 제일 먼저 찾은 건 우물이었어요. 목이 타버릴 지경이었거든요. 우물에는 깨끗한 물이 가득했어요. 물을 떠서 실컷 마시고 얼굴과 목을 씻으니까 이제 좀 살 것 같지요.

"휴, 이제 살겠네. 배는 고프지만 말이야. 근데 궁전 문은 어디에 있는 거지? 좀 이상해. 사람 그림자도 통 안 보이고……."

왕자가 궁전 입구를 찾아서 여기저기 헤매는데, 창문 하나가 열리면서 누가 머리를 내밀었어요. 아주아주 아름다운 아가씨였답니다.

"여긴 어떻게 오셨죠? 이곳은 목숨을 일곱 개 가진 무서운 거인의 집이에요. 잡아먹히지 않으려면 어서 도망가세요."

"그런가요? 근데 잡아먹히기 전에 배가 고파서 먼저 죽을 것 같아요. 혹시 먹을 걸 좀 주실 수 있나요?"

그러자 아가씨는 안에서 음식을 가져와서 왕자에게 줬어요. 그러고는 급히 창문을 닫았지요. 거인이 올 시간이었거든요. 아니나 다를까, 왕자가 음식을 다 먹기도 전에 거인이 천둥 같은 소리를 내면서 날아왔어요. 왕자가 보니까 모습이 아주 끔찍해요. 한 손에는 하늘을 나는 새들을 잡고, 한 손에는 땅을 기는 뱀과 지네들을 쥐었어요. 하지만 왕자는 겁내지 않았어요. 뒤돌아 도망치는 대신 말을 탄 채로 거인을 향해 다가섰답니다.

"감히 내 땅에 인간이 발을 붙이다니! 제 발로 왔으니 맛있게 먹어주지!"

거인이 시뻘건 입을 동굴처럼 벌리고서 달려들어요. 하지만 막내 왕자는 굴하지 않았어요. 번개처럼 달려들면서 들고 있던 창을 힘껏 거인의 심장을 향해 던졌지요. 창은 거인의 심장을 관통

했고, 거인은 피를 흘리며 쓰러졌어요. 다시 일어났다 쓰러지기를 몇 번이나 거듭하더니 엄청난 비명을 내지르고는 숨이 끊어졌답니다. 왕자는 품에서 칼을 꺼내서 거인의 귀를 잘라 안장주머니에 넣었어요.

거인이 죽자 아가씨가 다시 창문을 열고서는,

"무서운 거인을 죽이다니, 정말 용감한 분이시군요. 들어오세요. 음식을 더 드릴게요."

아가씨는 왕자를 맞이해서 음식을 차려주고는 어디로 가는 길이냐고 물었어요. 왕자가 황금 나이팅게일을 구하러 카프산 너머로 가는 길이라고 하니까 깜짝 놀라요.

"카프산 너머라고요? 그곳은 가기도 아주 어렵고 가더라도 돌아올 수 없는 길이에요. 목숨을 여덟 개 가진 거인과 아홉 개 가진 거인이 막아서서 사람을 마구 해친대요."

"저는 무슨 일이 있어도 갈 겁니다. 여기서 하루만 쉬고 가도 되겠죠?"

"물론이죠. 제 생명의 은인이신걸요! 오늘이 거인에게 잡아먹히는 날이었거든요."

왕자는 하룻밤을 편히 쉬고 아침 식사까지 잘 대접받았어요.

"고맙습니다. 아가씨가 베푼 인정을 잊지 않겠어요. 나중에 돌아갈 때 꼭 당신을 모시고 갈게요. 우리 큰형님의 아내가 되어주실 수 있겠죠? 형수님으로 모시고 싶어요."

막내 왕자는 아가씨와 작별한 뒤 다시 길을 나섰어요. 밤낮으로 여러 날을 달린 왕자는 또 다른 큰 궁전에 이르렀어요. 그리고 거기서 또 비슷한 일을 겪었답니다. 샘물에서 목을 축인 뒤 한 아가씨에게서 음식을 얻어먹었고, 목숨을 여덟 개 가진 거인과 맞닥뜨렸지요. 이번에도 왕자는 피하지 않고 정면으로 맞서서 거인의 머리 한가운데다 창을 꽂고 두 눈을 화살로 맞춰서 쓰러뜨렸습니다. 귀도 잘라서 챙겼고요.

왕자가 카프산 너머로 황금 나이팅게일을 찾으러 가는 중이라고 하니까 이 아가씨도 깜짝 놀라요. 그러면서 좋은 정보를 알려줬답니다.

"그 길은 '돌아오지 않는 길'이라고 불린답니다. 카프산 너머로 갔다가 다시 돌아온 사람이 아무도 없거든요. 가는 길에 당신은 목숨을 아홉 개 가진 어머니 거인을 만나게 될 거예요. 그 거인은 창이나 활로 절대 무찌를 수 없어요. 그녀가 일어나서 젖가슴을 등 뒤로 젖히면 땅까지 닿을 겁니다. 그때 다가가서 거인의 젖을 빠세요. 그러면 거인은 당신을 해치지 않을 거예요. 하지만 그 일을 못 하면 당신의 목숨은 사라지고 말 거예요."

"귀한 정보를 주셔서 감사합니다. 나중에 돌아갈 때 꼭 당신을 모시고 갈게요. 우리 작은형님의 아내가 되어주실 수 있겠죠?"

막내 왕자는 고개를 끄덕이는 아가씨와 작별한 뒤 다시 길을 나섰습니다. 쉬지 않고 한참을 간 왕자는 크고 높은 산속에서 거대한 몸집을 가진 어머니 거인을 발견했어요. 정말로 젖가슴이 땅까지 늘어져 있었지요. 거인은 일곱 개의 큰 솥에 불을 때면서 땅바닥의 뱀과 지네를 잡아먹고 있었어요. 아주 끔찍한 광경이었죠.

막내 왕자는 한쪽에 말을 매어놓은 뒤 덤불 사이를 기어서 몰래 어머니 거인에게로 다가갔어요. 그러고는 그 몸에 달라붙어서 젖을 빨기 시작했답니다. 어머니 거인은 웬 사람이 와서 젖을 빠니까 기분이 무척 좋아졌어요.

"나에게 다가와서 젖을 빨다니, 용감한 아이로구나. 너는 이제부터 내 자식이다. 하지만 내 아들들이 너를 보면 그냥 안 둘 거야. 내 다리 사이로 들어와 숨거라."

왕자는 나뭇등걸처럼 크고 두꺼운 어머니 거인 다리 사이로 들어갔어요. 그때 일곱 명의 흉측한 거인이 오더니 이렇게 말하는 거예요.

"어머니, 사람 냄새가 납니다. 어디 있죠? 잡아먹어야지요!"

"자자, 서두르지 말거라. 내 얘기 좀 들어봐. 만약 어떤 인간이 와서 내 젖을 열심히 빨아 먹었다면 어떡하겠니?"

그러자 일곱 명의 아들이 동시에 말했어요.

"형제로 삼아야지요!"

어머니 거인이 왕자를 다리 사이에서 꺼내니까,

"안녕, 우리 형제여!"

"반갑다. 함께 식사하자꾸나."

"흠, 너는 우리처럼 못 먹겠지? 그래, 양이 좋겠다!"

일곱 거인은 우르르 몰려나가더니 금세 양 세 마리를 들고서 돌아왔어요. 왕자는 고기를 배불리 먹은 뒤 거기서 거인들과 함께 잠을 잤답니다. 아, 거인들이 먹은 건 뭐냐고요? 그건 비밀이에요. 하하.

다음 날이 밝았어요. 막내아들이 된 왕자가 어머니 거인 앞으로 다가가더니,

“어머니, 저는 길을 계속 가겠습니다. 황금 나이팅게일을 찾아서 카프산 너머로요.”

“카프산 너머 황금 나이팅게일? 애야, 그곳은 가지 않는 게 좋겠다. 아주 어려운 길이거든. 강과 호수와 바다가 곳곳에서 길을 막을 거야.”

“어머니, 저는 이미 결심했습니다. 무슨 일이 있어도 황금 나이팅게일을 손에 넣을 거예요.”

그러자 어머니 거인은 왕자에게 그 일을 해내기 위해서 어찌해야 하는지를 차근차근 일러줬어요. 무척 복잡하고 어려운 일이었지만, 왕자는 어머니 거인의 말을 마음에 새기고 길을 나섰어요.

“어머니, 꼭 살아서 돌아올게요. 오는 길에 다시 들르겠습니다.”

거인과 작별한 왕자는 몇 달을 달리고 또 달렸어요. 그러자 크고 거친 바다가 앞을 탁 가로막았지요. 배 같은 건 물론 없었어요. 왕자는 어머니 거인에게 들은 대로 주변을 찬찬히 살핀 끝에 판판한 대리석 덩이를 찾아냈어요. 대리석을 들어올리니까 재갈이 나왔지요. 왕자는 재갈을 들어서 바다를 세 번 내리쳤어요. 그러자 거품이 일어나면서 거대한 해마 한 마리가 나타났어요.

왕자는 해마 입에 재갈을 물린 뒤 등에 올라타고서 바다를 향해

돌진했어요. 해마는 힘차게 바다를 헤치고 앞으로 나갔지요. 얼마 후 건너편 땅에 내려선 왕자는 또 다른 대리석 덩이를 찾아서 그 아래에다 재갈을 숨겼어요. 해마는 바닷속으로 사라졌고요.

왕자가 한참을 걸어가니까 초록색 나무와 빨간색 나무가 나타났어요. 어머니 거인이 말해준 대로였죠. 왕자는 두 나무의 가지를 하나씩 꺾은 뒤 계속 나아갔어요. 초록색 문이 왕자를 막아서자 왕자는 초록색 나뭇가지를 두드려 문을 열었어요. 이어서 길을 막은 빨간색 문은 빨간색 나뭇가지를 두드려서 열었지요.

그 문 너머는 온통 가시덤불이었어요. 온몸에 상처가 나고 손발에서 피가 흘렀지요. 하지만 왕자는 모든 가시나무들에서 잎사귀를 하나씩 따서 들고는,

"정말 예쁜 잎사귀야!"

이렇게 말하고 주머니에 챙겨 넣었답니다.

왕자가 다시 한참을 가다가 다리에 힘이 빠지고 목이 마를 때 샘이 나타났어요. 보니까 아주 탁하고 지저분한 물이었지요.

"참 맑고 깨끗한 물이구나!"

왕자는 이렇게 말하면서 물을 떠서 벌컥벌컥 마시고 손과 얼굴을 씻었어요.

왕자가 다시 한참을 가니까 호랑이와 사자가 나타났어요. 호랑이 앞에는 풀이 놓여 있고 사자 앞에는 고기가 놓여 있었지요. 왕자는 그릇을 서로 바꿔 호랑이 앞에는 고기를, 사자 앞에는 풀을 놓았답니다. 호랑이와 사자는 왕자를 해치지 않고 바라만 봤어요.

거기를 지나고 나니까 멀리 궁전이 보였어요. 어머니 거인이 말해준 요정 여왕의 궁전이었지요. 왕자가 다가가 보니, 이 세상에서 가장 아름다운 궁전이었어요. 황금인지 은인지 유리인지, 건물 전체가 반짝반짝 빛나요. 바라보기만 해도 눈부실 정도였죠.

왕자는 궁전 안으로 걸어 들어갔어요. 왕자가 요정 여왕이 있는 곳을 찾고 있을 때 발밑에 고양이 한 마리가 나타났답니다. 고양이는 왕자의 발에 얼굴을 문지르더니 앞으로 나아갔어요. 마치 길을 인도하는 것 같아요. 왕자는 고양이를 따라가기 시작했지요. 고양이는 어느 열린 문틈으로 들어갔고, 왕자도 따라 들어갔어요.

바로 거기가 요정 여왕의 침실이었어요. 여왕이 침대에 누워서 잠자고 있었지요. 사방에 촛불이 타고 있고, 여왕의 머리맡에 황금 나이팅게일이 앉아 있었답니다. 어머니 거인이 말해준 대로였어요. 왕자는 발뒤꿈치를 들고 소리 없이 움직여서 촛불의 위치를 옮겨놓았어요. 그리고 조심스레 황금 나이팅게일을 손으로 잡고서 방에서 나왔답니다.

그때 갑자기 황금 나이팅게일이 울기 시작했어요. 왕자는 새를 손에 쥔 채로 무작정 뛰기 시작했지요. 뒤에서 요란한 발자국 소리가 들려왔어요. 요정 여왕의 병사들이 추격을 시작한 거예요. 왕자는 속도를 높여서 뛰었어요. 병사들이 쫓아오면서,

"호랑이야, 사자야, 저놈을 잡아라!"

그러자 호랑이와 사자가 동시에 대답했어요.

"아니요, 그럴 수 없습니다. 7년 동안 같은 음식만 받던 우리를

위해 풀과 고기를 바꿔준 사람인걸요."

왕자가 샘물에 가까이 왔을 때 다시 병사들이 외쳤어요.

"탁한 샘물아, 어서 흘러넘쳐서 저놈을 빠뜨려 죽여라!"

"그럴 수 없어요. 당신들과 다르게 나를 깨끗한 물로 대해준 사람입니다. 어서 가세요, 젊은이!"

그다음은 가시덤불이에요.

"가시덤불아, 저놈이 통과하지 못하게 가로막아라! 다리를 칭칭 휘감아 버려!"

"우린 이 사람을 해칠 수 없어요. 당신들과 달리 우리가 예쁘다고 하면서 잎을 주머니에 넣어준 분입니다. 길을 내줄 거예요."

그러면서 가시덤불은 바닥에 눕거나 가장자리로 물러나서 왕자가 도망갈 수 있게 해줬어요. 병사들이 다가오니까 다시 원래대로 가시를 곤두세웠지요. 병사들이 가시덤불에 가로막히는 바람에 추격이 지체됐어요.

아직 빨간 문과 초록 문이 남아 있어요. 병사들이 멀리서 소리쳤어요.

"빨간 문아, 초록 문아, 문을 굳게 닫아라!"

그러자 문들이 깔깔 웃으면서 말했어요.

"문을 닫으라구요? 당신들이 7년이나 닫아둔 탓에 거미줄에 뒤덮여 있던 우리를 열어줘서 세상을 보게 해준 분이에요. 그를 해칠 수 없습니다."

그러면서 빨간 문과 초록 문은 왕자를 위해 길을 활짝 열어줬어요. 그가 나오자마자 문은 다시 꽁꽁 닫혔지요.

왕자는 그렇게 병사들을 따돌리고 달려서 바닷가에 도착했어요. 대리석 아래에 숨겨뒀던 재갈을 꺼낸 뒤 해마를 불러내서 올라타고 바다를 건넜지요. 왔던 길을 되짚어서 몇 달간 말을 달린 막내 왕자는 거인들이 있는 곳에 이르렀어요. 그는 말에서 내리자마자 어머니 거인에게 달려가서 젖을 빨았어요.

"어서 와라, 아들아! 네가 탈 없이 돌아와서 정말 기쁘구나."

거인 형제들도 왕자를 반가이 맞이했어요. 그리고 사흘 뒤 왕자가 길을 떠날 때 동행해 줬지요. 산짐승이나 해충들이 왕자를 해칠 수 없게 말이에요. 거인들은 맛있는 열매도 따주고, 새를 잡아서 구워주기도 했답니다. 그들은 그렇게 사흘을 동행한 뒤 언덕 위에서 작별했어요.

다시 혼자가 된 왕자는 예전에 만났던 아가씨들을 잊지 않았어요. 작은형수와 큰형수로 점찍어 둔 아가씨들을요. 왕자는 그녀들을 데리고 고향을 향해 길을 떠났어요. 한번 지나온 길이라서 훨씬 수월했지요. 늪지대 가까이 이르렀을 때 흰 수염을 가진 노인이 그들 앞에 나타났어요. 흐즈르 데데가요.

"어서 오너라. 건강하게 돌아온 걸 보니 기쁘구나. 무슨 일이 있었는지 얘기해 주겠느냐?"

왕자는 기꺼이 그간의 일을 말해줬어요. 황금 나이팅게일을 보여주고 형수님이 될 아가씨들도 소개했지요. 두 아가씨는 허리를 굽혀서 흐즈르 데데의 손에 입을 맞췄어요.

"흐즈르 데데여, 부탁이 있습니다. 제가 형님들을 찾는 동안 황금 나이팅게일과 형수님들을 돌봐주십시오."

"그래, 걱정 마라. 하지만 되도록 빨리 돌아오도록 해."

왕자는 가벼운 마음으로 늪지대를 지나서 형들과 헤어졌던 장소로 향했어요. 갈림길에 다다른 왕자는 잠시 고민하다가 큰형이 갔던 길로 접어들었지요. 가다 보니까 두 길은 서로 만났어요.

왕자는 계속 말을 달려서 낯선 도시에 이르렀어요. 날이 어둑해진 터라서 여관을 찾아가니까 하인이 말고삐를 받으러 나왔지요. 보니까 큰형이었어요. 왕자는 일부러 아는 척을 하지 않았어요. 형도 그새 머리와 수염이 자란 동생을 못 알아봤답니다.

형은 행색이 말이 아니었어요. 옷은 다 해지고 손과 얼굴은 땟물이 가득해요. 막내 왕자가 금화 한 닢을 형에게 주면서 말했어요.

"이걸로 먹을 걸 좀 사다 주세요. 남은 돈은 가져도 됩니다."

금화를 받은 형은 그걸 가지고 식당에서 일하는 둘째에게 갔어요. 얘기를 들은 둘째는 접시에 음식을 잘 담아서 막내에게 가져갔지요. 둘째 형도 막내를 알아보지 못해요. 막내가 둘째 형에게도 금화 한 닢을 주고서 말했어요.

"당신들은 이곳 사람이 아닌 것 같군요. 저도 이방인이에요. 무슨 일이 있었는지 말해주시지 않겠어요?"

그러자 형들은 지나온 사연을 얘기하기 시작했어요. 사원에 둘 황금 나이팅게일을 찾으러 떠나온 일부터 돈을 허무하게 써버리고서 궂은일을 하게 된 것까지요. 그러고서 덧붙였죠.

"막내는 어찌 됐는지 알 수가 없습니다. 죽었는지 살았는지."

그러자 막내가 말했어요.

"형님들! 제가 막내입니다."

비로소 동생을 알아본 형들이 깜짝 놀라며 동생을 껴안았어요. 기쁨의 눈물이 흘렀지요.

막내 왕자는 형들을 위해 좋은 말과 옷을 산 뒤 함께 귀향길에 올랐어요. 가는 길에 막내는 형들을 위해 아가씨를 데려온 일과 카프산 너머에서 황금 나이팅게일을 구한 일을 말해줬어요. 그런데 사람 마음이 참 요상하지요? 처음에는 즐겁게 듣던 형들의 마음에 점차 질투심이 생겨나는 거예요. 막내가 아버지 사랑을 독차지할 걸 생각하니까 불안해진 거죠.

막내는 흐즈르 데데가 있는 곳에 도착해서 형들에게 아가씨들을 소개했어요. 흐즈르 데데에게 황금 나이팅게일을 돌려받으면서 그의 손에 입을 맞췄지요. 그러니까 흐즈르 데데가 다시 막내의 등을 세 번 쓰다듬어 줬어요. 하지만 형들은 예의를 차릴 줄도 몰라요. 마음이 온통 황금 나이팅게일에만 쏠려 있었죠.

다섯 사람은 흐즈르 데데와 작별하고 길을 떠났어요. 첫째와 둘째가 앞서서 가고 막내와 두 아가씨가 뒤를 따랐지요. 한참 길을 가던 중에 첫째가 둘째에게 은근히 속삭였어요.

"아버지가 늘 막내를 예뻐하셨잖아? 막내가 황금 나이팅게일을 구했다는 걸 알면 더 그러실 거야. 우리를 무시할지도 몰라. 막내를 그냥 절벽에서 밀어버리면 어떨까?"

"그러면 좋겠지만 옆에 여자들이 있잖아. 여자들이 사실을 말하면 곤란해져. 다른 방법을 찾아야 해."

막내는 그런 줄도 모르고 마음이 잔뜩 들떠 있어요. 그런데 가다 보니까 목이 말라왔어요. 마침 우물이 보였지요.

"형님들, 저기서 물을 좀 마시고 갑시다."

"그래? 우리는 괜찮은데. 너만 마시면 돼."

막내가 말에서 내려 우물로 다가가 보니 아주 깊었어요. 두레박도 없고요. 그때 형들이 말했어요.

"어떡한담? 그래, 우리가 여기서 줄을 잡아줄 테니까 이걸 붙잡고 내려가서 물을 마시고 와."

막내는 아무 의심도 않고서 형들이 드리운 줄을 붙잡고 우물 밑으로 내려갔어요. 그때 첫째가 둘째에게 살짝 눈짓을 했지요. 둘은 잡고 있던 줄을 슬쩍 늦췄답니다. 줄이 아래로 미끄러져 내리면서 막내는 밑으로 뚝 떨어졌어요.

"아이고! 줄이 손에서 미끄러졌어."

"이걸 어쩌나! 너무 깊어서 꺼낼 수가 없겠어."

"이렇게 허무하게 떠나버리다니!"

그러면서 둘은 그곳을 떠나버렸어요. 아가씨들을 데리고요.

"다 막내의 운명이야. 스스로 지옥에 들어갔으니 말이지. 아무에게라도 입을 뻥끗하면 어떻게 되는지 알지?"

형들은 이렇게 아가씨들을 위협했어요. 아가씨들은 마음이 답답했지만 어찌해야 할지 몰랐지요. 말을 달려서 궁궐로 돌아온 두 형제는 아버지에게로 가서 자랑스레 말했어요.

"여기 황금 나이팅게일이 있습니다. 카프산 너머에서 가져왔어요!"

"거인들을 죽이고 이 처녀들을 구했어요. 우리의 약혼자입니다."

황금 나이팅게일을 건네받은 왕은 아주 기뻤어요. 하지만 한 가지 걸리는 게 있었지요.

"수고했다. 그런데 막내는 어디 있느냐?"

"막내는 갈림길에서 헤어진 뒤 보지 못했습니다."

그 말을 들은 왕은 마음이 무거워졌어요. 하지만 황금 나이팅게일을 얻은 기쁨이 더 컸답니다. 왕은 그 새를 사원에서 제일 좋은 장소에 두었어요. 누구라도 볼 수 있는 곳에요. 하지만 새는 통 지저귀질 않았어요. 아예 노래할 줄을 모르는 것 같았어요. 힘들게 구해 온 귀한 새가 노래를 안 하니까 왕은 한편으론 이상하고 한편으론 답답했답니다.

우물에 빠진 왕자는 어찌 됐을까요? 죽었다면 말이 안 되겠죠? 막내는 우물로 곧장 떨어지지 않고 옆에 삐죽 나온 돌들을 디디면서 충격을 줄였어요. 밑바닥의 물도 그리 깊지 않아 목숨을 건질 수 있었어요. 하지만 자칫하면 거기서 굶어 죽을 뻔했답니다. 지나가는 사람도 통 없지 뭐예요. 거의 기진맥진할 때 지나가던 여행자들 덕분에 그곳을 빠져나올 수 있었어요.

왕자는 마음이 무거웠어요. 자기를 두고 떠난 형들에 대한 배신감이 컸지요. 형들이 일부러 자기를 떨어뜨렸다는 의심을 지울 수 없었어요. 말도 없이 걸어서 가려니 길도 무척 멀었지요. 짐을 말에 두었던 터라서 돈도 한 푼 없어요.

왕자는 입고 있던 옷을 팔아서 약간의 돈을 마련한 뒤 허름한 양치기 옷으로 갈아입었어요. 그러고는 계속 걷고 걸어서 본국에 이르렀지요. 왕자는 궁궐로 들어가는 대신 한 여관으로 가서 하인 일을 시작했어요. 상황을 좀 살펴야겠다고 생각한 거예요. 마음이 워낙 복잡하기도 했고요. 그는 머리에 양의 창자를 뒤집어쓰고서 대머리로 변장했어요. 온통 때로 얼룩진 그를 왕자로 여기는 사람은 없었답니다.

그러던 어느 날, 막내 왕자는 병든 주인이 마실 물을 긷기 위해 사원에 들어가게 됐어요. 그가 사원에서 샘물을 길어서 나가려 할 때 갑자기 아름다운 노랫소리가 들려왔지요. 황금 나이팅게일이 노래를 시작한 거예요. 넋이 나갈 정도로 황홀한 소리였지요. 사원에 있던 사람들이 다들 감탄하면서 바라봤어요. 그러나 막내 왕자가 사원을 나가자 새는 다시 노래를 멈췄답니다.

황금 나이팅게일이 노래했다는 말을 들은 왕은 마음이 바빠졌어요. 누구를 보고 노래했는지 알아야 했지요. 왕은 그날 사원에 있었던 사람들을 다 불러들여서 시험했어요. 하지만 새는 누구를 보고도 노래하지 않았어요.

"여봐라, 정말 그때 사원에 있던 사람을 다 찾아온 것이냐?"

그때 한 사람이 말했어요.

"여관집 하인이 안 보입니다. 그때 거기서 본 것 같은데……."

왕은 급히 사람을 보내서 여관집 하인을 불러오게 했어요. 그가 사원 안으로 들어오자 황금 나이팅게일은 다시 아름답게 노래하기 시작했지요. 왕의 눈이 둥그레졌어요.

"얘야, 이리 가까이 오너라. 너는 누구길래……."

그때 막내가 아버지 손을 잡으면서 말했어요.

"아버지! 막내입니다."

왕은 아들의 목소리를 단번에 알아차렸어요. 이게 어찌 된 일인가 싶어 어리벙벙하죠. 막내는 잠깐 물러나서 머리에 썼던 걸 벗고 몸을 깨끗이 씻었어요. 그러고 나니까 영락없는 막내 왕자였지요. 전보다 더 늠름했어요.

"막내야, 그동안 있었던 일을 말하거라. 빠짐없이 사실대로 말해야 한다."

막내 왕자는 그간 있었던 일들을 하나하나 이야기하기 시작했습니다. 어머니 거인의 젖을 먹고 길을 떠나 바다를 건너 요정 여왕의 궁전으로 간 일까지요. 바로 그때, 뜻밖의 방문객들이 그곳에 도착했어요. 그들은 땅이 아니라 하늘로부터 내려왔답니다. 구름을 타고서요.

그건 요정 여왕이었어요. 오랜 잠에서 깨어난 여왕이 황금 나이팅게일이 없어진 걸 알고서 수많은 요정들을 거느리고 찾아온 거예요. 어떻게 알고 그곳에 왔냐고요? 여왕에겐 요술 거울이 있었거든요. 그 거울이 황금 나이팅게일이 있는 곳을 비춰준 거예요.

요정 여왕은 단단히 화가 난 상태였어요. 보물을 훔쳐 간 도둑이 조금이라도 못나게 굴면 바로 죽여버리고 나라를 다 태워버릴 생각이었죠. 요정 여왕은 마흔 개나 되는 천막에 부하들을 잔뜩 세워두고서 왕 앞으로 나섰어요. 아주 기세가 등등했습니다. 아름다움이 훨씬 돋보였지만요.

“황금 나이팅게일을 가져온 사람을 당장 내 앞에 데려오세요!”

막내 왕자가 나서서 사실을 말하려고 할 때였어요. 갑자기 첫째 왕자가 썩 나서더니만,

“내가 가져왔습니다.”

이렇게 말하는 거예요. 동생을 보호하려고 그런 거냐구요? 그럴 리가요! 요정들이 왔다는 말을 듣고 사원으로 달려왔다가 요정 여왕의 아름다움에 마음을 뺏긴 것이었어요.

“당신이? 그렇담 내 궁전에서 한 일과 방에서 본 것들을 말해봐요.”

그러자 첫째 왕자는 우물쭈물 더듬더듬 제대로 말을 못 하죠.

“목을 쳐버리기 전에 당장 사라져요!”

요정 여왕은 첫째 왕자를 쫓아내고서 다시 사람들을 향해 소리쳤어요.

“황금 나이팅게일을 가져온 사람은 어서 나오세요.”

막내 왕자가 나서려는 참인데, 그보다 앞서서 둘째 왕자가 썩 나서더니 자기가 바로 그 사람이라고 말하지 뭐예요. 막 그곳에 도착했다가 상황 파악도 못 하고 나선 거예요. 그가 요정 여왕에게 쫓겨나는 데는 긴 시간이 필요치 않았지요. 요정 여왕은 화가 아주 잔뜩 났어요. 그때 막내 왕자가 나섰답니다.

“여왕님의 궁전에서 황금 나이팅게일을 가져온 사람은 바로 접

니다. 이 사원에 그 새가 꼭 필요했기 때문이에요. 가는 길에 목숨을 일곱 개 가진 거인과 여덟 개 가진 거인을 죽이고 목숨이 아홉 개인 어머니 거인에게 안겨서 젖을 먹었지요. 해마를 타고 바다를 건넌 뒤 초록색과 빨간색 나뭇가지로 문을 열고, 가시덤불과 탁한 샘물과 호랑이와 사자를 지나서 궁전으로 들어갔습니다. 고양이를 따라 여왕님 방으로 들어가서 당신이 잠자는 사이에 촛불의 위치를 바꿔놓고 이 새를 가져왔어요. 허락을 구하지 못한 걸 용서하세요. 하지만 두렵지 않아요. 내가 할 일을 했으니까요."

그러자 요정 여왕이 말했어요.

"당신이었군요! 그럼 이제 어떻게 할 거죠? 나는 황금 나이팅게일 없이는 살 수가 없어요."

"하지만 새는 돌려줄 수 없습니다."

그러자 요정 여왕이 말했어요.

"그래요? 그렇담 할 수 없군요. 내가 여기서 사는 수밖에. 나와 결혼해서 남편이 돼주겠어요?"

막내 왕자는 요정 여왕의 손을 잡으며 뜨겁게 입을 맞췄어요.

"물론입니다! 당신을 처음 봤을 때 사랑에 빠졌어요."

요정 여왕은 주위의 다른 요정들을 보면서 말했어요.

"애들아, 너희들끼리 돌아가. 나는 여기서 살 거야."

그러자 요정들은 천막을 거둔 뒤 구름을 타고 사라졌어요. 그때 왕이 요정 여왕에게 말했어요.

"우리 막내가 부족한 게 많지만 많이 사랑해 주세요. 황금 나이팅게일이 선택한 아이입니다. 이 아이가 사원에 들어오자 새가 아름답게 노래했지요. 저 특별한 새를 노래하게 만드는 두 명이 딱 만났으니, 신이 맺어준 인연입니다."

왕은 신하들을 시켜서 바로 결혼식을 준비하게 했어요. 그리고 첫째와 둘째 아들을 불러서 말했어요.

"너희에게 마지막으로 진실을 말할 기회를 주겠다. 사실대로 말하면 목숨은 살려주마."

그러자 두 아들은 그동안 있었던 일을 실토하고 용서를 구했습니다. 왕은 두 아들을 살려주는 대신 나라를 떠나도록 명령했어요. 앞으로는 스스로의 힘으로 먹고살아야 한다면서요. 둘은 그길로 그곳을 떠나야 했지요.

드디어 결혼식 날이 됐어요. 전에도 없었고 앞으로도 없을 화려하고 행복한 결혼식이었지요. 카프산 너머의 요정들도 다 참석해서 축하했어요. 황금 나이팅게일이 최고로 아름다운 소리로 노래했고요. 그 뒤의 일이야 말해 무엇 하겠어요. 그렇게 그렇게 됐답니다. 하하.

아, 그때 하객으로 왔던 요정들 중 일부는 카프산 너머로 돌아가고 싶지 않았다나 봐요. 슬쩍 그곳에 남았다가 마음에 드는 짝을 찾아냈다네요. 이 이야기도 한 요정의 후손이 들려준 거라고 해요. 믿거나 말거나!

이야기에 대한 이야기

퉁이 이 이야기 정말 짱이다. 이모님이 왜 걸작이라고 하셨는지 알겠어.

연이 이 이야기를 듣게 돼서 정말 다행이야.

로테 이모 사실은 군데군데 내용을 줄인 거란다. 제대로 다 하려면 두 시간도 모자랄걸.

퉁이 우와! 원전도 찾아서 읽어봐야겠어요.

뭉이쌤 그래, 원전을 보면 또 느낌이 다를 거야. 원래 옛이야기는 누가 하느냐에 따라서 색깔이 조금씩 달라지지. 내가 얘기했으면 이렇게 재미있지 않았을 거야.

퉁이 그건 그래요. 하하.

뭉이쌤 하하. 그런데 다들 이 이야기에서 어느 부분이 인상적이었는지 궁금하네요. 엄지는 어땠어?

엄지 저는 막내 왕자가 해마를 타고서 바다를 건너는 대목이요. 상상만 해도 멋져요.

뭉이쌤 역시 엄지는 기운이 남다르구나. 참 특별한 열한 살이야. 하하.

연이 저는 왕자가 가시덤불에게 예쁘다고 말하고 샘물에게 맑다고 말하는 부분이요. 호랑이하고 사자의 먹이를 바꿔주는 부분도요. 7년 동안 늘 같은 걸 먹었다니 불쌍해요. 근데 호랑이랑 사자가 풀도 먹나요?

약손할배 뭐 그럴 수도 있겠지. 입가심 같은 걸로. 하하.

퉁이 저는 막내 왕자가 바로 궁궐로 가지 않고 하인으로 변장하고서 일한 게 놀라웠어요. 나 같으면 바로 아버지에게 달려가서 일러바쳤을 것 같은데.

세라 나는 요정 여왕이 왕자에게 결혼하자고 하는 부분이 반전이었어. 이야기에서 보통 남자들이 청혼하잖아? 그런데 여자가 떡 나서면서, "너 맘에 든다. 나랑 결혼하지 않을래? 싫으면 말고!" 이거 멋진 거 같아.

퉁이 세상 어떤 남자라도 감히 거절하지 못할 만큼 정말 압도적인 청혼이었어요.

세라 뭉이쌤은 어느 부분이 인상적이었나요?

뭉이쌤 나는 막내 왕자가 어머니 거인의 젖을 빨아 먹는 대목이 소름이었어요. 정말 의미심장했거든요.

연이 전 그 부분이 좀 낯설고 왠지 낯부끄러웠는데……. 거기 어떤 의미가 있나요?

뭉이쌤 내 생각에 이 이야기 속의 거인들은 자연의 상징이야. 야생의 자연. 막내 왕자는 그 힘과 접속했던 거지. 대모신의 젖을 먹은 거라고 생각하면 돼.

연이 그럼 그 거인이 노고할망님 같은 존재네요. 우리 할망님은 세련되셨는데.

뭉이쌤 그 거인은 아직 다듬어지지 않은 야생적인 자연이라고 볼 수 있지. 뱀이나 지네를 먹는 데서 그런 모습을 볼 수 있어. 자식들이

산짐승과 해충을 제압하는 것도 그렇고.

세라 그런데 왕자는 먼저 만난 두 거인을 죽이잖아요? 그건 자연에 대한 거역 아닌가요?

뭉이쌤 그 거인들은 사람을 죽이려 드는 거친 자연이라고 볼 수 있지요. 왕자는 거기 맞서서 싸운 거고요. 늘 그렇지만, 이야기에서는 앞뒤 맥락이 중요해요.

세라 네, 이해했어요. 어머니 거인과 그 자식들은 양면성을 다 가진 존재였다고 보면 되겠군요. 사람을 살릴 수도 있고 죽일 수도 있는 존재. 왕자는 양쪽 가운데 사람을 살리는 힘에 접속한 것이고요.

뭉이쌤 바로 그거예요. 실은 그런 접속이 이야기 앞뒤로도 이어진답니다. 흐즈르 데데와의 관계가 그렇고, 가시덤불이나 샘물, 호랑이 등과의 관계도 마찬가지예요. 요정 여왕도요.

연이 아! 요정 여왕은 자연의 아름답고 마법적인 힘이겠군요.

뭉이쌤 그렇지! 황금 나이팅게일은 그 분신이라고 할 수 있고. 말하자면 둘은 한 몸이라고 볼 수 있어.

퉁이 재미있다! 황금 나이팅게일이 사원에서 노래하는 건 인간과 자연의 조화가 되는 셈이네요.

뭉이쌤 그래. 사원은 신을 모시는 곳이니까 신과의 조화라고도 볼 수 있지. 인간과 자연, 그리고 신의 조화.

퉁이 우와! 이 이야기가 그냥 재미있는 것 이상이군요. 대단해요.

뭉이쌤 그래. 찾아보면 이 이야기 속에 다른 생각거리들도 수없이 많아. 두 왕자가 낯선 도시에서 놀이에 빠지면서 돈을 탕진하는 모습에서 뭔가 느껴진 거 없었니?

퉁이 사실 저는 그 대목에서 좀 찔렸어요. 형들이 동생을 질투하는 대목도 그렇고요.

뭉이쌤 그래. 두루두루 잘 생각해 보면 그 밖에도 음미해 볼 부분이 많을 거야. 로테 이모님, 재미있고 의미도 있는 이야기 잘 들려주셔서 다시 한번 감사드려요.

약손할배 나도! 어디 가서 이 이야기 꼭 써먹을 겁니다. 지금도 내내 내용을 되새기고 있었어요. 자꾸 새기지 않으면 잊어버려서. 하하.

로테 이모 다들 이야기를 잘 들어주고 또 잘 풀이해 줘서 고마워요. 마음이 뿌듯해졌어요.

일동 감사합니다!

storytelling time
나도 이야기꾼!

기본 스토리텔링

이번 스테이지에서 만난 이야기 중 가장 마음에 드는 것을 골라서 다음과 같은 단계로 스토리텔링 활동을 해보자.

step 1: 책에 쓰인 그대로 이야기를 소리 내어 읽는다.

step 2: 책에 쓰인 그대로 이야기를 소리 내어 읽되, 가상의 청자에게 말해주듯이 읽는다.

step 3: 청자에게 이야기를 전달하되, 틈틈이 책을 참고한다.

step 4: 청자에게 이야기를 전달하되, 책을 참고하지 않는다.

step 5: 청자에게 이야기를 전달하되, 표현과 내용을 조금씩 자신의 방식대로 바꿔본다.

step 6: 완전히 내 것이 된 이야기를 구연 환경과 청자의 성향에 맞춰 내용과 표현을 자유자재로 조절하며 전달한다.

이야기별 재창작 스토리텔링

다음은 이번 스테이지에서 만난 이야기들에 대한 활동거리이다. 이 중 하나 이상을 골라 스토리텔링 활동을 해보자.

<밤의 삼바>

① **작품 비교하기:** 애니메이션 〈키리쿠와 마녀〉를 감상한 뒤 주인공 캐릭터와 작품의 주제가 〈밤의 삼바〉와 어떤 공통점과 차이점이 있는지 이야기해 보자.

<소년의 외침>

② **숨은 이야기 상상하기:** 궁궐의 정원이 사람들의 놀이터가 된 구체적 과정을 상상해서 이야기로 만들어보자.

<수라판의 소원>

③ **뒷이야기 만들기:** 수라판이 왕비가 된 후 왕에게 건의해 시행했을 것 같은 정책과 그 결과를 세 가지 생각해 보자.

<베를 짜며 노래하는 새>

④ **다른 시선으로 이야기 바라보기:** 물렛가락과 베틀 북, 바늘, 그 외 소녀의 살림살이들을 의인화해서 그들의 대화 형태로 이야기를 새롭게 재구성

해 보자. 단, 기존 이야기의 개연성을 해치지 않도록 주의한다.

<황금 나이팅게일>

⑤ **감상 나누기:** 이 이야기에서 가장 인상적이었던 부분을 찾고 그 이유를 말해보자. 해당 장면을 그림이나 만화, 시, 일기, 랩 등의 형태로 표현해도 좋다.

⑥ **숨은 이야기 상상하기 1:** 막내 왕자가 형수로 삼으려 했던 두 아가씨는 이후 어떻게 됐을지 상상해 보자.

⑦ **숨은 이야기 상상하기 2:** 막내 왕자와 요정 여왕의 결혼식에 참석했다가 그곳에 남아 살게 된 요정들의 이야기를 상상해서 말해보자.

이야기 연계 스토리텔링

1. 대한민국 10대 청소년들이 〈소년의 외침〉의 소년과 〈수라판의 소원〉의 수라판을 함께 초청해서 '현실과 꿈'을 주제로 토크 콘서트를 연다고 가정하고, 두 사람과 한국 청소년들 간에 오갈 만한 질문과 답변을 대화 형식으로 정리해 보자. 역할을 분담해서 대화극을 진행해도 좋다.

2. 이번 스테이지의 이야기 등장인물 중 잘 어울리지 않을 것 같은 두 사람, 예컨대 〈밤의 삼바〉의 삼바와 〈베를 짜며 노래하는 새〉의 소녀, 삼바와 〈황금 나이팅게일〉의 막내 왕자, 〈소년의 외침〉의 소년과 〈황금 나이팅게일〉의 요정 여왕의 만남을 골자로 한 이야기를 구성해 보자.

3. 이 외에 이야기들을 흥미롭게 연계할 수 있는 여러 가지 방법을 찾아보고, 이를 토대로 다양한 스토리텔링 활동을 해보자.

stage 04

걸림 없이 당당하게

내 복에 사는 나, 감은장아기

암소의 아들 이반

나그네의 못죽

흰눈이와 빨간장미

연이

안녕하세요, 연이입니다. 이번에는 제가 먼저 이야기를 시작할게요. 한국에서 민담으로도 전해오고 신화로도 전해온 이야기예요. 민담 제목은 '내 복에 산다'이고, 신화 제목은 '삼공본풀이'라고 해요. 줄거리는 비슷한데, 저는 신화의 내용에 더 마음이 끌렸어요. 주인공이 감은장아기인데, 닮고 싶은 인물이에요. 침착하면서도 씩씩하거든요.

내 복에 사는 나, 감은장아기

✳

한국 신화

옛날 옛적, 어느 시골의 윗마을과 아랫마을에 아주아주 가난한 사람 둘이 살았어요. 윗마을 가난뱅이 강이영성은 남자, 아랫마을 가난뱅이 홍운소천은 여자예요. 어느 날, 두 사람이 길에서 딱 마주쳤답니다. 강이영성은 아랫마을로 얻어먹으러 내려가고 홍운소천은 윗마을로 얻어먹으러 가다가 중간에서 만난 거예요. 서로 얼굴을 마주 봤는데, 전생에 인연이 있는지 마음이 끌려요.

"저는 윗마을 사는 강이영성입니다."

"저는 아랫마을 사는 홍운소천이에요."

"보아하니 비슷한 신세 같은데 살림을 합치면 어떨까요?"

"부부가 되자는 말인가요? 저는 좋아요."

그렇게 해서 둘은 결혼해서 함께 살게 됐어요. 결혼식 같은 것도 없이 그냥 손잡고 함께 사는 걸로 끝이에요. 요즘보다 진도가 더 빨라요.

결혼까지 했는데 계속 얻어먹고 살 수는 없잖아요? 둘은 마을 한구석 허물어져 가는 집에 자리를 잡고서 이리저리 품팔이를 하면서 살기 시작했어요. 일거리가 없으면 얼굴만 마주 보며 굶는 날도 많아요. 그래도 부부간에 정은 도타웠나 봐요. 결혼한 지 얼마 안 돼서 홍운소천은 임신을 했고, 아홉 달 만에 딸을 낳았어요.

아기가 태어났는데 먹을 게 없어요. 엄마 젖도 안 나오고요. 그러다가는 아기가 죽게 생겼어요. 하늘이 내린 귀한 생명인데 그냥 두고 볼 수 없죠. 마을 사람들은 은그릇에 쌀가루와 보릿가루를 타 먹여서 아기를 살렸어요. 그래서 아이 이름이 은장아기가 됐답니다.

은장아기가 태어나고 얼마 안 돼서 엄마는 또 임신을 했어요. 아홉 달 만에 아기를 낳았는데 이번에도 딸이었어요. 그 아이도 먹을 게 없어서 굶어 죽을 지경이었죠. 마을 사람들은 놋그릇에 쌀가루와 밀가루를 타 먹여서 아기를 살렸어요. 그 아이 이름은 놋장아기가 됐답니다.

부부가 두 딸을 데리고 사는데, 또 셋째 아이가 태어났어요. 이번에도 딸이었답니다. 마을 사람들은 나무 바가지에 보릿가루와 밀가루를 타 먹여서 아이를 살렸어요. 그 아이 이름은 감은장아기가 됐답니다.

가난해서 먹고살기도 힘든 집에 딸이 셋이나 생겼으니 살기가 얼마나 어렵겠어요? 그런데 신기하게도 감은장아기가 태어난 뒤로 집안 살림이 점점 피기 시작했어요. 일거리가 딱딱 생겨나고 하는 일마다 착착 풀리면서 재물이 들어오는 거예요. 어느새 밭이 생겨나고 논이 생겨나고 소와 말이 생겨나서 점점 늘어났어요. 그렇게 몇 년 만에 그 집은 부자 소리를 듣게 됐답니다. 작은 오두막은 커다란 기와집으로 바뀌었지요. 처마에 풍경을 달아놔서 바람이 불면 댕댕 울리니까 그야말로 신선놀음이에요.

세월이 흘러서 감은장아기가 열여덟 살이 됐어요. 그사이에 집은 더 부자가 돼서 '천하 거부' 소리를 듣게 됐답니다. 하루는 비가 촉촉 내리는데 부부가 빗줄기를 보면서 앉아 있자니 왠지 심심해요.

"흠, 심심한데 애들을 불러서 문답놀이나 해볼까?"

아버지가 큰딸을 부르더니,

"은장아기, 이리 와라. 너는 누구 덕에 먹고 입고 잘 사느냐?"

"하늘 덕 땅 덕도 있지만, 아버지 덕이고 어머니 덕입니다."

"오냐, 기특하다. 네 방으로 가거라."

둘째 딸을 부르더니,

"놋장아기야, 너는 누구 덕에 먹고 입고 잘 사느냐?"

"하늘 덕 땅 덕도 있지만, 뭐니 뭐니 해도 아버지 덕이고 어머니 덕이지요."

"그래, 착실하다. 네 방으로 가거라."

다시 막내딸을 부르더니,

"감은장아기야, 너는 누구 덕에 먹고 입고 잘 사느냐?"

"하늘님 덕 땅님 덕이고 아버지 덕 어머니 덕이지만, 저에게 복이 있기 때문입니다. 사람은 자기 복으로 먹고사는 법이지요."

그건 부모가 원한 대답이 아니었어요. 아버지는 벌컥 화를 내면서,

"불효막심한 것 같으니라고! 너 같은 딸 필요없다. 당장 집에서 나가라. 가서 네 복으로 잘 살아봐."

그래서 감은장아기는 집에서 쫓겨나게 됐어요. 그래도 아주 빈털터리로 내보내지는 않았나 봐요. 감은장아기는 검은 암소 한 마리에 한두 달 먹을 만한 양식을 싣고서 집을 나섰답니다.

사실 부모는 딸을 꼭 쫓아낼 생각은 아니었어요. 딸이 잘못했다고 빌기를 바랐죠. 하지만 감은장아기는 그럴 수 없었어요. 자기가 믿는 대로 얘기한 거니까요. 사람은 누가 뭐래도 자기 힘으로 사는 거잖아요?

감은장아기가 동구 밖으로 나갔을 때였어요. 엄마는 딸을 그렇게 보내는 게 마음에 걸렸어요. 그래서 큰딸을 부르더니,

"은장아기야, 나가 봐라. 감은장아기더러 들어와서 식은 밥이라도 한 그릇 먹고 가라고 해라."

그러자 은장아기가 동구 밖으로 내달아 동생을 부르면서,

"감은장아기야, 어서 빨리 가버려라. 아버지, 어머니가 너를 때리러 오신다."

그러고 돌아섰는데, 은장아기 몸이 청지네로 변했어요. 그 뒤로 어둡고 습한 구석을 기어 다니게 됐대요.

엄마가 기다려도 큰딸이 안 오니까 작은딸을 불러서,

"놋장아기야, 나가 봐라. 감은장아기더러 들어와서 식은 국에 밥이라도 말아 먹고 가라고 해라."

그러자 놋장아기가 동구 밖으로 내달아 동생을 부르면서,

"감은장아기야, 어서 빨리 가버려라. 아버지, 어머니가 너를 때리러 오신다."

그러고 돌아섰는데, 은장아기 몸이 말똥버섯으로 변했답니다.

아무리 기다려도 딸들이 안 오니까 부모가 직접 딸을 보려고 나섰어요. 그런데 부자가 되고 나서 편안히 생활하다 보니 몸이 무거워진 거예요. 문지방을 넘다가 걸려서 넘어졌는데 잘못돼서 눈을 다쳤어요. 둘이 함께요. 다친 눈이 낫지를 않아서 결국 장님이 돼버렸답니다.

자식도 없어지고 눈도 멀고, 부부의 인생이 완전히 꼬였어요. 집 안에 앉아서 먹고 자고 하다 보니까 그 많던 재산도 눈 녹듯이 시나브로 사라져버려요. 둘은 몇 달도 안 돼서 재산을 다 날리고 거지가 됐답니다. 부자로 살다가 다시 빌어먹으려니 예전보다 열 배 백 배 더 힘들죠. 게다가 눈까지 멀었으니까요.

집을 떠난 감은장아기는 어떻게 됐을까요? 감은장아기는 암소를 끌고서 산간 마을로 향했어요. 이 고개 넘고 저 고개 넘어서 산길로 들어가요. 해 뜨면 걷고 해가 지면 쉬고요. 달빛이 은은히 비치면 밤에도 길을 갔어요.

"달빛이 참 좋네. 밤길을 걷는 것도 괜찮구나."

그렇게 가다 보니 마을도 집도 없는 깊은 산속에 다다랐어요. 보니까 사람 다닌 흔적도 거의 없어요. 날이 저물려고 하는데 어디서 묵어야 할지 걱정이지요. 때마침 멀리 작은 오두막집이 보였어요. 다가가 보니까 집은 초라한데 터가 아늑하고 좋아요.

감은장아기가 오두막에 앉아 있는 할머니에게 다가가면서,

"안녕하세요, 할머니! 날이 저물어가는데 하룻밤 묵을 수 있을까요?"

할머니가 낯선 손님을 쳐다보더니,

"우리 집에 아들 삼형제가 있어서 방에 누울 자리가 없구나."

"그렇군요. 부엌 한구석도 괜찮으니 밤이슬이나 피하게 해주세요."

"그러면 그리하거라."

감은장아기가 막 들어가 부엌에 앉으려고 하는데 바깥에서 와르릉탕 와르릉탕 시끄러운 소리가 들려요.

"이건 무슨 소리인가요?"

"내 아들 큰마퉁이가 마를 파서 돌아오는 소리란다."

조금 있으니까 큰마퉁이가 들어오더니만,

"우리 어머니는 애써서 마를 캐다 먹였더니만 길 가는 계집애를 앉혀놓고 놀고 있네그려."

조금 있으니까 또 와릉탕 와릉탕 소리가 들려와요. 이번에는 둘째마퉁이가 들어오더니만,

"우리 어머니는 마를 캐서 잘 먹였더니 웬 계집애를 집에 들였네. 마당에 소까지 있으니 이게 무슨 일이람?"

조금 있으니까 또 소리가 와릉탕 와릉탕. 이번에는 작은마퉁이가 들어와서 감은장아기를 보더니 활짝 웃으면서,

"우리 집에 난데없이 손님이 찾아오고 검은 암소까지 있으니,

하늘이 우리를 돕는가 봐요."

감은장아기는 말없이 마퉁이 삼형제가 어떻게 하는지 살펴봤어요. 먼저 큰마퉁이가 마를 삶더니 딱딱한 머리 부분을 어머니에게 주고 토실토실한 가운데 토막을 자기가 먹어요. 둘째마퉁이는 마를 삶아서 어머니에게 꼬리를 주고는 가운데 토막을 자기가 먹고요. 작은마퉁이는 마를 삶아서 내오더니 가운데 토막을 어머니에게 드리면서,

"어머니, 우리를 낳아 키우시느라 고생하셨는데 많이 드시고 오래 사세요."

감은장아기가 그 모양을 쭉 보니까 쓸 만한 건 막내뿐이에요.

감은장아기는 솥을 씻은 다음 암소에 싣고 온 쌀로 하얀 밥을 따끈따끈 맛나게 지었어요. 상을 차려서 들고 가니까 할머니가 보더니 고개를 내저어요.

"이건 우리 할머니 할아버지 때도 안 먹던 거라서 못 먹겠구나."

감은장아기가 형제들에게 밥을 권하니까 첫째와 둘째가 낯을 찌푸리면서 화를 내요.

"이런 벌레밥을 먹으라고? 당장 치워요!"

하지만 작은마퉁이는 밥상 앞으로 선뜻 다가왔어요.

"처음 보는 밥이네요. 보기 좋고 냄새도 좋아요. 맛있겠어요!"

그러면서 듬뿍듬뿍 퍼먹으니까 너무나 맛있는 거예요. 두 형이 그 모양을 흘끔흘끔 보더니만,

"야, 우리도 한 숟가락 줘봐라!"

막내가 더운밥을 떠서 형들 손에 놓으니까 손바닥이 뜨끈뜨끈. 급히 입에다 넣으니까 입 안이 화끈화끈. 작은마퉁이가 밥을 호호 불어서 어머니께 드리니까 어머니가 입에 넣어서 오물오물 씹어보더니 주름진 얼굴에 웃음이 활짝.

그렇게 다 먹고서 밥상을 치우고 앉은 뒤에 비로소 그 집 식구들하고 감은장아기 사이에 대화가 시작됐어요. 감은장아기가 집 떠난 까닭을 대충 말하고서는,

"예전부터 깊은 산속이 궁금했어요. 산에는 신기하고 귀한 게 많잖아요? 저 여기가 마음에 드는데 함께 살아도 될까요? 막내분 미남이신데 제 짝이 돼주지 않겠어요? 저 괜찮은 사람이에요."

그러니까 작은마퉁이가 바로 대답했어요.

"사람 볼 줄 아네요! 좋습니다. 나도 아가씨가 마음에 들어요."

그래서 둘은 그날로 부부가 됐지 뭐예요. 작은마퉁이가 목욕을 하고 새 옷을 입으니까 꽃미남이에요. 산을 타면서 살아온 사람이라서 몸도 좋고요.

다음 날이 밝았을 때 감은장아기가 말했어요.

"내 신랑 일하는 곳을 구경하고 싶어요."

그러니까 작은마퉁이가 각시를 데리고 산속으로 들어가지요. 둘은 먼저 큰마퉁이가 마를 캐던 곳을 지났어요. 거기 뭔가 누런 게 있는데, 감은장아기가 보니까 똥이 가득해요. 둘째마퉁이가 마를 캐던 곳을 살펴보니까 지네와 뱀이 들어앉아 있어요. 작은마퉁이가 마를 캐는 곳을 가보니까 구덩이 안팎에 둥그런 자갈들이 가

득해요. 감은장아기가 돌들을 잘 살펴보니까 그게 다 금덩이지 뭐예요. 작은마퉁이는 금을 몰라서 돌로만 생각했던 거예요.

둘이 암소를 몰고 가서 금덩이를 싣고 오니까 부자 중에도 큰 부자예요. 감은장아기는 아늑한 산간 마을에 터를 잡고서 커다란 기와집을 새로 지었어요. 자기가 살던 집보다 훨씬 크고 좋아요. 집채마다 풍경을 달아서 바람이 불면 댕그랑 댕그랑. 논도 많고 밭도 많고 소와 말도 많고 하인들도 많아서 집 안이 북적북적해요. 할머니는 꿈인지 생시인지 정신을 못 차리지요.

하루는 비가 초록초록 내리는데 감은장아기가 남편을 부르더니만,

“그날도 이렇게 비가 왔어요. 바람결에 들으니까 날 낳아주고 길러주신 부모님이 거지가 돼서 떠도시나 봐요. 걱정했던 대로예요. 거지 잔치를 크게 베풀어서 부모님을 찾고 싶어요.”

작은마퉁이는 당연히 찬성이죠. 부부는 하인들을 시켜서 널리 알리게 하고는 100일 동안 거지 잔치를 베풀었어요. 온 나라 거지들이 다 모여들었죠. 돈도 주고 밥도 주고 술도 주면서 대접하니까 죽어도 한이 없을 정도예요.

감은장아기의 어머니와 아버지는 잔치를 베푼 지 100일이 다 됐을 때 비로소 찾아왔어요. 둘이 한 막대기를 붙잡고 더듬더듬 들어오는데, 거지들 가운데도 제일 초라하고 불쌍해요. 둘이 한구석에 앉아서 밥상을 기다리는데, 아무리 기다려도 나오질 않아요. 다른 거지들은 다 먹고서 배를 두드리면서 인사하고 떠났는데 두

사람만 쫄쫄 굶는 거예요. 잔치에 와서도 음식 차례가 안 오니까 설움이 북받치지요. 두 사람은 소리를 내서 엉엉 울기 시작했어요. 그러자 감은장아기가 하인들에게 말했어요.

"좋은 잔치에 우는 소리가 들리니 웬일입니까? 저분들을 안방으로 모신 다음 따로 한 상을 잘 차려 오세요."

그게 사실은 감은장아기가 일부러 그렇게 꾸민 일이었답니다.

따뜻한 방 안에 들어와서 진수성찬을 받으니까 두 장님이 또 눈물이 나요. 오랜만에 맛있고 배부르게 잔뜩 먹으니까 감사 인사가 절로 나오지요. 그때 감은장아기가 말했어요.

"할머니 할아버지, 옛이야기라도 해보십시오."

"들은 이야기가 없어서 할 수가 없습니다."

"그러면 살아온 이야기라도 해보십시오."

"살아온 말을 하려니 기가 막힙니다. 우리가 은장아기, 놋장아기, 감은장아기 세 자매를 낳고서 천하 거부로 잘살다가 제 복에 산다는 막내딸을 쫓아낸 뒤로 이렇게 장님이 되고 거지가 돼서 한 막대기를 짚고 다닌답니다. 그 말을 다 하려면 끝이 없어요."

그때 감은장아기가 청감주 단감주 좋은 술을 가득 부어서 부모님께 드리면서,

"이 술 한 잔 받으세요. 천년주 만년주예요. 있는 병, 없는 병 다 낫는 약입니다."

부모가 그 술을 들이킬 때 감은장아기가 말했어요.

"어머니, 아버지! 제가 감은장아기입니다. 눈을 떠서 저를 보세

요."

그러니까 두 장님이 깜짝 놀라면서,

"뭐라고? 감은장아기?"

둘은 놀라서 들었던 술잔을 탈랑 떨어뜨렸어요. 그때 멀었던 눈이 탁 밝아지면서 앞이 환히 보여요. 꿈에도 그리던 딸이 거기 앉아서 눈물을 머금고서 웃음을 활짝. 그 옆에 웬 꽃미남 도련님이 앉았다가 두 노인의 손을 잡으면서 웃음을 껄껄.

"아버지, 어머니! 제가 누구 덕으로 산다고요?"

"그래…… 하늘님 덕 땅님 덕도 있지만, 네 복이다. 네 복!"

"그건 아버지 어머니 복이기도 합니다. 앞으로 여기서 평안히 잘 지내세요. 복을 발로 차버리지 마시고요."

그래서 강이영성 홍운소천 부부는 감은장아기 작은마퉁이 부부하고 함께, 그리고 작은마퉁이 어머니하고 함께 오래오래 평안하게 잘 살았대요. 큰마퉁이와 둘째마퉁이도 함께 살았는지는 모르겠어요. 제 생각엔 아닐 것 같아요.

그런데 이야기는 아직 끝이 아니에요. 감은장아기는 잘 살다가 죽어서 신이 됐대요. 삼공신이요. 그래서 신화 제목이 '삼공본풀이'예요. 삼공신의 내력을 풀어내는 이야기라는 뜻이에요. 삼공이 어떤 신이냐면, 전상을 맡은 신이래요. 이 세상 수많은 좋은 일과 나쁜 일의 원인이 되는 게 전상이에요. 전생(前生) 비슷한 건가 봐요. 하여튼 감은장아기가 신이 되는 게 참 신기했어요. 마음에 쏙 들고요. 이상입니다. 들어주셔서 감사해요.

이야기에 대한 이야기

이반 연이야, 멋지게 잘했어. 나도 감은장아기 마음에 든다.

연이 처음엔 부모에게 너무한 거 아닌가 하는 생각도 했어요. 하지만 진짜로 부모를 생각한 딸은 감은장아기더라고요. 나도 감은장아기처럼 살고 싶어요.

이반 그래, 좋지! 근데 뭉이쌤, 전상이 전생(前生) 맞는 거예요?

뭉이쌤 글쎄. 나도 그렇게 생각하기는 하는데, 입에서 입으로 구전돼 온 내용이라 단정하기는 어려워. 어쩌면 '모든 형상'이라는 뜻의 전상(全象)일지도 몰라. 확실한 건 그게 운명과 연관된다는 거지. 삼공신은 운명을 맡은 신이라고 보면 될 거야.

통이 운명이라면 사람의 인생이 이미 정해졌다는 뜻 아닌가요?

뭉이쌤 그렇진 않아. 원래 운명이란 말에서 운(運)이 뭔가를 펼쳐나간다는 뜻이야. 어떻게 선택하고 행동하는가에 따라서 인생은 달라지게 돼 있지. 그러니까 삼공신은 사람들이 자기 삶을 어떻게 운용할 것인지를 알려주는 신이라고 보면 돼.

이반 그 핵심은 자기답게 살라는 것이겠군요?

뭉이쌤 그렇지! 내 복에 산다는 게 그런 뜻이니까. 스스로 자기 삶의 주인이 되어서 살아갈 때 자기 운명을 제대로 펼쳐내는 것이라 할 수 있지. 감은장아기처럼.

퉁이 그리고 작은마퉁이처럼요. 처음 보는 밥을 맛있게 먹고 감은장아기를 받아들이는 거, 멋져요.

연이 앗! 근데 퉁이 오빠랑 마퉁이랑 뭔가 통하네. 혹시 퉁이 오빠 전생이…….

퉁이 앗, 눈치챈 거니?

연이 정말? 세 마퉁이 중에 누구?

퉁이 당연히 작은마퉁이지! 그렇게 보이지 않니?

연이 흠…… 인정! 오빠도 나름 적극적이고 주체적인 사람이니까.

퉁이 고마워, 감은장아기! 하하.

이반 근데 궁금한 게, 왜 은장아기는 청지네가 되고 놋장아기는 말똥버섯이 됐을까? 뀨 아재 생각은 어떠세요?

뀨 아재 얘가 갑자기 공격을? 흠, 걔들이 감은장아기와 달리 주체적으로 살지 못하고 현실에 안주했기 때문이 아닐까?

퉁이 맞아요. 동생을 밀어낸 것도 마음에 안 들어요. 이기적이잖아요? 그걸 보면 부모에게 한 말이 진심이 아니란 걸 알 수 있어요.

연이 뭉이쌤, 은장아기와 놋장아기가 어떻게 됐는지에 대한 이야기는 없나요? 제가 본 자료에는 그 내용이 없었거든요.

뭉이쌤 그 뒷이야기는 따로 전해지는 게 없어. 나도 궁금해지네. 어찌 됐으려나? 혹시 각성해서 생각과 행동을 바꿨다면 또 다른 변신이 일어났을지도 모르지. 각자 뒷이야기를 상상해서 써보면 재미있겠네.

이반 저는 큰마퉁이와 둘째마퉁이의 뒷이야기를 써보고 싶어요. 두 사람이 각성한 내용으로요.

퉁이 오호, 그것도 재미있겠다. 나는 내 전생인 작은마퉁이의 출생담과 성장담을 만들어봐야지!

뀨 아재 다들 신났구나. 이야기 만들어 오면 내가 심사해 줄게. 하하.

뭉이쌤 자, 그럼 다음 이야기는 누가?

이반 제가 하나 해볼게요. 이반 이야기로요.

이반

제가 들려드릴 이야기는 러시아에서 전해온 민담이에요. 주인공은 이반이고요. 러시아 민담에는 이반이 참 많이 나와요. 독일 민담에 한스가 많이 나오고 영국 민담에 잭이 많이 나오는 것하고 비슷해요. 바보 이반도 있고 심술쟁이 이반도 있는데, 이 이야기 속의 이반은 씩씩한 이반이에요. 아, 아니구나. 씩씩한 이반도 있고 다른 이반도 두 명 더 있어요. 이반이 셋이나 나오거든요. 그럼 들어보세요.

암소의 아들 이반

*

러시아 민담

옛날, 한 나라에 왕과 왕비가 살았는데 결혼한 지 10년이 넘도록 자식이 없었어요. 왕은 수많은 사람들을 불러서 자식을 얻을 방법을 물어봤지만 영 신통치 않았습니다. 그 방법을 찾은 사람은 어느 평범한 농부의 아들이었어요. 이상한 할머니가 그 앞에 나타나서 비법을 알려줬던 거예요.

"왕궁 창문 너머로 보이는 바다에 황금 날개를 가진 창꼬치가 살지. 비단 그물을 세 개 준비하면 잡을 수 있어. 왕비가 그 창꼬치를 다 먹으면 아기를 갖게 될 거야."

그러자 젊은이는 자기가 직접 고기를 낚으러 갔어요. 창꼬치는 비단 그물에 걸렸지만 그물을 다 뜯고 달아났습니다. 두 번이나요. 세 번째로 그물을 던지면서 젊은이는 목에 둘렀던 비단 스카프를 그물에 단단히 잡아맸어요. 그랬더니 창꼬치가 잡혀 올라왔죠. 젊은이는 창꼬치를 왕에게 바치면서 왕비가 그걸 다 먹으면 아기를 가지게 될 거라고 했습니다.

왕은 창꼬치를 왕비가 먹기 좋게끔 잘 튀기게 했어요. 요리사들은 고기를 씻은 다음 내장을 빼서 창문 밖으로 던졌어요. 그걸 밖에 있던 암소가 꿀꺽 삼켰죠. 고기가 다 튀겨졌을 때는 하녀 하나가 날개를 떼서 맛을 봤어요. 나머지는 왕비가 먹었고요. 그랬더니 암소와 하녀와 왕비가 다 임신을 해서 한날한시에 아기를 낳았지 뭐예요. 암소가 제일 먼저 아기를 낳고, 곧이어서 하녀와 왕비가요. 세 아이는 한 깍지에 든 완두콩처럼 똑같이 생겼어요. 세 명은 다 이반으로 불리게 됐습니다. 암소의 아들 이반, 하녀의 아들 이반, 왕자 이반, 이렇게요.

세 아이는 쭉쭉 자라나서 청년이 됐어요. 어깨가 떡 벌어진 게 딱 봐도 영웅이에요. 곰 정도는 맨손으로 제압할 정도였지요. 어

느 날, 그들은 함께 낯선 큰 세상을 찾아 나섰습니다. 그들이 태어난 나라는 너무 좁고 따분했거든요.

그들은 길에서 커다란 유리 공을 발견했어요. 얼마나 묵직한지 웬만한 사람은 들지도 못할 정도예요. 왕자 이반이 말했습니다.

"얘들아, 이 공을 하늘로 제일 높이 던져 올리는 사람이 큰형이 되는 걸로 하자."

다른 두 사람도 동의해서 시합이 시작됐어요. 제비뽑기를 했는데 왕자 이반이 첫 순서예요. 그는 공을 번쩍 들어서 하늘 높이 던졌어요. 아주 의기양양하지요. 그런데 다음 순서인 하녀의 아들 이반이 왕자보다 더 높게 던진 거예요. 하녀의 아들이 더 의기양양. 하지만 끝판왕은 암소의 아들이었어요. 그가 공을 하늘로 던지니까 시야에서 사라질 정도예요.

왕자 이반은 결과를 받아들이지 않고 다른 시합을 걸었어요. 마침 흑해에서 커다란 바다뱀이 요동치는 걸 보고는 그 뱀을 물리친 사람을 큰형으로 삼자고 했습니다. 암소의 아들은 왕자 이반에게 먼저 기회를 줬어요. 하지만 뱀이 얼마나 크고 흉악한지 당해내지 못했습니다. 다음으로 하녀의 아들이 나섰지만 역부족이었어요. 그때 암소의 아들 이반이 사자후를 터뜨리면서 커다란 나무 기둥을 던지니까 뱀이 정통으로 맞고 사라져버리는 거예요.

그런데도 왕자는 암소의 아들을 형으로 인정하지 않았어요. 하녀의 아들도 은근히 동조했지요.

"좋아! 그럼 나는 돌아갈 테니 너희들끼리 잘 해보셔."

암소의 아들 이반이 혼자 본국으로 돌아오니까 왕이 그를 감옥에 가뒀어요. 그러고는 밥도 안 주고 굶겨요. 이반이 참다 못해 소리쳤습니다.

"왕에게 왜 나를 가뒀는지 물어봐. 나는 아무도 해치지 않았다. 나를 이대로 두면 왕자가 위험해질걸."

그 말을 전해 들은 왕은 이반을 불러들였어요. 이반은 왕에게 길에서 있었던 일을 얘기하고 이렇게 덧붙였어요.

"지금 두 사람은 머리가 여섯 개, 아홉 개, 열두 개 달린 용들이 사는 곳으로 가고 있어요. 그들은 용을 물리치지 못할 겁니다."

그러자 왕은 암소의 아들을 풀어주면서 가서 형제들을 도우라고 했어요. 암소의 아들이 달려가 보니까, 두 사람은 감히 용 앞에 나서지 못하고 망설이고 있었습니다. 암소의 아들을 보더니만,

"어서 와, 큰형! 아무래도 형이 있어야겠어."

그러자 암소의 아들은 두 사람을 어느 오두막 근처로 데리고 갔어요. 병아리 다리에 수탉 머리 모양을 한 오두막이었습니다.

"오두막아, 오두막아. 머리를 이쪽으로 하고 꼬리를 숲 쪽으로 해서 돌아앉아라!"

그러자 오두막이 진짜로 방향을 바꿔서 돌아앉았어요. 머리 쪽이 입구예요. 안으로 들어가니까 먹을 것이 차려져 있고 침대와 이불도 있어요. 실컷 먹고서 잠자리에 들 때 암소의 아들이 말했습니다.

"오늘 밤에 머리가 여섯 달린 용이 나타날 거야. 누가 보초를 설지 정하자."

제비뽑기를 했더니 하녀의 아들 이반이 걸렸어요. 암소의 아들이 하녀의 아들을 보면서,

"정신 똑바로 차려야 해. 작은 주전자가 바다에서 뛰쳐나와서 춤출 거야. 그걸 쳐다보면 안 돼. 침을 탁 뱉고서 깨뜨려 버려."

하지만 하녀의 아들 이반은 그 말을 지키지 못했어요. 주전자가 춤추는 걸 넋 놓고 보다가 자기도 모르게 곯아떨어졌지요. 그때 암소의 아들 이반이 나섰어요. 동생이 못 미더워서 지켜보고 있었던 거예요. 그가 침을 뱉고서 주전자를 깨뜨리니까 오리가 꽥꽥거리고 땅이 갈라지면서 바닷물이 솟구쳐 올랐습니다. 머리 여섯 달린 용이었어요. 용은 아주 기세등등했지요. 하지만 암소의 아들을 보더니 기가 팍 꺾였어요. 암소의 아들은 철퇴를 휘둘러서 한 번에 용의 머리 세 개를 자르고, 또 한 번 휘둘러서 나머지 세 개도 박살 냈어요. 그러고는 용이 타고 있던 하얀 말을 하녀의 아들 이반의 다리에 매어놓았습니다. 아침에 하녀의 아들이 눈을 뜨더니,

"이것 봐. 형이 주전자를 보지 말라고 했지? 내가 보고 있었더니 이 말을 선물로 줬다구."

이렇게 큰소리치는 거예요. 암소의 아들은 그러려니 해요.

그날 밤 또다시 보초를 정하는데, 이번에는 왕자 이반이 걸렸어요. 암소의 아들은 왕자에게 똑같은 말을 해줬죠. 하지만 왕자 이반도 주전자를 넋 놓고 바라보다가 잠이 들었어요. 암소의 아들이 나서서 주전자를 깨뜨리니까 머리 아홉 달린 용이 나타났지요. 암소의 아들은 철퇴를 세 번 휘둘러서 용을 제압했어요. 그리고 용

이 탔던 말을 왕자 이반의 다리에 매어놓았어요. 왕자 이반이 아침에 잠에서 깨더니 말을 보면서 자랑을 해요.

"이것 보라구. 어제 얻은 것보다 훨씬 좋은 말이야!"

그날 밤 보초는 암소의 아들 몫이었어요. 그는 벽에 칼을 건 뒤 그 위에 수건을 걸쳤어요. 밑에는 접시를 받쳐놓고요.

"형제들, 자지 말고 있다가 수건에서 핏방울이 떨어지면 나를 구하러 달려와 줘."

밖으로 나간 암소의 아들은 긴장한 모습으로 바닷가를 거닐었어요. 주전자가 나타나서 춤을 추자 침을 뱉고서 박살 내버렸지요. 그때 나타난 건 머리가 열둘 달린 용이었습니다. 말을 타고서 달려오는데 기세가 아주 흉흉해요. 전날의 용들은 비할 바가 아니에요. 암소의 아들이 철퇴를 휘둘러서 머리 셋을 자르자 용이 곧바로 반격해서 암소의 아들을 쓰러뜨렸어요. 가까스로 일어난 암소의 아들은 다시 철퇴를 휘둘러서 머리 셋을 잘랐지요. 하지만 이어서 또 다른 머리 셋을 자를 때에 그의 철퇴도 부서졌어요.

그때 오두막 안의 수건에서 피가 뚝뚝 떨어졌습니다. 하지만 형제들은 곯아떨어져서 일어날 줄을 몰라요. 암소의 아들이 신발 한 짝을 집어 던져서 오두막을 부쉈지만 소용없었죠. 그러자 암소의 아들은 남은 신발 한 짝을 말들이 있는 마구간으로 던졌어요. 마구간이 부서지자 말 두 마리가 전속력으로 달려왔습니다. 그 서슬에 용은 말에서 떨어졌어요. 암소의 아들은 용에게 달려들어서 맨손으로 머리 셋을 박살 낸 다음 바위 사이로 쓰러졌어요.

두 동생은 아침이 되어서야 일어났어요. 보니까 오두막집은 산산조각이 나고 접시에 피가 흥건히 고여 있지 뭐예요. 마구간에는 말이 하나 늘어서 세 마리가 있었어요. 둘은 이리저리 형을 찾아봤지만 보이지 않았습니다.

"용하고 싸우다가 함께 죽었나 봐. 우리끼리 돌아가자."

두 사람이 말을 타고 떠나려 할 때 암소의 아들이 잠에서 깨어 다가왔어요.

"야, 나를 두고 떠나는 거야? 너희들이 누구 덕분에 살았는데. 힘들 때 도와주지도 않고 말이야."

그러자 둘은 형 앞에 엎드렸어요.

"용서해 줘, 우리의 큰형님!"

"신께서 알아서 용서하든가 말든가 하시겠지. 그런데 배고프지 않냐?"

암소의 아들이 오두막을 바라보면서 전처럼 되라고 외치니까 오두막이 살아 있는 것처럼 본모습으로 돌아갔어요. 안에 들어가니까 먹고 마실 게 가득해요. 세 사람은 배부르게 먹고서 함께 길을 떠났습니다. 그런데 중간에 암소의 아들이 말했어요.

"이런! 말채찍을 두고 왔네. 다시 가서 가져와야겠다."

"아니, 말채찍이 뭐 그리 대단한 거라고!"

"나한텐 소중한 거야. 천천히들 가고 있어."

암소의 아들은 오두막 있는 데로 돌아왔어요. 그러더니 파리로 변해서 오두막 안으로 들어가는 거예요. 그가 난로 위에 앉아 있을 때 무서운 요괴 바바야가가 들어와 앉았습니다. 이어서 며느리 셋이 차례로 들어와 앉았어요. 첫째 며느리가 하는 말이,

"암소의 아들 이반이 내 남편 머리 열두 개를 다 자르고서 죽였어요. 내가 뜨거운 들판에 샘으로 변해 있다가 그 녀석들이 마실 때 산산이 부서뜨리겠어요."

"그래. 내 아들을 죽인 녀석들이니 그렇게 당해도 싸."

"어머니, 암소의 아들이 내 남편도 죽였어요. 머리 아홉 개를 다 자르고요. 내가 앞질러 가서 과일나무의 열매가 돼서 달려 있겠어요. 그 녀석들이 열매를 따 먹는 순간 꽃씨처럼 흩날릴 거예요."

이어서 셋째 며느리가 말해요.

"어머니, 그가 내 남편도 죽였어요. 나는 길가의 오두막으로 변해 있다가 그들이 들어와 잠들면 박살 내버리겠어요."

"그래, 내 며느리들아. 만약 너희들이 실패하면 내가 달려가서 암퇘지로 변해가지고 그놈들을 다 잡아먹을 테다."

이 모든 말을 파리로 변한 암소의 아들이 다 들은 거예요. 그는 밖으로 나온 다음 본모습으로 돌아와서 동생들 있는 데로 달려갔어요. 다시 동생들을 만나서 한참을 가다 보니까 뜨거운 들판이 이어졌지요. 다들 갈증에 시달리는데 샘물이 나타났어요.

"수상한 물이야. 먹으면 안 돼!"

그러면서 암소의 아들은 칼로 샘을 내려쳤어요. 그러자 샘에서 붉은 피가 튀었습니다.

얼마간 또 가다 보니 웬 정원의 나무에 탐스러운 사과들이 달려

있어요. 왕자 이반이 열매를 따 먹으려고 하니까 암소의 아들이 가로막으면서,

"수상해. 여기 이런 나무가 있는 게 말이 안 되잖아? 내가 살펴봐야겠어."

그는 칼을 휘둘러서 나무를 베었어요. 나무에서는 피가 흘렀죠. 그런데도 동생들은 열매를 못 먹은 걸 속상해해요.

또 길을 가던 세 사람은 날이 저물 무렵에 오두막을 발견했어요. 마침 비가 내려요. 두 동생이 오두막으로 들어가려 하니까 암소의 아들이 가로막고는 칼을 휘둘러서 오두막을 무너뜨렸어요. 오두막에서 이리저리 피가 튀었지요. 그런데도 동생들은 그곳에서 편히 자지 못한 걸 속상해해요.

세 사람은 공터에 천막을 치고서 밤을 보낸 뒤 다시 길을 나섰어요. 가다 보니까 갈림길이 나와요.

"형, 원하는 길을 선택해. 그러면 우리는 다른 길로 가겠어."

암소의 아들 이반이 왼쪽 길로 가니까 동생들은 오른쪽 길로 갔어요. 암소의 아들은 마을에 다다른 뒤 근처의 대장장이들을 다 불러모았지요. 그리고 대장간에 큰 철판을 깔게 했어요. 쇠막대기 열두 개를 시뻘겋게 달궈놓게 하고요.

"좀 있다 커다란 암돼지가 와서 범인을 내놓으라고 할 겁니다. 안 그러면 모두 죽이겠다면서요. 그러면 잘 알았다면서 이 철판 위로 혀를 내밀게 하세요. 거기다가 범인을 올려놓겠다고요."

말을 마치기 무섭게 거대한 암돼지가 달려왔어요. 당장 자식을

죽인 범인을 내놓으라고 소리치니까 대장장이들은 암소의 아들이 알려준 대로 했어요. 암돼지는 철판 위에 기다란 혀를 내밀었죠. 그때 암소의 아들이 달려들어서 혀를 꽉 붙잡더니만,

"어서 쇠막대기로 돼지를 두들겨 패세요!"

대장장이들이 달군 쇠막대기로 마구 공격하니까 암돼지가 죽을 지경이지요.

"이봐, 암소의 아들! 내가 잘못했어. 살려줘!"

"그러게 왜 내 동생들을 잡아먹었어? 지금 당장 토해내!"

그러면서 암소의 아들은 암돼지의 두 귀를 양쪽으로 잡아당겼어요. 암돼지는 입을 벌리고서 하녀의 아들 이반과 왕자 이반을 차례로 토해냈지요. 다행히 두 사람은 죽지 않고 살아 있었어요. 암소의 아들 이반은 암돼지를 높이 들었다가 땅바닥에 힘껏 내동댕이쳤습니다. 그러자 암돼지는 무수한 악령으로 흩어져 버렸어요.

암소의 아들 이반이 동생들에게 말했어요.

"너희들이 어디에 있다가 왔는지 이제 알겠냐?"

"어쩐지 앞이 캄캄해서 움직일 수 없더라구."

"고마워, 형. 우리를 용서해 줄 거지?"

"신께서 알아서 용서하든가 말든가 하시겠지. 일단 가자고."

세 사람은 다시 나란히 말을 타고서 길을 나섰어요. 그 뒤에도 무슨 일이 더 있었나 본데, 저는 여기까지만 들었어요. 이야기하던 사람이 말채찍을 가지러 가는 바람에요. 아마도 셋은 오래오래 떨어지지 않고 함께 살았을 것 같아요. 본래 한 몸이었으니까요.

이야기에 대한 이야기

통이 형, 이 이야기 좀 특이하다. 뭔가 남성적이고 야성적인 느낌?

이반 좀 그렇지? 러시아 민담의 특징이야.

통이 근데 이반 형의 전생은 누구? 왕자 이반이야, 암소의 아들 이반이야? 혹시 하녀의 아들 이반? 하하.

이반 그 모두일지도! 내 안에 여러 인격이 있거든.

뭉이쌤 재미있는 말이네. 세 사람이 생일도 같고 모습도 같고 이름도 같잖아? 그러니까 한 사람의 여러 모습으로 볼 가능성이 충분해.

이반 그러니까요! 그중 암소의 아들이 제일 중요한 존재이고 리더라는 걸 어떻게 받아들여야 할지 고민 중이에요. 창꼬치의 내장을 먹고 태어난 존재인데 내장이 그리 중요한 건지…….

뀨 아재 생선 내장이 보기는 좀 그래도 맛있기는 하지. 하하.

로테 이모 생선 내장이 사람으로 치면 심장이나 간 같은 거니까. 옛사람들은 그걸 에너지의 원천으로 봤는지도 모르겠어요.

뭉이쌤 그럴 수 있지요.

연이 저는 암소의 아들이나 하녀의 아들이 구박받을 줄 알았어요. 그런데 왕자보다 형이 돼서 놀라웠어요. 꽤 민주적인 것 같아요. 시합을 해서 형을 가리는 것도 그렇고요.

통이 오오, 남성적이고도 민주적인 이야기! 근데 용들의 아내 입장에서는 좀…….

이반 나도 그 부분이 좀 걸렸어. 남편의 원수를 갚으려던 아내들이 속절없이 죽어 나가는 거. 아군이 아닌 적이라고는 하지만…….

뀨 아재 그런 게 인생이야. 모두가 잘될 수는 없는 법이지. 모두 내 편이 될 수도 없는 거고.

연이 뭔가 더 깊이 생각해 볼 문제 같아요.

퉁이 근데 병아리 다리에 수탉 머리를 한 오두막이라니, 그건 좀 황당했어요. 춤추는 주전자도요. 쌤, 그건 뭘까요?

뭉이쌤 앗, 안 물어보기를 바랐는데. 재미있기는 한데 해석이 쉽지는 않은 것 같아. '자연은 살아 있다!' 이런 정도밖에…….

로테 이모 주전자가 춤추는 걸 보면 홀려버리잖아요? 뭔가 환각 같은 게 떠올랐어요. 진짜가 아닌 가짜요.

뭉이쌤 그러네요. 솟구치는 바닷물을 주전자 속의 물로 본다면 착각 중의 착각이지요. 인간의 오만 같은 것일 수도 있겠어요. 사람에게서 태어난 두 명이 홀리는 것도 그렇고요.

이반 그럼 내가 TV나 스마트폰에 자꾸 홀리는 것도? 암소의 아들이 더 힘을 내게 해야겠어요. 하하.

뀨 아재 너무 왕자 이반이랑 하녀의 아들을 혼내지는 말고, 잘 조화롭게!

이반 넵!

뭉이쌤 이제 뀨 아재가 이야기 하나 하셔야지요. 재미있는 걸로요.

연이·퉁이 우와!

꾸 아재

지금 주제가 '거침없이 씩씩하게 살아가는 나' 맞지? 마침 그 주제에 어울리는 재미있는 이야기가 있어. 스웨덴 민담이야. 못죽이라고 들어봤니? 먹는 건데, 못으로 만든 죽이야. 하하. 지상 최고의 요리라고나 할까? 하여튼 살면서 한 번도 먹어보기 힘든 귀한 거야. 이야기 속에 레시피가 있으니까 꼭 한번 만들어서 먹어보렴.

나그네의 못죽

✴

스웨덴 민담

옛날에 한 젊은 나그네가 혼자서 깊은 숲속을 걷고 있었어. 날이 막 저물어가고 있었지.

“오늘은 어디서 묵는담? 나무 밑에서 자야 하나?”

그때 멀리서 불이 켜진 오두막이 눈에 들어오는 거라. 나그네는 반갑게 다가갔어. 보니까 창 안으로 화로에 불이 활활 타오르는 게 보여. 나그네가 문을 두드리니까 어떤 할머니가 나오더니만,

“여긴 웬일이우? 어디서 오는 거야?”

나그네는 활짝 웃으면서 말했어.

“태양의 남쪽, 달의 동쪽에서요. 집에 돌아가는 길이에요. 이 동네 빼고 다른 데는 다 돌아다녔지요. 여기서 하룻밤 묵어갈 수 있을까요?”

그런데 이 할머니가 생긴 것만큼이나 냉정해.

“보다시피 여기는 여관이 아니라서. 게다가 나는 남편도 없이 혼자거든. 집에는 쌀 한 톨도 없고 말야. 그냥 다른 데를 알아보슈.”

그러면서 그냥 문을 닫으려고 해. 이때 나그네는 웃는 얼굴로 말했어.

“그냥 마룻바닥도 좋아요. 밤이슬만 피하게 해주세요. 어제도 나무 아래서 잤거든요. 하하.”

그러니까 밀쳐낼 수가 없지. 할머니는 할 수 없이 나그네를 들이고는 진짜로 마룻바닥 구석을 가리키면서 거기 묵으라고 했어. 방이 없는 것도 아닌데 말야.

“오우, 최고입니다! 산속에서 떠는 것보다 천 배쯤 나아요. 정말 감사해요.”

나그네가 집 안을 이리저리 둘러보니까 겉보기와는 달라. 웬만한 살림 도구는 다 있고, 부엌에 식재료도 이것저것 걸려 있고 말야. 근데 할머니는 젊은이가 들어온 게 영 못마땅해. 뭐라고 자꾸 툴툴거리는데, 그 소리가 다 들려.

“아주머니, 혹시 먹을 건 없을까요?”

“뭔 소리유? 나도 온종일 죽 한 그릇 구경 못 했는데!”

그러니까 나그네가 안쓰러운 표정을 지으면서,

“저런! 그러셨군요. 그럼 제가 먹을 것을 나누어드릴게요. 여기저기 다니면서 얻은 멋진 레시피가 많거든요. 냄비는 하나 빌릴 수 있겠죠?”

할머니는 나그네의 말이 아주 미심쩍지. 그래도 냄비가 없다고는 못 해. 낡은 냄비를 꺼내서 주니까 나그네가 물을 넉넉히 부어서 화로에 올려놔. 그러더니 배낭에서 기다란 대못 하나를 꺼내지 뭐야. 그걸 잘 닦더니 세 번 돌리고서 냄비에 집어넣는 거라.

"아니, 지금 뭐 하는 거유?"

"예, 못으로 죽을 끓이려고요."

그러면서 나그네는 부젓가락으로 냄비를 휘휘 저었어.

"못죽이라니, 생전 처음 보는군. 가난한 사람들이 먹는 건가 봐. 이게 어떻게 죽이 된담?"

할머니는 궁금증이 나서 옆에 앉았어. 대체 뭔 짓을 하려는지 궁금하지 않겠어? 나그네가 한참 동안 냄비를 젓더니만,

"이거 참! 일주일 내내 같은 못으로 끓였더니 죽이 너무 묽겠어요. 아주머니도 드려야 하는데 말이죠. 혹시 밀가루 없을까요?"

그러자 할머니는 찬장을 뒤져서 밀가루를 가져왔어. 나그네가 밀가루를 냄비에 넣고서 젓다가 할머니를 향해 미소를 보내면서,

"사실 이 정도로도 훌륭해요. 하지만 쇠고기하고 감자를 조금 넣으면 더 맛있을 텐데요. 뭐 신경 쓰실 필요는 없어요. 하하."

그 말을 들으니까 또 궁금해지지. 할머니는 조금 남아 있던 쇠고기와 감자를 가져다줬어. 나그네가 그걸 넣고서 젓더니만,

"보세요! 최상급이죠? 여기 보리랑 우유가 좀 들어가면 왕에게 바쳐도 될 텐데요. 제가 전에 왕궁 요리사 밑에서 일했었거든요."

"어머, 미처 몰랐네."

그러면서 할머니는 보리하고 우유를 꺼내 왔어. 나그네는 그걸 냄비에 넣고서 다시 열심히 저었지. 한참을 젓더니 죽이 끓으니까 냄비에서 못을 꺼내고선,

“유후, 완성입니다. 이것 보세요. 최고급 죽이에요.”

할머니가 보니까 죽이 아주 그럴싸하지.

“왕과 왕비는 이런 요리를 먹을 때면 식탁보를 깔고서 와인과 샌드위치를 곁들이는데…… 하지만 없는 사람들은 못 할 일이죠.”

그러니까 할머니가 최상급 식사가 욕심나는 거야. 그래서 식탁보를 깔더니 이것저것 다 내오기 시작했어. 와인과 글라스, 버터와 치즈, 송아지 고기까지 말이지. 거기에다 메인 요리로 따끈따끈한 못죽이 놓이니까 아주 그럴듯하지. 할머니는 젊은 나그네하고 마주 앉아서 음식을 맛있게 먹었어. 할머니가 수십 년 사이에 해본 가장 우아하고 맛있고 놀라운 식사야. 그렇지 않겠어? 대못

하나로 이루어진 식사니까 말야. 하하.

식사를 마친 할머니는 좋은 저녁 자리를 마련해 준 나그네가 더없이 고마웠어. 나그네가 마룻바닥에 누우려고 하니까,

“귀한 손님을 여기서 묵게 할 수는 없지. 마침 빈방에 침대가 있으니 들어가서 편히 쉬구려.”

그러자 나그네가 활짝 웃으면서,

“아주머니, 오늘이 꼭 성탄절 같아요. 이렇게 좋은 분을 만나다니 엄청난 행운이에요. 역시 사람은 마음이 통하는 사람을 만나야 한다니까요. 편안히 쉬세요. 좋은 꿈 꾸시고요.”

나그네는 이렇게 말하고 단잠에 빠져들었어. 푹 자고서 아침에 눈을 뜨니까 좋은 냄새가 솔솔 풍기는 거라. 보니까 식탁에 브랜디를 곁들인 따뜻한 커피가 놓여 있는 거야. 그다음은 샐러드를 곁들인 샌드위치. 나그네가 아침을 먹고 길을 나서려고 하니까 할머니는 손에 금화 한 닢까지 쥐어 주었어.

“너무나 소중한 걸 알려줘서 정말 고마워. 못으로 죽을 끓이는 법을 알았으니 앞으로는 편히 살 수 있겠어.”

“네, 알고 보면 정말 간단한 일이에요. 저도 많은 걸 배우고 갑니다. 안녕히 계세요.”

할머니는 문간에 서서 나그네 모습이 사라질 때까지 눈을 떼지 않고 지켜봤단다.

“저렇게 훌륭한 사람은 흔하지 않지. 암, 그렇고말고!”

이야기에 대한 이야기

통이 뭐지? 이거 할머니가 완전 사기를 당한 건가요?

연이 뭐야, 오빠! 그게 왜 사기야? 할머니에게 최고의 친절을 베푼 거지.

로테 이모 그래. 그건 할머니에게 최고의 저녁이었을 거야. 이렇게 멋진 젊은이와의 우아한 식사, 언제 또 해보겠니? 평생 잊지 못할 것 같은데.

통이 하지만 나그네에게 속았다는 걸 깨달으면…….

연이 오빠는 진짜로 이 할머니가 끝까지 속아서 그런 거라고 생각하는 거야?

통이 오오, 그럼 중간에 이미 눈치를 챈 거라고? 그런 거예요, 아재?

뀨 아재 그거야 나도 모르지. 나는 그냥 이야기를 전할 뿐. 하하하.

통이 아, 왠지 나만 바보 된 거 같아요. 마치 요리 당하는 대못이 된 것 같은 기분! 크크.

이반 나그네가 젊은 사람인데 수완이 대단한 것 같아요. 저런 재능은 타고난 걸까요?

뭉이쌤 그럴 수도 있지만 살면서 터득한 걸 수도 있지. 젊은 나그네가 여러 곳을 다녔다고 했잖아? 태양의 남쪽과 달의 동쪽까지 말이야. 여행은 많은 걸 가르쳐주지.

로테 이모 맞아요. 저런 사람이라면 함께 여행하고 싶네요. 목적지 없는 건기 여행으로요.

뭉이쌤 순례 여행자들은 그렇게 얘길 해요. 등에 짊어진 배낭의 무게가 삶의 무게라고요. 나그네의 배낭은 아주 가벼웠겠지요. 못 하나랑 또 뭐가 들었으려나?

이반 침낭 하나쯤은 있지 않았을까요? 나무 밑에서도 묵으려면.

뭉이쌤 그래. 꼭 필요한 무언가는 있었겠지. 웬만한 건 움직이면서 찾았을 거고.

통이 거기 뭔가 인정(人情)이 가득 담기지 않았을까요?

연이 오호, 그 말 멋지다. 거기에 추가한다면, 소중한 경험들?

통이 뭐야, 네 말이 더 멋지잖아!

뀨 아재 이렇게 우리의 경험치가 또 늘어갑니다.

이반 인정도요!

뭉이쌤 경험치라면 약손할배시잖아요! 말없이 듣고만 계신 할배님, 이제 드디어 순서가 됐어요. 원래 진짜는 맨 뒤에 나타나잖아요?

일동 이야기해 주세요.

약손할배 그럼 내가 이번 스테이지를 마무리하는 이야기를 한번 해보도록 하지.

약손할배

이 할배가 이야기 하나 할게. 내가 오래 살아보니까 나이가 많다고 현명한 건 아니더군. 못죽을 끓인 나그네만 해도 젊은 사람이었잖아? 어린 나이에도 세상사 이치를 멋지게 깨닫고 그걸 실천하는 사람들이 있어. 그런 이들을 보면서 참 많이 배운단다. 내가 연이와 퉁이, 이반한테도 많은 걸 배우는 거 알지? 이렇게 젊은 사람들하고 마음을 나누는 것 자체가 큰 행복이야. 아무튼, 앞에서 이반이 삼형제 이야기를 했잖아? 나는 자매 이야기를 해볼게.

흰눈이와 빨간장미

✳

독일 민담

옛날에 한 여자가 남편이 죽은 뒤 오두막에서 가난하게 살고 있었어요. 집 앞의 정원에는 장미나무 두 그루가 있었죠. 한 나무에는 눈처럼 새하얀 꽃이 피고, 또 한 나무에는 피처럼 빨간 꽃이 가득 피어났어요. 그 집에는 딸이 두 명 있었는데, 한 아이는 하얀 눈을 닮았고 한 아이는 빨간 장미를 빼닮았어요. 그래서 이름도 흰눈이와 빨간장미였대요.

자매는 믿음이 깊고, 착하고, 부지런했어요. 하지만 성격은 아주 달라요. 빨간장미가 들판을 뛰어다니면서 꽃을 찾고 나비를 잡을 때, 흰눈이는 집에서 엄마를 돕거나 책을 읽었죠. 하지만 사이는 아주아주 좋았답니다. 밖에 나갈 때면 늘 손을 꼭 잡고 다닐 정도였어요.

"우리 서로 헤어지지 말자."

"그래. 사는 동안 절대로 헤어지지 않는 거야!"

얘들이 늘 이렇게 말하곤 했대요. 그러면 엄마가 보고 있다가 한마디를 보태죠.

“누구든 무엇을 얻게 되면 꼭 둘이서 똑같이 나누어 가져야 한다. 알겠지?”

“네, 엄마!”

두 아이는 함께 숲속을 다니는 걸 무척 좋아했어요. 산딸기를 찾아서 따 모았지요. 이 아이들을 해치려는 짐승도 없었어요. 다들 다정하게 모여들어서 친구가 돼주는 거예요. 토끼는 애들이 주는 양배추 잎을 받아먹고, 노루는 옆에서 풀을 뜯었죠. 새들은 나뭇가지에 앉아서 노래를 불러주고요. 그러다 보니 애들이 겁이 없어요. 따뜻한 날이면 푸른 이끼 위에 누워서 밤을 보내기도 했대요. 그러면 아기 천사가 살짝 내려와 애들을 지켜줬어요.

흰눈이와 빨간장미가 사는 집은 늘 깔끔했어요. 여름에는 빨간장미가 꽃다발로 집을 장식하고, 겨울에는 흰눈이가 불을 지피고서 솥을 걸어요. 솥을 얼마나 잘 닦았는지 황금처럼 반짝반짝해요. 밤이면 엄마가 아이들에게 책을 읽어줬답니다. 두 아이에게는 더없이 행복한 시간이지요. 옆에는 어린 양이 눕고, 횃대에는 비둘기가 앉아서 졸아요.

그러던 어느 날 저녁이었어요. 여느 때처럼 세 식구가 다정하게 모여 있는데 누가 현관문을 똑똑똑 두드리는 거예요. 찾아올 사람이 없는 시간인데 말이죠.

“애들아, 가서 문을 열어주렴. 아마도 쉴 곳을 찾는 나그네인가 보구나.”

그러자 빨간장미가 쪼르르 달려가서 빗장을 벗기고 문을 열었어요. 그런데 찾아온 이는 나그네도 아니고 걸인도 아니었어요. 커다란 검은 곰이 안으로 몸을 쑥 들이민 거예요. 빨간장미는 비명을 지르면서 물러섰어요. 양은 매애애애 울고 비둘기는 푸드드득. 흰눈이는 얼른 엄마 침대 뒤로 숨었어요.

그때 곰이 입을 열어서 말하는 거예요.

"무서워하지 말아요. 아무 짓도 안 할게요. 꽁꽁 언 몸만 조금 녹일 거예요."

보니까 어리고 순한 곰이에요. 엄마가 말했어요.

"불쌍한 처지로구나. 어서 난롯가에 가서 앉으렴. 털에 불이 붙지 않게 조심하고."

그러자 곰이 아기처럼 순순히 따르는 거예요.

"흰눈아, 빨간장미야. 이리 나와도 돼. 곰은 너희들을 해치지 않을 거야."

아이들이 다가오니까 곰이 말했어요.

"애들아, 내 털에서 눈을 좀 털어줄래?"

자매는 먼지떨이를 가져와서 곰의 털가죽을 깨끗이 털었어요. 얼었던 몸이 녹으니까 곰은 몸을 쭉 펴고서 함박웃음을 지었지요. 그들은 금세 친해졌답니다. 아이들이 짓궂게 장난을 쳐도 곰은 다 웃으면서 받아줬어요. 아이들의 장난은 점점 심해졌지요. 그러자 곰이 이렇게 말하는 거예요.

"아이고, 애들아! 자꾸 이러다가는 신랑 맞아 죽겠다."

신랑이라는 말에 아이들은 손을 입에 대고서 깔깔깔깔. 웬일이니, 하면서 빨간장미가 등짝 스매싱 한 방! 곰은 괜히 아픈 척 아야야야!

그 뒤로 곰은 아침에 나갔다가 저녁이면 오두막으로 와서 세 사람과 시간을 보냈어요. 늘 두 소녀가 원하는 대로 다 놀아줬답니다. 그러다 보니 한 가족이나 마찬가지예요.

어느덧 겨울이 가고 새싹이 파릇파릇 돋아나는 봄이 됐어요. 어느 날 아침, 곰이 흰눈이에게 말했답니다.

“이제 이곳을 떠나야 해. 다시 겨울이 되기 전까진 돌아오지 않을 거야.”

“이렇게 갑자기 떠난다고? 어디로 가는데?”

“숲으로 가서 나쁜 난쟁이들로부터 보물을 지켜야 해. 봄이 오면 난쟁이들이 땅속에서 나와서 보물을 훔쳐 가거든. 한번 훔쳐 가면 동굴 속에 꽁꽁 감추기 때문에 찾기가 아주 어려워.”

자매는 곰과 헤어지기 싫었지만 어쩔 수 없었답니다. 곰도 제 나름의 생활이 있는 거니까요. 곰은 자매를 향해 손을 흔든 뒤 성큼성큼 달려가서 나무들 속으로 사라졌어요.

어느 날, 흰눈이와 빨간장미는 땔나무를 모으러 숲으로 들어갔어요. 늘 하던 일이지요. 가다가 보니까 커다란 나무 하나가 바닥에 쓰러져 있어요. 그런데 그 곁에서 뭔가가 폴짝폴짝 뛰고 있지 뭐야. 다가가서 살펴보니까 난쟁이예요. 자그마한 늙은 난쟁이가 나무 틈에 수염이 끼어서 끙끙대는 거예요. 그 수염이 몸보다도 훨씬 길어요.

"뭐야? 그렇게 웃으면서 보고만 있을 거냐? 빨리 좀 도와!"

그러자 빨간장미가 물었어요.

"난쟁이 아저씨, 어쩌다가 이렇게 된 건데요?"

그러자 난쟁이가 얼굴을 잔뜩 찌푸리면서 소리쳐요.

"너희들 바보구나. 내가 이 나무를 장작으로 만들려고 쐐기를 박아놨는데, 이 빌어먹을 것이 너무 매끄러워서 쐐기가 튀어나왔지 뭐냐. 그러면서 이 멋진 수염이 꽉 끼어버린 거라구. 나는 이렇게 붙잡혀서 미칠 지경인데 너희들은 웃음이 나와? 버릇없는 것들 같으니라구!"

하여튼 괴팍하기 짝이 없어요. 어떻든 곤경에 처한 상황이니까 도와야지요. 자매는 나무 틈에 낀 수염을 빼려고 이리저리 애를 써봤어요. 하지만 아무리 해도 빠지질 않아요. 그때 흰눈이가 주머니에서 가위를 꺼내가지고 나무에 낀 수염을 싹둑 잘랐답니다. 덕분에 난쟁이는 나무로부터 해방됐죠. 하지만 난쟁이는 기분이 조금도 나아지지 않았어요.

"너희들 지금 무슨 짓을 한 거냐? 감히 내 멋진 수염을 자르다니. 에잇!"

얼굴이 빨개지도록 화를 내더니 나무뿌리 사이에 숨겨뒀던 금자루를 둘러메고서 사라지는 거예요. 뭐라 뭐라 자꾸 궁시렁 궁시렁 하면서 말이지.

그로부터 얼마 지나지 않은 날, 흰눈이와 빨간장미는 반찬거리를 마련하려고 시냇가로 물고기를 잡으러 갔어요. 그런데 커다란 메뚜기 같은 게 물속으로 뛰어들 것처럼 팔딱대고 있는 거예요. 흰눈이와 빨간장미가 달려가서 보니까 전에 만났던 그 난쟁이에요. 긴 수염이 낚싯줄에 엉켜서 물로 끌려 들어가기 직전이에요. 난쟁이가 물고기를 낚는 게 아니라 물고기가 난쟁이를 낚는 꼴이었답니다.

"얘들아, 빨리 안 돕고 뭐 해? 빨리!"

난쟁이는 날카롭게 소리쳤어요. 흰눈이와 빨간장미는 그에게 다가가서 낚싯줄에 얽힌 수염을 풀기 시작했죠. 근데 이게 완전히 꽁꽁 얽혀서 풀리지가 않아요. 이러다가 난쟁이가 물에 빠져서 죽게 생겼죠. 흰눈이는 가위를 꺼내서 줄에 얽힌 수염을 싹둑 잘랐답니다. 덕분에 난쟁이는 무사히 살아날 수 있었어요. 그런데 난쟁이가 이번에도 은혜를 모르고 난리법석을 치는 거예요.

"남의 얼굴을 망치는 게 너희들 취미냐? 내 수염에서 제일 멋진 부분을 잘라내다니! 이래가지고 어떻게 모임에 나가란 말이야? 에잇! 신발 밑창이 닳아 없어지도록 멀리 꺼져버려!"

아주 씩씩대면서 화를 내고는 갈대숲에 숨겨뒀던 진주 자루를 꺼내어 질질 끌고서 바위 뒤로 사라졌답니다.

그로부터 시간이 지난 또 다른 날이었어요. 엄마는 자매에게 도시에 가서 실과 바늘과 옷감을 사 오라고 시켰어요. 도시에 가려면 바윗덩이들이 흩어져 있는 황야를 지나야 했지요. 자매가 그곳을 지나가는데, 하늘에서 커다란 새가 빙빙 돌고 있어요. 그러더니 갑자기 어느 바위 근처로 쭉 내리꽂히는 거예요. 그와 동시에 날카로운 비명 소리가 허공을 갈랐어요.

"으아악! 살려줘!"

자매가 놀라서 달려가 보니까 독수리가 두 발로 난쟁이를 움켜잡고 있지 뭐예요. 전에 숲에서 만나고 시내에서도 만났던 그 난쟁이였어요.

"얘들아, 제발 나 좀 도와줘."

눈물까지 흘리는데 그 모습이 아주 불쌍해요. 자매는 그냥 지나칠 수 없었답니다. 난쟁이를 꽉 붙잡고서 독수리와 한참 동안 실랑이를 했지요. 결국 독수리는 먹이를 포기하고 날아갔어요. 난쟁이가 흰눈이와 빨간장미 덕분에 또 살아난 거예요.

이번에 난쟁이는 두 아이에게 어떻게 했을까요?

"뭐야? 또 너희들이야? 일을 그렇게밖에 못 하겠어? 마구 잡아당기는 바람에 귀한 옷이 다 찢어졌잖아! 짜증나는 녀석들 같으니라구. 에잇!"

글쎄, 이렇게 버럭버럭 화를 내요. 물에서 건져놓으니까 보따리 내놓으라는 격이지. 난쟁이가 한참을 혼자 씩씩대더니 보석 자루를 챙겨 들고서 바위 아래에 있는 동굴로 들어가요. 아마도 거기가 자기 집인가 봐요.

그러자 두 아이는 어떻게 했을까요? 흰눈이와 빨간장미는 이미 난쟁이의 배은망덕한 행동에 익숙해 있어서 그러려니 해요. 둘은 생글생글 웃으면서,

"저 난쟁이 아저씨는 원래 그런 사람이야. 하하. 가자!"

"그래. 빨리 시장에 가서 예쁜 물건 구경하자!"

그러면서 자매는 그곳을 떠나서 시내로 나가 볼일을 봤답니다. 엄마가 말한 것들도 사고 시장도 여기저기 잘 구경했지요. 그러고는 손을 잡고서 노래를 부르며 돌아오는 거예요. 둘이 다시 황야를 지나오면서 보니까 난쟁이가 바위 근처에 보석을 펼쳐놓고 꾸벅꾸벅 졸고 있어요. 얘가 인기척을 느끼고 눈을 뜨더니 흠칫 놀라서 아주 생난리를 쳐요.

"뭐야! 너희들 언제 왔어? 지금 내 보석을 노리고 있는 거지? 어딜 감히!"

쭉 펼쳐놓았던 보석을 급히 자루에 담으면서,

"너희들 이런 거 하나라도 있어? 한 번도 만져보지 못했을걸. 이 얼간이 바보들아!"

아주 얼굴이 시뻘게져서 욕을 해요. 아이들은 가만히 있는데 말이지.

그때였어요. 어디서 으르렁 으르렁 소리가 들려오는가 싶더니 검은 곰이 난쟁이에게 펄쩍 뛰어들었어요. 곰은 상대가 미처 피할 틈도 없이 커다란 발로 몸을 꾹 눌렀지요. 난쟁이는 혼비백산해서 어쩔 줄 몰랐어요.

"아이고, 곰 어르신! 목숨만 살려줍쇼. 그러면 이 보석들을 다 드리겠습니다. 평생 동안 모은 보물이에요. 보세요. 이런 빼빼 마른 몸을 먹어본들 뭐 하겠습니까? 저기 보드랍고 통통한 여자애들을 잡아먹으세요."

그 말을 들은 곰은 화가 머리끝까지 솟구쳐서 발을 쾅 내리찍었어요. 그 한 방으로 끝이었답니다. 난쟁이는 이제 영원히 입을 열지 못하게 됐어요.

그 모습을 보니까 흰눈이와 빨간장미가 무섭고 끔찍해요. 자매가 자리를 피해서 달아나려고 할 때 곰이 말했답니다.

"흰눈아, 빨간장미야. 거기 서봐. 나야 나!"

자매가 들으니까 낯익은 목소리예요. 돌아서서 자세히 보니까 자기 집에서 겨울을 함께 지낸 친구지 뭐예요. 흰눈이와 빨간장미는 반갑게 웃으면서 곰에게 다가갔어요. 그런데 그때 무슨 일이 벌어졌을까요? 갑자기 곰이 빙그르르 몸을 움직이는가 싶더니 가죽이 홀떡 벗겨진 거예요. 그러더니 곰 가죽 안에서 멋진 청년 하나가 쑥 나왔답니다. 몸에서 금빛이 반짝반짝. 얘가 아주 절세 꽃미남이에요.

"어머, 이게 어떻게 된 일?"

그러자 청년이 환하게 웃으면서,

"응…… 사실 나는 이 나라의 왕자야. 이 못된 난쟁이의 저주에 걸려들어서 곰이 돼버렸지. 이제 난쟁이가 힘을 잃는 바람에 원래 모습으로 돌아온 거야. 다 너희들 덕분이지. 정말 고마워!"

흰눈이와 빨간장미는 모든 일이 꿈만 같았어요. 어떻든 친구가 원래 모습으로 돌아왔으니까 잘된 일이죠. 둘은 행복하게 활짝 웃었답니다.

그 뒷이야기가 어떻게 됐을지는 대략 짐작할 수 있겠죠? 왕자는 자매 중 한 사람과 결혼했어요. 누구? 그래요, 흰눈이! 빨간장미는 어떡하냐고요? 빨간장미는 왕자의 동생하고 결혼했답니다. 그 사람도 왕자죠. 그는 형과 달리 차분하고 침착한 사람이었어요. 흰눈이하고 비슷한 스타일이야.

그 뒤로 두 자매는 죽는 날까지 서로 헤어지지 않고 사이좋게 잘 살았답니다. 그들이 사는 집에는 때가 되면 어김없이 아름다운 꽃이 피어났지요. 눈처럼 하얀 장미와 피처럼 붉은 장미가 멋지게 어울렸어요. 왕자들이 심은 노랑, 주황, 초록, 분홍, 파랑, 각색 꽃들도 조화롭게 피어났다고 해요.

이야기에 대한 이야기

연이 할아버지, 너무 좋아요. 마음이 따뜻해졌어요.

통이 저도요!

뀨 아재 자매가 참 대단하네요. 약손할배님 말씀대로 아이들한테서 배워야 할 것 같습니다.

뭉이쌤 맞아요. 나 같아도 이 아이들처럼 못 했을 거예요. 화가 나서 곰처럼 됐을지 몰라요.

통이 오오, 왕자가 그래서 곰이 됐던 건가요? 난쟁이 때문에 스트레스를 받아서?

뭉이쌤 그렇지 않을까? 그게 바로 저주니까 말야.

연이 흰눈이랑 빨간장미는 난쟁이가 계속 저주를 걸어도 걸리지 않은 거네요?

뭉이쌤 그렇지. 왕자는 그들을 보면서 저주에서 벗어나는 방법을 찾은 거고.

이반 정말 아주 쿨해요. 할 일은 하고, 스트레스는 안 받고.

로테 이모 그러게. 나도 예전에 진상 손님을 상대해 봤는데, 마음 다스리기가 참 어렵더라고. 다시 찾아왔을 때는 아예 못 본 척했어.

연이 할아버지, 흰눈이랑 빨간장미는 어떻게 늘 즐겁고 씩씩할 수 있었던 걸까요?

약손할배 글쎄. 혼자가 아니고 둘이라는 게 힘이 되지 않았을까?

퉁이 잠깐! 한 아이는 하얗고 한 아이는 빨갛잖아요? 서로 다른 힘의 조화인 거네요?

뭉이쌤 바로 그거야! 곰이 빨간장미가 아닌 흰눈이와 결혼한 것도 우연이 아니지. 자기에게 부족한 침착함을 흰눈이에게서 봤기 때문이 아닐까?

퉁이 오호. 그래서 왕자가 성격이 차분한 동생을 빨간장미와 연결해 준 거네요!

이반 근데 꼭 서로 달라야만 조화가 되는 건 아니잖아요? 닮은 사람도 좋은 짝이 될 수 있을 것 같은데…….

뭉이쌤 그렇지. 서로의 장점을 어떻게 잘 살려서 조화를 이루어내는가가 중요하겠지.

퉁이 휴우, 다행이다. 내가 연이랑 닮은 면이 있어서 짝으로 안 어울리나 했거든요. 하하.

연이 흥! 나 오빠하고 하나도 안 닮았거든!

뀨 아재 하하. 둘이 말하는 게 좀 닮기는 했네.

연이 아저씨!

뀨 아재 좋은 친구로 서로 도우면서 오래도록 함께!

이반 우리 모두 다요. 즐거운 옛이야기로 지금처럼 항상 영원히!

일동 브라보!

storytelling time.
나도 이야기꾼!

기본 스토리텔링

이번 스테이지에서 만난 이야기 중 가장 마음에 드는 것을 골라서 다음과 같은 단계로 스토리텔링 활동을 해보자.

step 1: 책에 쓰인 그대로 이야기를 소리 내어 읽는다.

step 2: 책에 쓰인 그대로 이야기를 소리 내어 읽되, 가상의 청자에게 말해주듯이 읽는다.

step 3: 청자에게 이야기를 전달하되, 틈틈이 책을 참고한다.

step 4: 청자에게 이야기를 전달하되, 책을 참고하지 않는다.

step 5: 청자에게 이야기를 전달하되, 표현과 내용을 조금씩 자신의 방식대로 바꿔본다.

step 6: 완전히 내 것이 된 이야기를 구연 환경과 청자의 성향에 맞춰 내용과 표현을 자유자재로 조절하며 전달한다.

이야기별 재창작 스토리텔링

다음은 이번 스테이지에서 만난 이야기들에 대한 활동거리이다. 이 중 하나 이상을 골라 스토리텔링 활동을 해보자.

<내 복에 사는 나, 감은장아기>

① **뒷이야기 만들기:** 청지네가 된 은장아기와 말똥버섯이 된 놋장아기는 그 뒤에 어떻게 살았을지 뒷이야기를 만들어보자.

② **뒷이야기 만들기:** 큰마퉁이와 둘째마퉁이는 그 뒤에 어떻게 살았을지 뒷이야기를 만들어보자. 단, 이야기에 멋진 반전 요소가 드러나도록 한다.

③ **주인공에 대해 생각해 보기:** 감은장아기는 어떻게 신이 된 것인지, 또 신이 될 만한 자격이 있는지, 그리고 신으로서의 역할은 무엇일지에 대해 자유롭게 이야기해 보자.

<암소의 아들 이반>

④ **뒷이야기 만들기:** 화자가 듣지 못했다는 이야기 뒷부분은 어떤 내용이었을지 상상해 보자. 예를 들어, 또 다른 무서운 괴물 이야기나 이반 형제의 결혼담 같은 스토리를 생각해 본다.

⑤ **인물 관계 재구성하기:** 앞서 본 이야기에서는 암소의 아들 이반이 모든 문제를 주도해 해결한다. 이와 다르게 세 명의 이반이 서로의 장점을 살리고 단점은 보완하며 괴물을 물리치는 내용으로 이야기를 재구성해 보자.

<나그네의 못죽>

⑥ **새로운 이야기의 주인공 되기:** 이 이야기가 전해온 스웨덴을 포함한 북유럽 지도를 펼쳐놓고 자유 도보 여행 계획을 짜보자. 단, 최대한 짐을 가볍게 하고 최소의 비용으로 여행하면서 많은 새로운 경험을 할 수 있도록 구상한다.

<흰눈이와 빨간장미>

⑦ **숨은 이야기 유추하기:** 길고 하얀 수염을 가지고 있는 것으로 미루어 볼 때 이야기 속 난쟁이는 나이가 많음을 짐작할 수 있다. 이 난쟁이를 사람이라고 가정하고, 그가 어떤 성장 과정을 거쳐 어떤 가치관을 갖게 되었으며, 그 영향으로 어떤 일을 하며 살아왔을지 생각해 보자.

⑧ **이야기 고쳐 쓰기:** 흰눈이와 빨간장미보다 크고 무서운 존재가 둘을 힘으로 억누르는 상황을 가정하고, 자매가 거기에 어떻게 대응해서 어떤 결과를 낳았을지 이야기를 구성해 보자.

이야기 연계 스토리텔링

1. 감은장아기를 〈암소의 아들 이반〉에 등장하는 세 이반의 운명을 주관하는 신이라 가정하고, 감은장아기가 보이지 않게 세 사람의 삶을 움직여 나가는 내용으로 이야기를 새롭게 풀어내 보자.

2. 〈나그네의 못죽〉의 나그네가 숲속에서 〈흰눈이와 빨간장미〉의 괴팍한 난쟁이를 만났다면 어떻게 대응했을지 상상해 보자. 단, 나그네가 가지고 있는 대못을 반드시 사용하는 내용으로 구성한다.

3. 〈흰눈이와 빨간장미〉의 자매가 권위적인 아버지로부터 "너희들 누구 복으로 사는 거지?"라는 질문을 받았다면 어떻게 반응했을지 상상해서 그 장면을 이야기로 풀어내 보자. 단, 각 인물의 성격을 잘 살릴 수 있도록 한다.

4. 이 외에 이야기들을 흥미롭게 연계할 수 있는 여러 가지 방법을 찾아보고, 이를 토대로 다양한 스토리텔링 활동을 해보자.

집중 탐구! 이야기의 비밀 코드

옛이야기의 화소와 그 의미

설화와 화소(motif)

화소의 뜻풀이는 어떻게?

이야기 속의 문화 요소

동양의 용과 서양의 용

설화와 화소(motif)

이야기(story)를 이루는 가장 기본적인 요소는 무엇일까요? 그건 '사건'이에요. 무언가 사건이 일어나야 이야기가 성립되지요. 하지만 이야기는 사건만으로 구성되지는 않습니다. 시간이나 공간도 있어야 하고, 행동하는 주체도 필요해요. 인물과 사건, 배경이라는 세 요소가 어울려서 이야기의 기본 틀을 이룹니다.

하지만 인물과 배경이 있고 사건이 있다고 해서 다 이야기가 되지는 않아요. 너무 단순하거나 일상적이면 이야기로서 힘을 갖지 못하지요. 펼쳐지는 사건에, 또는 인물과 배경에 특별한 무엇이 있어야 비로소 재미와 의미를 낳게 됩니다. 그 특별함은 '낯섦'에서 나오지요. 낯설고 새로워야 관심이 가고 마음이 움직입니다. 재미와 긴장, 감동, 놀라움도 생겨나고요. 옛이야기에서 낯선 특별함을 가진 이야기 요소를 '화소(話素)'라고 합니다. 영어식 표현으로는 '모티프(motif)'예요.

옛이야기 화소는 무궁무진합니다. 변신(變身 ; transformation)을 한 예로 볼까요? 누군가가 변신을 하는 것은 흥미를 단번에 일으키는 전형적인 화소인데, 그 양상이 정말 다양해요. 사람이 여러 가지 동물과 식물, 사물로 변하곤 하지요. 호랑이, 뱀, 독수리, 메추리, 오리…… 은행나무, 백일홍, 며느리밥풀꽃…… 산, 바위, 모래알, 궁궐, 우물, 구슬…… 그야말로 한이 없어요. 사람만이 아닙니다. 동물이나 식물, 사물, 그리고 신(神)도 다양한 변신을 하지요. 변신의 방법이나 형태도 무척 다양합니다. 그 모두가 다 화소가 되지요.

세계의 옛이야기에 담긴 다양한 화소의 목록은 일찍이 스티스 톰슨(Stith Thompson)이라는 학자에 의해서 방대한 《화소색인(Motif Index of Folk Literature)》으로 정리된 바 있어요. 목록만으로도 수천 쪽에 이를 만큼 옛이야기의 화소는 많고도 다양합니다. 참고로, 이 색인은 인터넷에서도 확인과 이용이 가능합니다.

하지만 굳이 이렇게 색인을 이용해야만 다양한 화소를 만날 수 있는 것은 아니에요. 설화 작품마다 여러 개의 화소들이 있기 마련이지요. 이 책에 실린 설화들에서 특징적인 화소를 한번 찾아보고 그 의미를 헤아려보기 바랍니다. 각 설화마다 낯설고 흥미로운 요소가 가득하다는 걸 금방 확인할 수 있을 거예요. 여러 화소들 가운데 가장 마음이 끌렸던 걸 세 가지 정도 골라서 그 뜻을 찬찬히 헤아려 보는 것도 좋겠습니다.

화소의 뜻풀이는 어떻게?

옛이야기에서 화소의 의미는 어떻게 풀이해야 하는 걸까요? 먼저 그 이미지와 속성을 잘 헤아리는 게 중요합니다. 엄지동자나 난쟁이 같은 경우 '작음'이 기본 특성이잖아요? 스토리적 의미도 '작음'과 연결되기 마련입니다. 이때 작음은 '약함'이나 '가벼움'일 수 있지만, '단단함'이나 '자유로움'으로 연결될 수도 있어요. 앞뒤 맥락을 통해서 이를 가늠할 수 있지요. 예컨대, 주먹이나 엄지동자는 처음에는 '약함'으로 보이지만 뒤로 갈수록 '단단함'과 '자유로움'이 두드러지는 쪽입니다.

거인의 경우는 어떨까요? 거인의 기본 특징은 '크다'는 거예요. 아주 크면서도 사람처럼 움직이는 존재가 거인이지요. 이러한 모습은 큰 힘이나 권능을 가진 존재를 떠올리게 합니다. 그래서 두려움을 자아내지요. 엄청나게 큰 거인은 흔히 대자연과 연결됩니다. 자연은 인간을 살게 하는 고마운 존재인 한편으로, 인간을 위협하는 무서운 존재이기도 하지요. 이는 이야기에서 거인의 양면성으로 표현됩니다. 그래서 주인공은 거인과 맞서기도 하고, 거인과 손잡고서 그 힘을 받아들이기도 합니다. 〈황금 나이팅게일〉 이야기에서 이런 모습을 잘 볼 수 있지요.

코요테는 어떨까요? 한국 설화에 호랑이나 토끼가 많이 나오고 유럽 설화에 늑대와 여우가 많이 나오는 것처럼 북미 설화에서는 코요테가 많이 등장합니다. 사람처럼 말하고 움직이는 코요테니까 흥미로운 화소가 되지요. 이야기 속에서 코요테의 캐릭터와 의미는 현실 속 실제 동물과 연결성을 지녀요. 코요테의 지역적 분포, 크기와 생김새, 생태와 행동 특성 등을 알아보고 이를 이야기와 연결 지어 생각해 보면, '아하, 그래서 코요테가 이렇게 묘사되는구나.' 하고 깨닫게 될 거예요. 참고로, 코요테는 북미 지역에 주로 분포하는데, 몸이 크지 않으면서도 무척 영리하며 보통 혼자 움직이는 독립적인 동물이랍니다. 〈거인 뱃속의 코요테〉 속의 주인공과 비슷하지 않나요?

옛이야기에 등장하는 다른 동물, 예컨대 호랑이나 여우, 당나귀, 종달새, 지네, 나무진드기 등도 이런 식으로 생태와 행동 특성을 이야기 속 캐릭터와 연결할 수 있어요. 식물이나 사물들도 마찬가지입니다. 이렇게 옛이야기 속의 화소 하나하나가 아주 흥미로운 탐구 대상이 된다는 사실, 잊지 마세요. 화소들과 잘 접속하면서 탐구력과 상상력을 발휘하면 이야기가 훨씬 재미있어지고 풍요로워집니다.

이야기 속의 문화 요소

옛이야기는 세계 수많은 지역에서 폭넓게 전해왔습니다. 그 가운데는 기록된 것도 있지만, 입에서 입으로 전해온 것들이 대부분이에요. 한 작가가 자기만의 생각과 감각으로 만든 것이 아니라, 오랜 세월에 걸쳐 수많은 사람들이 함께 만들고 변화시켜 온 것이 구전설화입니다. 그 안에는 수많은 사람들의 경험과 생각, 감정이 깃들어 있지요. 한 편의 설화는 하나의 문화재라고 해도 지나치지 않아요. 설화를 포함한 구비 전승 유산의 문화적 가치는 유네스코(UNESCO)에서도 인정하고 있습니다.

각 나라와 민족은 고유의 문화와 풍속을 지니고 있지요. 이러한 문화 요소는 옛이야기에도 자연스럽게 반영됩니다. 앞에서 본 이야기들을 두어 개 되짚어 볼까요? 아프리카 지역에서 전해온 이야기인 〈밤의 삼바〉와 태국에서 전해온 〈수라판의 소원〉에서 어떤 특징적 문화 요소들을 찾을 수 있을까요?

먼저 각 지역 또는 민족의 생활환경이 이야기에 반영됩니다. 〈밤의 삼바〉에서는 황량한 들판, 〈수라판의 소원〉에서는 깊은 밀림이 공간 배경으로 등장해요. 이는 아프리카와 동남아시아의 자연환경이 자연스레 반영된 결과입니다. 〈밤의 삼바〉에 악어가 나오고 〈수라판의 소원〉에서 뱀이 거론되는 것도 마찬가지예요.

외적 환경보다 더 중요한 것은 생활양식에 따른 세계관의 차이입니다. 〈밤의 삼바〉에는 아기가 스스로 태어나는 장면이 있잖아요? 열악한 환경 속에서 스스로 생존하면서 살길을 찾아가는 모습이 그렇게 표현되었다고 볼 수 있습니다. 악어를 타고 강물을 건너거나 마녀와 맞서 싸우는 모습은 거칠고 야생적인 동시에 단호하고 투쟁적인 면모가 두드러지잖아요? 이는 아프리카 토착민들의 세계관이라고 볼 수 있어요. 〈수라판의 소원〉에는 불교 국가인 태국의 생활상과 세계관이 잘 반영돼 있지요. 스님에 대한 공양과 부처의 보답 같은 게 그것입니다.

옛이야기는 인류 공동의 보편적 자산인 동시에 각 지역과 민족의 특성을 반영한 문화적 유산이기도 합니다. 두 가지 요소는 우리로 하여금 인간과 세계에 대한 이해를 넓혀줍니다. 이야기를 재미있게 즐기는 동시에 문화적 안목도 넓힐 수 있으니 최고지요! 이야기 내용을 찬찬히 음미하면서 그 안에 담긴 여러 의미 요소를 찾아낸다면, 옛이야기는 인생 공부와 세계 탐구를 위한 소중한 자료가 되어줄 것입니다.

동양의 용과 서양의 용

옛이야기에 자주 나오는 화소에 용(龍)이 있습니다. 동양과 서양 설화에 자주 등장하는 상상의 동물이지요. 동서양의 용은 막강한 힘을 가진 신수(神獸)라는 공통적 속성을 지닙니다. 하지만 동양의 용(龍)과 서양의 용(dragon)은 상당한 차이가 있습니다.

동양에서 용은 숭배의 대상이고 지향의 대상입니다. 비를 주관하면서 풍요를 가져다주는 수호신이기도 하지요. 용은 기본적으로 수신(水神), 곧 물의 신으로서 바다와 연못, 강에 깃듭니다. 그러면서도 하늘과 깊은 연관을 지녀요. 동양의 용은 대자연의 이치와 힘을 반영한 자연신이라고 보면 거의 틀림없습니다.

하지만 한국을 포함한 동양의 용이 늘 사람들을 돕고 지키는 선한 존재인 것만은 아니에요. 자연에 양면성이 있듯이 용도 때로는 사람들을 괴롭힙니다. 풍랑을 일으켜 배를 깨뜨리기도 하고, 큰비를 퍼부어 홍수를 일으키기도 하지요. 또 비를 내리지 않아 가뭄으로 고통을 겪게 하기도 합니다. 하지만 이런 요소에도 불구하고 동양에서 용은 기본적으로 신적인 존재이고 숭앙의 대상입니다. 용이 나오는 꿈을 최고로 치잖아요!

이와 달리 서양의 용, 곧 드래곤은 기본적으로 부정적인 존재입니다. 사람들을 괴롭히는 무서운 존재이며, 물리쳐야 할 대상으로 바라보지요. 드래곤은 신화와 전설 외에 민담에도 매우 광

범위하게 등장합니다. 사나운 용을 물리치는 것이 영웅담의 전형적인 과업이에요. 여기에서의 용은 흔히 머리가 여럿 달린 존재로 묘사됩니다. 흉한 괴물의 모습이지요. 한국을 포함한 동양에서는 흔치 않은 이미지입니다. 또 서양의 용은 바다뿐만 아니라 땅속이나 평원 등에도 존재합니다. 물보다 불과 가까운 경우도 많아요. 그래서 대개 용들이 입에서 불을 뿜지요.

서양의 용도 동양에서처럼 자연현상과 관련성을 가지는 경우가 많습니다. 다만 사람을 괴롭히는 부정적인 힘과의 연관성이 훨씬 큽니다. 서양의 옛이야기에서 거인이 종종 인간을 돕는 데 비해, 용이 인간을 돕는 사례는 찾아보기 어렵습니다. 동양과는 아주 다른 면모지요.

동양의 용과 서양의 드래곤은 외형도 같지 않아요. 기다란 체형과 우락부락한 머리를 가진 것은 비슷하지만 몸의 생김새에는 차이가 있습니다. 드래곤은 용과 달리 커다란 날개를 가진 것으로 묘사됩니다. 그 날개로 이곳저곳을 날아다니곤 하지요. 반면, 동양의 용은 하늘로 승천할 때를 제외하면 대개 물속에 깃들어 있는 것이 보통입니다. 승천도 날개가 아닌 몸의 움직임, 곧 용트림을 통해 이루어지요. 입에 물고 있는 여의주가 큰 역할을 하게 됩니다.

불을 뿜는 드래곤과 여의주를 물고 있는 용, 그 차이가 흥미롭지 않나요? 이런 차이를 고려하면서 이야기를 읽으면 이해가 더 잘될 거예요. 용 이외의 다른 화소들도 마찬가지입니다.

참고한 책들

(자료에 있는 내용을 참고하되 내용과 표현을 새롭게 재서술했음을 밝힙니다.)

주먹이의 모험: 임석재전집 1, 《한국구전설화》 평안북도편 Ⅰ, 평민사, 1988. | 김평 글, 신동흔 감수·해설, 《주먹이》, 이수출판, 2014.

엄지동자: 그림 형제 지음, 김경연 옮김, 《그림 형제 민담집》, 현암사, 2012. | 그림 형제 지음, 김열규 옮김, 《그림 형제 동화전집》 1-2, 현대지성사, 1998. | Brüder Grimm(Autor), Heinz Rölleke(Herausgeber), *Kinder- und Hausmärchen*, 1-3, Stuttgart: Philipp Reclam jun. GmbH & Co., 1980.

대나무통 소녀 새끼손가락: 신동흔 외, 《베트남 설화 (Ⅱ)》, 다문화 구비문학대계 5, 북코리아, 2022.

꼬맹이 호위무사 잇슨보시: 신동흔 외, 《일본 설화 (Ⅰ)》, 다문화 구비문학대계 11, 북코리아, 2022.

거인 뱃속의 코요테: 이우학 역, 《인디언 설화》, 한국학술정보(주), 2006.

사계절 선녀 원천강 오늘이: 赤松智城·秋葉隆, 《朝鮮巫俗の硏究》(上)》, 玉號書店, 1937. | 신동흔, 《살아있는 한국신화》, 한겨레출판, 2014.

메르겐 조릭토: 김은희 역, 《북아시아 설화집 1 부랴트족》, 이담북스, 2015.

노을 아이: 이우학 역, 《인디언 설화》, 한국학술정보(주), 2006.

카디르의 복 찾기 여행: 안상훈 엮어 옮김, 《카자흐 민담》, 민속원, 2018.

밤의 삼바: 이경래 외, 《아프리카의 민담: 서부 아프리카 편》, 아딘크라, 2018.

소년의 외침: 확인 불가(오래전에 책에서 읽고 내용을 정리해 둔 설화)

수라판의 소원: 최재현·김영애 엮음, 《세계민담전집 06 태국·미얀마 편》, 황금가지, 2003.

베를 짜며 노래하는 새: 그림 형제 지음, 김경연 옮김, 《그림 형제 민담집》, 현암사, 2012. | 그림 형제 지음, 김열규 옮김, 《그림 형제 동화전집》 1-2, 현대지성사, 1998. | Brüder Grimm(Autor), Heinz Rölleke(Herausgeber), *Kinder- und Hausmärchen*, 1-3, Stuttgart: Philipp Reclam jun. GmbH & Co., 1980.

황금 나이팅게일: 이난아 엮음, 《세계민담전집 07 터키 편》, 황금가지, 2003.

내 복에 사는 나, 감은장아기: 현용준·현승환, 《제주도무가》, 고려대학교 민족문화연구소, 1996. | 진성기, 《제주도무가본풀이사전》, 민속원, 1991. | 신동흔, 《살아있는 한국신화》, 한겨레출판, 2014.

암소의 아들 이반: 알렉산드르 아파나세프 편집, 서미석 옮김, 《러시아민화집》, 현대지성사, 2000.

나그네의 못죽: 조안나 코울 편, 서미석 옮김, 《세상에서 가장 사랑받는 200가지 이야기 ② 영국·북유럽 편》, 현대지성사, 1999.

흰눈이와 빨간장미: 그림 형제 지음, 김경연 옮김, 《그림 형제 민담집》, 현암사, 2012. | 그림 형제 지

음, 김열규 옮김, 《그림 형제 동화전집》 1-2, 현대지성사, 1998. | Brüder Grimm(Autor), Heinz Rölleke(Herausgeber), *Kinder- und Hausmärchen*, 1-3, Stuttgart: Philipp Reclam jun. GmbH & Co., 1980.

세계설화를 읽다 1

작은 거인 주먹이의 모험

1판 1쇄 발행일 2024년 2월 19일

지은이 신동흔
그린이 민은정

발행인 김학원
발행처 (주)휴머니스트출판그룹
출판등록 제313-2007-000007호(2007년 1월 5일)
주소 (03991) 서울시 마포구 동교로23길 76(연남동)
전화 02-335-4422 **팩스** 02-334-3427
저자·독자 서비스 humanist@humanistbooks.com
홈페이지 www.humanistbooks.com
유튜브 youtube.com/user/humanistma **포스트** post.naver.com/hmcv
페이스북 facebook.com/hmcv2001 **인스타그램** @humanist_insta

편집책임 문성환 **편집** 윤무재 **디자인** 기하늘
용지 화인페이퍼 **인쇄** 청아디앤피 **제본** 민성사

ISBN 979-11-7087-110-1 44800
979-11-7087-109-5 (세트)